もう耳は貸さない

ダニエル・フリードマン

JN091201

メンフィス市警殺人課の刑事の現役時代、わたし、バック・シャッツは357マグナムを手に、強盗や殺人犯を追っていた。しかし引退から数十年、89歳になり、心身ともに弱っていく日々を過ごしている。そんなとき、ラジオ番組のプロデューサーからインタビューの申し込みがあった。かつて逮捕し死刑執行が間近に迫っている殺人犯が、捜査でわたしから暴力的に自白を強要されたと主張しているというのだ。現役時代のわたしは、あの事件で何をしたのか——。大好評『もう年はとれない』のシリーズ最新作登場！

登場人物

バルーク（バック）・シャッツ……元メンフィス市警殺人課刑事
ローズ・シャッツ……バックの妻
ウィリアム・
テカムセ・シャッツ……テキーラというあだなのバックの孫
バード・シャッツ……バックの母
チェスター・マーチ……死刑囚
カーロス・ワトキンズ……〈アメリカの正義〉プロデューサー
エドワード・ヘファナン……ヴァンダービルト大学法学部教授
ピーター・クレイトン……州司法副長官
ピンカス……医師
マージェリー・マーチ……チェスターの妻。旧姓ホイットニー
ホーテンス・オーグルヴィ……マージェリーの友人
セシリア・トムキンズ……殺害されたセックスワーカー
バーナデット・ワード……セックスワーカー

フォレスト・マーチ
リー・マーチ
　……チェスターのいとこ
イヴリン・デュラー……死体で発見された女性
ヘンリー・マクロスキー……地区検事
バーン……バックの上司

もう耳は貸さない

ダニエル・フリードマン
野　口　百　合　子　訳

創元推理文庫

RUNNING OUT OF ROAD

by

Daniel Friedman

Copyright © 2020 by Daniel Friedman
This book is published in Japan
by TOKYO SOGENSHA Co., Ltd.
Japanese translation published by arrangement with
St. Martin's Publishing Group
through The English Agency（Japan）Ltd.

日本版翻訳権所有
東京創元社

もう耳は貸さない

祖父母であるバディ・フリードマン、
マーガレット・フリードマンの思い出に愛をこめて

第一部　二〇一一年――覚えておきたくないこと

1

「わたしがいま言ったことがすべてわかりましたか?」白衣の男が聞いた。

「ああ」わたしは答えた。

じつは、彼がなにを言っていたのかさっぱりわからなかった。相手の単調な口調は覚えていたが、言葉は覚えていなかった。ちゃんと聴いていなかった上に、最近は耳の調子がよくない。でなければ、聴いてはいても、どういう加減か内容がピンとこなかったのかもしれない。わたしの心はさまよっていたが、ではなにを考えていたのだろう? 思い出せない。しかも、白衣の男がだれなのか、ここはどこなのか、自分はここでなにをしているのかも思い出せない。

視線を上げて、じっと男の顔を見た。あきらかに、医者だ。ほかにだれが白衣を着る? でも、かかりつけ医ではない。かかりつけ医は死んだか、それとも引退したか? いや。たぶん違う。それなら自分は覚えていると思う。この医者はおおかた四十代で、白衣の下のドレスシャツにネクタイを締めている。ときどき医者が着ているあのパジャマみたいなやつではないから、これはおそらく救急とか手術とかいう場面とは違う。

　わたしは革張りの椅子にすわっている。妻のローズは隣のまったく同じ椅子にすわっている。二つの椅子のあいだには小さな木のサイドテーブルがあって、クリスタルの花瓶に新鮮な切り花が活《い》けてあるが、文明人を迎える場所なら当然灰皿が置いてあってしかるべきだ。灰皿はないかとあたりを見まわした。どこにもない。〈メンバーズ・オンリー〉のジャンパーのポケットに手を入れ、煙草を見つけた。一本出して火をつけた。医者が消せと言ったらわたしは逆ギレし、そうなればいったいなにがどうなっているのか、こっちがさっぱり理解していないことには気づかれないはずだ。

　わたしとローズは病院にいるのではないらしい。そういうところの診察室はたいていもっと画一的だ——安っぽい大量生産の家具、タイルの床、薄いカーペットが敷きつめてある場合もある。それに、低い吊り天井に埋めこまれたちかちかする蛍光灯。

　この医者は、最新式らしいパソコンが置かれた重厚な木製デスクの向こうにすわっている。室内の壁には棚が並んでいて、本や小さなトロフィやがらくたが詰まっている。わたしは床を見た。硬材の寄せ木張りの上に、織物のじゅうたんが敷いてある。このじゅうたんは高そうだ。医者が灰皿を出さなければ、煙草の灰をこのじゅうたんの上に落としてやろう。

相手は煙草を見た。わたしは彼の目を見て、消せと言ってみろと内心でけしかけた。彼は自分のコーヒーマグを寄こしてきたので、縁で叩いて灰を落とした。

では、間違いなくここは病院ではない。病院はぜったいに煙草を吸わせない。それに、ここは小便の臭いもしない。わたしたちがいるのは診療センターかクリニックかなにかだろう。この医者は専門医の一人だ。

ローズを一瞥《いちべつ》した。彼女は動揺しているようだ。気まずいのかもしれない。妻を気まずくさせるようなことを、わたしはなにか言ったのか？　たぶん言ったにちがいない。反省なんかしていないと示すために、ローズににやりとしてみせた。

「なにかご質問があれば、喜んでお答えしますし、もっとくわしくご説明してもいい」医者は言った。「必要な情報を全部ご理解いただけたのを確認したいんです」

「心配するな。おれはばかじゃない」わたしは答えた。

彼がそんな重要なことをしゃべったはずがないじゃないか？　耳新しいことや、この十五年間医者どもが雁首《がんくび》並べてのたまってきたお説と違うことを、言うわけがあるか？　つまり、わたしはゆっくりと着実にちょっとずつ衰え、壊れ、すり切れている、という事実。残された人生で、日に日に前の日より少し弱り、頭が鈍り、手足が震えるようになるという予測。そういうご託以外になにか？　わかりきったことだよ、シャーロック。予想どおりのたった一つの終着駅に向かっているという宣告。

止めようもなく、

「あなた、質問はなにもないの？」ローズが聞いた。

「状況は呑みこめたと思う。さて、失礼しようか？」わたしはすわっていた椅子の腕木を握り、立ちあがった。自分の体重で両腕が震えた。歩行器はドアのそばに置いてあり、そこまでよたよた行くのに時間がかかるので、歩きはじめたほうがよかろうと思った。

だが、ローズはわたしの腕に手を添えた。「この方の話が聞こえた？　いまの話を覚えている？」

「もちろん」だが、わたしは進退きわまったと悟った。ローズはだませない。七十年近く一緒にいたから、彼女はこっちの手の内などお見通しだ。

「彼はだれ？」ローズは手ぶりで医師を示した。

オーケー、これは簡単だ。「医者だ」

「なんのお医者？」

選択肢は二つある。降参して、だれなのかさっぱりわからないと白状するか、はったりを通すか。わたしは、なにかを知らないと認めるのが大嫌いだ。そこで、推理することにした。

可能性はたくさんある。まず心臓専門医。だが、彼はこの医者より年上で禿げていて六十代初めぐらいだった。名前だって覚えている。ドクター・リチャード・プードローだ。気のめいるやつ《キャット》にしてはおかしな名前だ。目の前の男はドクター・リチャード・プードローではない。

耳と鼻と喉を診る医者もいる。あと、聴覚機能訓練士も。去年補聴器を買い、それを耳につけていたせいで耳垢が山のように溜まり、二、三ヵ月おきに掃除してもらわなければならなくなった。聴覚機能訓練士は小さなループ状のワイヤをわたしの耳に入れて、鉛筆のてっぺんの消しゴムぐらいの大きさのべたついた赤茶色の垢をとりのぞく。そこへ行くのはほんとうに楽しい。お宝発掘についてジョークが飛び交うのだ。しかし聴覚機能訓練士は女性なので、この男ではない。

消化器の医者もいる。しばらく前に、血便が出たことがあった。消化器の医者は、腸の壊《え》死《し》した組織がはがれたのであって、異常ではないと言った。しかし、わたしが老齢で全体的に弱った状態なので、点滴を打って三日間経過観察をした。八十九歳にもなると、往々にして体内で臓物が死ぬ。たいしたことではない。

目の前の医者は消化器系かもしれない。彼の外見がどんなだったか思い出せなかった。だが、臭いは覚えている。彼の診察室は病院の中だった。だから、この医者は消化器系ではない。

つまり、除外していった結果、これにちがいない。「神経科医。認知症のやつだ」

ローズを見て答えが正しかったかどうか確かめたが、彼女は首を横に振り、目に涙を浮かべた。

「こちらはドクター・ファインゴールド。腫瘍《しゅよう》の専門家よ」

ここで閃《ひらめ》いた。遠くかすかな閃きだったが、閃きにはちがいない。もう一度まわりを見た。この場所は思ったほど見慣れないところではない。前にも来たことがある。椅子にすわった。医者の話に耳を傾けた。対決する覚悟で煙草に火をつけた。コーヒーマグに灰を落とした。全部、前にやったことがある。

どうして忘れたりしたのだろう？　かつては顔を覚えていられたのに、最近は頭の中にあった細かいことが混ざりあってしまう。いま、この男に以前会っているのを思い出せたと確信した。とにかく、ものごとを把握しつづけるのはじつにむずかしくなってしまった。

「おれはガンになったのか？」わたしは尋ねた。

ローズはまた首を振った。「いいえ、バック。わたしがなったのよ」

2

「よかったら、もう一度ご説明しますよ」ドクター・ファインゴールドは申し出た。

「そんなことをして意味がありますか？」ローズは言った。「理解できないんです。夫の分厚い頭蓋骨を突き抜けて入っていかないんです」

わたしは煙草をもう一服して、灰をコーヒーマグに落とした。耳が遠くなり、物忘れが激しくなる前、動くのに歩行器が必要になる前は、同じ部屋にすわっているのにわたしがそこにいないみたいにしゃべったりは、だれもしなかった。

「急いで決める必要はないんです。ただ積極的な治療をするなら、早いほうがいい」ファインゴールドは言った。

「こんなことを自分一人で決めなくちゃならなくなるなんて、夢にも思いませんでした」ローズは言った。「夫に腹をたてないようにしているんです。病気なんだし、彼にはどうしようもない。それに、夫は長年わたしたちみんなのためにとても強い存在でいてくれました。こんどは、わたしが彼のために強くならないと。でも、彼が必要なのに、このとおりなんの頼りにもならない。一人ぼっちの気がするんです。裏切られた、という気持ち」

ファインゴールドはデスクに両ひじをついて身を乗りだした。額にしわを寄せ、眉をひそめた。思案をめぐらし、同情しているように見えた。鏡の前で何回練習したんだろうな、とわたしは思った。「いまが、どこかほかに支援を求める潮時かもしれませんね。お子さんはいらっしゃいますか？」

「ブライアンは死んだ」会話に入りたくて口をはさんだ。「そのことは話さない」

「嫁と孫息子がいます」ローズは答えた。「まだこの話はしていません。心配させたくないので」

医者はあごの下で指を組んだ。「その方たちを信頼なさっているなら、打ち明ける時期じゃないでしょうか。ご主人が決定やその意味を理解できないとしたら、緊急の場合にあなたの代理として、だれかに医学的処置の決定権を与えることを考えておかれるべきだ。それは事前指示書というもので、標準的な手順です。どなたかご紹介してもいいですよ」

「孫は弁護士の卵なんです」ローズは言った。

「それは結構ですね。決めるためにだれと相談するか、少し時間をかけて考えてください。ただし積極的な治療に進むのであれば、二、三週間以内には始めたほうがいい」

「ありがとうございます」ローズは立ちあがった。わたしも立ちあがり、歩行器にたどり着くまでローズの腕につかまって体を支えた。わたしたちは黙ったままゆっくりと、静かなカーペット敷きの廊下を進み、ドアを開け、待合室に入った。頭を布でおおったやせこけた女性が、椅子にすわって雑誌を読んでいた。彼女はわたしたちを見上げ、沈んだ黄色い目が紫がかった黒いくぼみの底からのぞいていた。わたしは、自分がまだ火のついた煙草を手にしていることに気づいた。消そうかと思ったが、ガンにかかった女性に親切にしようとしても、この身の足元があぶないと知るのだ。そこで、できるだけ早くここから出ようと決めた。歩行器を使っていると、なかなかすばやくというわけにはいかない。

ローズとエレベーターで階下へ向かうあいだ、なにか言わなければと思ったが、言葉が浮かばなかった。わたしたちは黙ってロビーを歩き、駐車場に出た。

「どこに止めたかな?」わたしは聞いたが、ローズは縁石に寄せてくるビュイックを指さしただけだった。ローズとわたしが暮らしている高齢者のための介護付きライフスタイル・コミュニティ、ヴァルハラ・エステートの付添いが運転していた。がっしりした黒人女性で、百回は会っているとわかっているのに、名前を思い出せなかった。ラジオの音楽を大きな音でかけており、わたしは補聴器の音量を下げなければならなかった。助手席には、たとえば〈アス・ウィークリー〉といった名前のくだらない雑誌が何冊か散らかっていた。彼女はわたしたちを待っていてくれたのだろうし、待合室で陰気な死の亡霊と一緒にいないでずっと車の中にいたことを、責める理由はない。しかし、陰気な死の亡霊と一緒にいたくないのなら、ヴァルハラに就職した時点で職業の選択を間違えている。

彼女はパーキングブレーキをかけて車から降り、ローズのためにドアを開けた。それからわたしの腕をとって後部座席に導いた。これはひと苦労だった。まず、わたしは右手で歩行器にしがみつきながら、左手でドアフレームをつかんだ。次に震える左脚を車内に入れるためにやっとのことで十四インチ持ちあげた。付添いの太いやわらかな腕を支えにして、のろのろと体を座席に下ろし、次に両腕を使って右脚にビュイックのドア口のへりをまたがせた。終わったとき、額は汗ばみ、呼吸は荒くなっていた。定期的に直面する事態——わたしがそこにいないかのように話す人々、歩行器、わたしに聞こえるように大声でどなる人々——の中で、自分の車の後部座席に乗らなければならないのが最悪だった。

「シートベルトを締めるのを手伝う、ミスター・バック？」黒人女性が尋ねた。わたしが手を振って断わると、彼女は車のドアを閉めて歩行器をたたみ、トランクに入れた。

ローズはなにか言いかけたようだったが、そのときハンドバッグの中から音がした。ローズは携帯電話を出して開いた。

「もしもし?」そのあと、相手がしゃべるのを聞いていた。

「わたしはミセス・シャッツ、彼の妻です」ローズは言った。それから相手がなにか別のことをしゃべり、ローズは答えた。「彼には無理だと思います。もうじき九十ですし、認知症なんですよ」

「だれだ?」聞いたわたしの顔の前でローズは手を振り、黙らせた。

「いいえ、結構です」彼女は相手に告げた。

「おれは話したい」わたしは言った、というより叫んだ。ローズはためらったが、相手にいまの声が聞こえていないはずはなかった。彼女はわたしにも電話にもしかめつらをしてみせた。

「バック・シャッツだ」送話口に向かって名乗った。「なんの用かな?」

「ミスター・シャッツ、わたしはカーロス・ワトキンズと申しまして」声は細く甲高かったが、教養を感じさせた。カーロス・ワトキンズはテレビのキャスターっぽい話しかただが、まっとうな考えを持った率直なわたし好みのキャスターではない。ＭＳＮＢＣ（マイクロソフトとＮＢＣが開局したニュース専門局）のリベラルどもを思わせる。そう言えば、孫のしゃべりかたとも少し似ている。

そっちの話しかたには感心しないとカーロス・ワトキンズに教えるために、携帯に向かって痰のからんだ大きなガラガラ声を出してやった。「エスニック系の名前のようだ」

相手は驚いたらしい。どうアプローチするべきか考えるために、間を置いた。「ああ、ええ、そうですね。母はドミニカ人で、わたしは黒人です。あなたにとって問題になりますか？」

わたしは笑った。「いいかね、おれにとって問題なら、九十年もメンフィスに住んでいるものか。あんたにとっては問題なのか？」

「この国のほとんどすべての問題の根っこには、それがあると思っていますよ」

わたしはもう一度ガラガラ声を出した。「その点については同意しないことに、われわれは同意しなければならないな」

電話の向こうからは、ワトキンズが書類をめくっている音が聞こえた。やがて彼は言った。「シャッツ刑事、わたしは〈アメリカの正義〉のプロデューサーでして。この番組はナショナル・パブリック・ラジオとの共同製作の連続ジャーナリズム・プロジェクトで、電波とオーディオ・ストリーミングで放送されているんです」

「いいか、おれはあんたに金を払う気はない。コーヒーマグもトートバッグも必要なだけ持っている」

付添い――彼女の名前を思い出せたらいいんだが――が前部座席に乗りこんできて、車を駐車場からハンフリーズ・ブールヴァードへ出した。

「寄付をお願いするために電話しているんじゃないんですよ」ワトキンズは言った。「インタビューをお受けいただけないかと思いまして」

「いまか？　いろいろあって手が離せない」

「いいえ、いまじゃなくて。録音には携帯電話は適さないので、直接お会いしたい。今週の後半にメンフィスへ行く予定なんです。喜んでご自宅までお伺いしますが」

「おれになにを聞きたいんだ？」

「〈アメリカの正義〉は合衆国における刑事司法制度と、それを動かしている人々、それに動かされている人々についての番組です。人種、階層、性的指向、ジェンダーの交差性にスポットを当てています。また、そういった要素が、生きかたや行動を違法とされている個人や集団への国家公認の暴力を拡大する体制と、どう影響しあっているか。そこをテーマにしているんですよ」

「おもしろそうだな」わたしは言った。「一度車でグランドキャニオンへ行って、コロラド、ユタ、ニューメキシコ、アリゾナの各州が交差している地点に立ったことがある。いっぺんに四つの州だぞ。なかなかのものだった」

「まあ、おおよそは同じようなことです」ワトキンズは答えた。

「おれはとっくの昔に引退している。もうどんな体制にも関与していない。なにを聞きたいというんだ?」

「チェスター・マーチの話です」

なるほど、このレポーターはとんでもない厄介ごとを求めているわけか。「その名前を聞くのはえらく久しぶりだな。まだ生きているのか?」

「ええ、いまのところは。だが、テネシー州は二、三週間以内に彼を死刑にする予定です。もし、弁護団が執行を延期させられなければ」

「結構じゃないか。早ければ早いほどいい」

「一九七六年に死刑が復活して以来、彼はこの国で処刑される最高齢の人間になるでしょう」

「チェスターはひじょうに誇らしく思っているにちがいない」

「致死薬注射によって殺されようとしている、怯《おび》えて弱った老人ですよ」

「やつが怯えていると聞いて嬉しいが、恐怖でもほかのどんな感情でも、やつが感じられるとは思えない。あれは冷血動物だ」

「うちの番組では、視聴者がそれぞれの考えで判断できるように、彼にも大々的にインタビューする予定なんです。だが、あなたは彼のストーリーで重要な役割を果たしている。だからお話を聞いて、あなたの側の見解も紹介したいと思いまして」

「もうチェスターと話したのか?」

「ええ、進めていく段階でもっと話をするつもりです。あなたになにか問題がありますか、シャッツ刑事？」

「だれとでも好きなように話したらいい。ただ、気をつけろ。あの男は狡猾《こうかつ》きわまりないし、呼吸するように自然に嘘をつく。チェスターみたいなやつから真実を引きだすのは容易じゃない」

「あなたはどうやってそんな芸当をやってのけたんです？」

「なんだって？」

こんどは、大声でゆっくりと明瞭に発音した一語一語が聞こえてきた。「チェスターのような男からどうやって真実を引きだしたんですか？」

そのとき、自分の喉からではない振動するような音がして、それはわたしの手の中で携帯が震えている音だと気づいた。

わたしは煙草に火をつけた。「おれはばかじゃないんだ」ワトキンズに言った。

前部座席の付添いが肉付きのいい腕をこちらに振ってみせた。「その煙草を消して。このことは話しあったでしょう、ミスター・バック。あなたが忘れていないのはわかっている。うちの坊やは喘息《ぜんそく》なの。わたしの体についたあなたの煙草の臭いを嗅がせたくない」

「これはおれの車だぞ、違うか？　窓を少し開ければいい」

耳もとでワトキンズの声がした。「いまのはどういう意味です？」

「あんたが自分のくだらない番組でおれの顔に泥を塗ろうとしているのは、わかっている。それに手を貸す理由はなかろう？」

「あなたの参加があってもなくても、この番組はやります。ただ、そちら側から見た事件をお話しになりたいなら、喜んでお聴きしますよ。だが、あなたの意見がどうしても必要なわけじゃないので」

「考えてみよう」わたしは通話を切った。本物の厄介ごとが始まった。このレポーターには自分だけでは対応できないかもしれない。「ウィリアムに電話しよう」ローズに言った。

「そうね。そろそろガンのことを話す潮時だもの」

「だれがガンだって？」

＊

〈アメリカの正義〉――放送の文字起こし

カーロス・ワトキンズ（ナレーション）「テネシー州では、極悪人の中の極悪人をナッシュヴィルのリヴァーベンド厳重警備刑務所に送っています。二十の低層ビルから成るこの施設で七百五十人が暮らし、その三分の二は重大な暴力犯罪で有罪となり、社会に継続的な危険をもたらすと見なされた〝ハイリスク囚人〟なのです。そういう〝ハイリスク囚人〟のうち六十人に、致死薬注射による死刑が宣告されています。リヴァーベンドはテネシー州の死刑囚がいる場所、そして処刑される場所なのです。もし、神か裁判所命令か自然死によって免《まぬが》れなければ、ということですね。

六十人の死刑囚のうち半数が黒人ですが、テネシー州の人口に黒人が占める割合はたった十七パーセントにすぎません。そして死刑囚の半分はウェスト・テネシーの出身で、ほとんどはメンフィスです。

フィリップ・ワークマンは一九八二年にメンフィスの〈ウェンディーズ〉の駐車場で警官一人を殺害した罪で、リヴァーベンドで死刑に処せられました。弾道学の専門家は、有罪の決め手となった証拠に疑問を抱いており、陪審員のうち四人は下した決定をのちにひるがえしました。そしてテネシー州最高裁の判事二人が州知事に寛大な処置を願い出たのに、すべてをもってしてもワークマンの死刑執行を止めることはできなかったのです。彼は、最後の食事のヴェジタリアン用ピザをホームレスに寄付しようとしました。州は彼の願いを拒否しました。

リヴァーベンドには、シリアルキラーのブルース・メンデンホールも収容されています。複数のセックスワーカーを殺害しながら全米のハイウェイを走っていた、長距離輸送トラックの運転手です。メンデンホールは死刑囚監房にはいません、二〇〇七年にサラ・ハルバートを殺害した罪で終身刑を宣告されました。しかし、彼はここテネシー州で、またアラバマ州とインディアナ州でも罪に問われており、五つの別の州でも捜査対象になっているので、これから致死薬注射で処刑されるかもしれません。

わたしは最近、この殺伐とした環境で暮らす囚人から一通の手紙を受けとりました。ジャーナリストが囚人から手紙をもらうのはめずらしいことではありません。囚人は多くの手紙を送る。手紙を書くのは暇つぶしになるし、暇つぶしこそ、アメリカの刑務所に囚《とら》われている人々がおもにやっていることですからね。

しかし、この手紙にはいつになく興味を惹かれました。わたしは送り主に、その手紙を声を出して視聴者に読んでほしいと頼みました。そのあとで、彼について、そして彼が置かれている状況についてもっとお話ししたいと思います。録音状態が悪いことはあらかじめお詫びしておきます」

チェスター・マーチの手紙

「親愛なるミスター・ワトキンズ、

ルイジアナ州のアンゴラ重罪刑務所で何十年も独房に入れられている囚人三人の苦境についての、あなたの最近の特集を聴き、ご連絡して自分の体験をお知らせする価値があるのではないかと考えました。

わたしはチェスター・マーチといい、テネシー州の死刑囚監房に約三十五年間収容されています。死刑囚監房は隔離監房ほど制限がきびしくありません。本と小さなラジオを持つのを許されています。こういうもののおかげで長いあいだ正気を保っていられるのです。しかしながら、ここの死刑囚は一日二十二時間八フィート×十フィートの空間に閉じこめられており、食事は一人ぼっちでとり、面会は極端に制限されています。

わたしはアメリカ合衆国で死刑執行を待っている最高齢の人間の一人です。テネシー州はそういう有名な男がいつまでもいるのを快く思わず、請願もじきに却下されそうです。致死薬注射によって州に殺される前に、あなたと視聴者の方々はわたしの話に興味を持ってくれるのではないでしょうか。死刑執行が二ヵ月以内に予定されていると、知ったばかりなのですから。

わたしがここにいるのは、暴力的だと悪名高い一人の刑事に追われ、苦しめられ、憲法で保障されている権利を侵害した拷問同然の取調べによって引きだされた自白をもとに、死刑を言い渡されたためです。裁判のやり直しを求めて何十年も闘ってきましたが、わたしの有罪の証拠の不充分さと非合法性を認めることを、刑事司法制度は拒否しています。

わたしの代理人として無償で上訴している弁護団は、有能で献身的な方々に見えます。その点、裁判の折の弁護人や以前上訴したときの一部の弁護士とは違います。しかし、弁護団が働きかけている制度を通じてでは、自分の救済が訪れるとはもう信じられなくなりました。救われる唯一の方法があるとしたら、それはわたしに対しておこなわれた不当な処置を糾弾する人々の叫びです。あなたがわたしの最後の希望なのです、ミスター・ワトキンズ。

謹んで、

チェスター・A・マーチ」

ワトキンズ（ナレーション）「たいていの囚人からの手紙に比べて、これは文法的に洗練され、書きかたもきちんとしていました。学問のある感じ、とでもいいますかね。わたしは好奇心を呼びおこされ、それに正直に言えば、ちょっとばかりエゴも刺激された。映画『スター・ウォーズ』のあのメッセージが届いたみたいな気持ちでした。『助けて、オビ＝ワン・ケノービ、あなただけがわたしの希望です！』ってやつ。でも、もっと調べてみなければなりませんでした。この手紙を書いた男が、どうしてテネシー州の刑務所で死刑執行を待っているのか？　そしてチェスター・A・マーチのことを調べはじめると、彼は多くの囚人とまったく違っているのがわかったのです。

アメリカの過酷な服役状態に置かれているのはおもに下層階級です。黒人は、社会に占める人口比からすると三倍の割合で収監されている。そして懲役を科されている白人も、おもに恵まれない地域社会の出身です。

ところが、チェスター・マーチは違う。チェスター・マーチはミシシッピ州の富裕な農業王の息子で、奴隷を所有していた農園主の子孫であり、名門ミシシッピ大学を卒業し、男子学生社交クラブのシグマ・アルファ・イプシロンのメンバーなのです。そして言うまでもなく、白人です。しかし、白人と上流社会出身という特権を持って生まれていてさえ、みずからを州の暴力から守ることはできなかった。州は彼を何十年も幽閉し、そして殺そうとしている。制度は社会の軌道からはずれた人々を起訴するようにできていますが、そこに送りこまれてしまった不運な人間をだれかれかまわず押しつぶすわけです。

　このストーリーには時限装置がついているのがおわかりでしょう。チェスター・マーチの死刑執行が予定されているのです。この手紙を受けとって内容をナショナル・パブリック・ラジオに伝えたあと、わたしは二週間かけて背景の調査をおこない、関係者数人に連絡をとりました。〈アメリカの正義〉のどのエピソードも、わたしが音声部分の編集を終えた一週間半ほどあとに放送されます。ですから皆さんがこの放送を聴くころには、チェスター・マーチが死刑になるか、処刑を免れるかが決まる日まで、一ヵ月ほどになっているでしょう。そう、これは興味深い実験的なプロジェクトなのです。進行するストーリーを連続してカバーしていくことになる。今シーズンの〈アメリカの正義〉は全六時間のエピソードとなり、一週間に一話ずつ放送します。五週目に、チェスターがどうなったかわかるでしょう。この録音をしているいま、ストーリーがどう終わるのか、わたしには見当がつきません。

　だがこの先、チェスターがいかにして現在の状況に至ったか皆さんは知ることになるし、チェスターの命を救おうとしている勇敢な弁護人の声を聴くことになります。また、刑事司法制度の最高刑をチェスターに科すために二十年間闘ってきた男にもインタビューしようと思います。その男とは、バルーク・シャッツというメンフィス市警の有名な元刑事です」

3

ウィリアム・テカムセ・シャッツ殿はニューヨークからのデルタ航空便に乗り、アトランタで乗り継ぎをした。前はここまで直行便で来られた。メンフィスはノースウェスト航空のハブ空港だったからだ。だが、デルタが二〇〇八年にノースウェストを買収し、それ以来ニューヨークのラガーディア空港からの直行便はぐんと減っている。メンフィスはまだフェデラルエクスプレスの国際拠点空港ではあるが、梱包用の箱に入りたくなければノンストップでここには来られない。

現在のメンフィス空港ターミナルは一九六三年六月に開業した。アメリカで最初の二階建てターミナルの一つで、メンフィスの有名建築家ロイ・P・ハーロヴァーの設計による、流行の先端をいくモダンな建物だ。上部が逆円錐形に開いた巨大な柱を多用しているので、マティーニのグラスをいくつものせた盆のように見える。

その輝かしい新たな施設が完成したとき、メンフィス市営空港はメンフィス・メトロポリタン空港になった。きわめて楽観的な時代で、メンフィスの街は発展の一途をたどると思われていた。あの夏、わたしは銀行強盗の顔を撃ち、勇敢な行為を称えるセレモニーで市長と握手した。息子は小学校の高学年だった。

だが数ヵ月後、ダラスで大統領が暗殺され、その後五、六年にわたって不快な人種問題が続いた。それは〈ロレイン・モーテル〉での嘆かわしいキング牧師暗殺事件で頂点に達し、さらにヴェトナム戦争が起きた。すべての狂気が過ぎ去ったときにはジェット機時代は終わりを迎え、河川港はオートメーション化され、わたしには引退の時期が迫っていた。あの巨大なマティーニの盆が約束した祝祭は、ついに訪れなかったようだ。

ウィリアム・T・シャッツ――ちなみに、大学の男子学生社交クラブではかつてテキーラと呼ばれていた――は、国際空港がここを国際都市にするという希望や信念がどんなものだったか、まったく知らない。ハーロヴァー設計の傑作建築の中を、車輪が甲高くきしむキャリーケースを引っ張りながら、えっちらおっちら歩いている孫は、この空港を小さくて時代遅れだと思っているだろう。南北戦争における屈辱を乗り越えきれずに衰退していく地方の、失われた夢を象徴する老朽化した記念碑だと感じているにちがいない。文明世界からは、まずアトランタで乗り継ぎをしなければたどり着けない場所だと。

母親――うちの嫁のフラン――がターミナルの外で出迎え、メキシコ料理のチェーン店へランチに連れていき、彼はサルサがかかったフライドポテト・バスケットを二つ食べ、ダイエットコークを五本飲んだ。なにしろ、ニューヨークのメキシコ料理店ではサービスのフライドポテトは出ないし、どのレストランもドリンクバーはやっていないから、帰ってくると彼はああいうジャンクフードをたらふく詰めこむのだ。

ローズはいつも、そこをとやかく言うなとわたしをたしなめる。なぜなら、休みに一人のときはそんなに食べないと孫は言っているし、しょっちゅうこっちへ帰ってくるわけじゃないんだから、帰郷中はささいなことでけんかを始めないで、と。彼はもう大人で、干渉するべきではないとわたしはわかっている。だが、ああいう店で食うもののせいで彼の腹まわりはゆるくなっているし、ふるまいとして見苦しい。以前、わたしはテーブルについて孫が食べるのを眺め、げんなりした。くわえて、わたしはそもそも胸くそ悪いメキシコ料理店になんか行きたくなかった。エスニック・フードは好きじゃないし、ああいう店はいつも変な臭いがする。

ともあれ、店のテーブルにつき、バスケットの中の紙がギトギトの油で透けてきたことなど気にもせず、孫がフライドポテトの最後の一本までつまむあいだ、ローズが自分の口からは打ち明けたくなかった事柄、そしてどうやらわたしが二、三時間以上は覚えていられない事柄を、テキーラの母親が彼に話した。

ローズはリンパ腫ができた。最悪の部類のガンではないが、最善の部類でもガンに変わりはない。医者はかなり早期に発見し、若い患者なら予後はとてもいい。通常は抗ガン剤の服薬と放射線治療になる。だが、化学療法の薬と放射線は、健康な人体にさえ大きな害を及ぼすし、ローズは八十六歳だ。

医者は化学療法の副作用についても説明していた。貧血と倦怠感《けんたいかん》。吐き気と下痢もあり、脱水に細心の注意が必要だ。髪が抜ける。ローズの手足の爪ははがれるだろう。そして大きな副作用として、皮膚が薄くなって簡単に出血するようになり、感染への抵抗力が弱まる。

こういった治療を受けているあいだにローズが転んだら——前にも転んだことがある——詰めこみすぎたゴミ袋みたいに皮膚が裂けてしまうだろう。

感染については、つまるところ、リンパ腫は白血球——免疫システム——の一種であるリンパ球がガン化した病気だ。化学療法はリンパ球を攻撃することでガンをやっつける。リンパ球をやっつけると、インフルエンザや喉頭炎や普通の風邪に対して無防備になってしまう。そのどれもが、免疫反応を抑制された高齢者にとっては命とりになりうる。そういう病気が肺炎に進行するのは簡単で、ガンの治療で弱っている老人であれば死に至るだろう。

もう一つの選択肢は、化学療法も放射線治療も受けず、ただガンで死ぬというものだ。この選択肢も考慮のうちだとローズが話したとき、わたしはもうカンカンになった——彼女はその話を五、六回したらしいが、そのたびにカンカンになった。しかし、治療を拒否してあとはガンに任せるというのは、ある種の気味の悪い筋が通っていた。全身に転移するまでには一年半から二年かかり、そのあとローズはホスピスに入ってモルヒネの雲の中へ漂っていけるのだ。ほぼ九十歳まで生きることになる。

それは長寿だ。おそらく充分な長寿だ。ガン治療をしても、どのみち彼女は死ぬかもしれない。そのせいで早く死んでしまうかもしれない。弱り、髪がなくなり、やせ衰え、肺に水が溜まって内側から溺れて。たとえ寛解するまで頑張ったとしても、それからどのくらい生きられるだろう？　生活の質はどの程度維持できるだろう？　毒でもある薬を飲んで放射線に体をさらしたとして、間違いなく耐えねばならない苦しみに果たして値するだろうか？

そのあとローズは車椅子生活になるのか？　あるいは寝たきりに？

話を終えたあと、テキーラの母親は息子をヴァルハラへ連れてきた。それについてみんなで楽しい会話ができるように。

「どうしたらいいと思う？」ハグと慰めとさまざまな儀礼が交わされてから、ローズは尋ねた。

「わからない」孫は答えた。

「ふん、まったく役に立たんやつだ」わたしは言った。

椅子は二つしかなかったので、テキーラとフランはベッドにすわっていた。ヴァルハラのわたしたちの部屋は狭い。ニューヨークのテキーラの1Kアパートよりも狭いだろう。椅子とベッド以外には、奥行きの浅いクローゼット、テレビがのったチェスト、それにテキーラがネットで注文してくれたでかいスピーカーが二つあるだけだ。スピーカーのおかげで、出ている連中の声が聞こえるようにわたしがテレビの音量を上げると、隣人たちの部屋の壁が振動する。ほかには、小型冷蔵庫、電子レンジ、上の壁にキャビネット二つを備えた狭いカウンター。バスルームの向かい側にキチネットがあり、それは助かっている。着替えをして階下の大食堂へ行きたくない日は、ちゃんとしたテーブルがないのでベッドの横の折りたたみ式テーブルで食事をとるからだ。全体で三百五十平方フィート程度のものだが、わたしには充分だ。手近にものがあれば、あまり動きまわらなくてすむ。

「いまから考えるよ」テキーラは言った。「これは不意打ちをくらったようなものだよ。まだなんとか受け入れようとしてるところなんだ」

「六週間後に司法試験が控えているのに、なぜお母さんが帰ってくるように言ったと思っていた?」わたしは聞いた。「いい知らせじゃないのはわかっていたはずだ」

「じつは、ぼくがバーブリ社の司法試験用復習コースのビデオをちゃんと見てるかどうか、ママが知りたがってるんだろうと思ってた」

この答えにフランは苦笑を洩らした。「見ているの?」

「ちょびっと遅れてる。でも大丈夫だよ。ニューヨーク大学の学生はみんな受かってる」

「そいつはいい」わたしは言った。「落ちたときには自分が特別な存在に思えるだろう」

テキーラは下唇を噛《か》んで、ちょっと偉そうな顔になった。「すぐにやらなくちゃならないことがある、治療を受けるにしろ、受けないにしろね。ばあちゃんは医療委任状をママに託す。そうすれば、医師はばあちゃんの状態をママに話し、治療記録も見せてくれて、ばあちゃんが自分で対処できない状況になった場合にママが代理で決定を下せるんだ。それにばあちゃんが尊厳死遺言《リビングウィル》も書いておけば、うんと重大な決断をしなければならない重荷からママは解放される。基本的には、緊急を要するときに自分の治療をどうしたいか、前もって指示しておけるんだ。昏睡《こんすい》状態や脳死状態になったときに強力な延命措置を望まない、と明記する。末期の転移に進行した時点で呼吸が止まったら、医師たちに心肺蘇生法であばら骨を折られたくないとか、人工呼吸器や栄養管につながれて生きたくないとか」

「わたしたちにかわってそういう書類を書いてくれる？」ローズは尋ねた。

「だめなんだ。まだ司法試験を受けてないし、テネシー州で資格をとるつもりはない。でも、こういうのはかなり一般的な書類なんだよ。たぶん二、三百ドルぐらいで、地元の弁護士が書類を作成して証人になって署名して公証してくれる。やってくれる人をだれか探してあげられるんじゃないかな」

「わたしはどうするべきだと思う？」ローズはテキーラに聞いた。

「蘇生措置をとるなっていう一項をリビングウィルにはっきりと入れておくべきだ。そういう状態になったら、病院は治療したり命を救ったりしないよ。せいぜい、ばあちゃんの苦しみを延ばすだけだ。それも長いことじゃない」

「ええ、でも化学療法と放射線療法を受けるかどうかは、どうやって決めたらいいの？」

テキーラは不機嫌なティーンエイジャーのようにベッドに寝ころがり、両脚を端からぶらぶらさせた。「ああ、もう。ぜんぜんわからないよ。ネットで少し調べてみることはできる。よかったら、ばあちゃんの担当医とも話すよ」

「じゃあ、要するにおまえはなにも貢献できないし、ここにいても役には立たないってわけか」わたしは言った。

テキーラは起きあがって拳を握りしめた。「いいかげんにしてくれよ、じいちゃん。こんなひどいことになってるなんて、ぼくは知らなかったんだ」

わたしは彼に指を突きつけた。「廊下に出て話をつけよう」

「は？」

「おまえはばあさんをさんざん悩ませた。外へ行こう」

テキーラは髪をかきあげた。「けんかをしようっていうの？」

「なに？　違う、司法試験の前におまえのケツを蹴りとばして入院させる気はない。たぶんその程度の報いは受けてしかるべきだろうがな。ただ、外で話そうってだけだ、おまえがこれ以上ばあさんを動揺させないように」

わたしは椅子から立ちあがって歩行器につかまり、ドアのほうへ押していった。

「わからないわ」フランが言った。「どこへ行くの？」

「外の空気を吸うだけだ」

「彼がウィリアムになにを話したいのかわかる」ローズが言った。「ラジオの男との論争のことよ。廊下に出れば、彼がなにをしようとしているか、わたしにはわからないと思っているの」

「ラジオの男との論争?」

またもや、この部屋にいないかのようにわたしのことを話している。ドアまでの距離の三分の一ほどしか進んでいなかったので、全部聞こえた。部屋は端から端まで三十フィートぐらいだが、わたしは横切るのに九十秒かかる。トイレに行きたくて急いでいるときは、もう少し早いかもしれない。

「そう、記者だと思うわ。バックが昔担当した事件と関係しているの。ペベンシー家の子どもがナルニア国への入口を探しているみたいに、バックは過去へ戻る入口を探しつづけているのよ。一方でわたしはガンに直面しているっていうのに。この二日間というもの、三回もわたしは病気だと思い出させなくちゃならなかった。そして彼に言うたびに、まるで初めて話したみたいな状態なの。ところがどう、記者からのばかげた電話があったのを思い出すのには、なんの助けもいらないのよ」

「彼を止めてほしい?」フランが聞いた。「話しあわなくちゃならない重要なことがいくつかあるようだし」

「バックを行かせて。ウィリアムが見張ってくれるわ。どのみち、彼がこんなふうになると手がつけられないの。下に電話すれば、だれかがコーヒーを届けてくれるでしょう」

「ここのコーヒーはどう？」

「いつもがっかりよ」ローズは答えた。「ほかのなにもかもと同じ」

そのときテキーラがドアを開け、わたしは廊下に出た。

＊

〈アメリカの正義〉――放送の文字起こし

チェスター・マーチ「やあ、元気かね？」
カーロス・ワトキンズ「元気ですよ。あなたは？」
マーチ「知っているだろう。毎日が新たなる冒険だよ」
ワトキンズ（ナレーション）「死刑囚は弁護士および、執行日が近い場合の聖職者以外の面会を許されていません。家族にも会えないのです。ときどき電話はできます、電話会社が囚人に課す法外な一分ごとの料金を払えればね。また、限られた数のメールを送れるが、検閲され、問題のある部分はばっさり削除されます。一日一時間だけ中庭に出られるほかは、ほぼずっと独房の中。これは想像しうるかぎり、もっとも気が狂いそうな生活ですよ。そして、チェスター・マーチは一九七六年からずっとこういう暮らしをしてきたのです。

そう、だからわたしとチェスターの会話の音質はあまりよくない――やりとりは電話ごしで、こちらは聞くほうと話すほうを録音しなくてはならないので。チェスターと直接会うことは一度もできていません。いまナッシュヴィルに来ているのですが、チェスターに近づけるのはリヴァーベンド刑務所の門までです」

マーチ「一般の囚人たちは仕事をしている――料理したり、洗濯したり。設備の維持管理の訓練を受ける者もいる。配管や電気とかね。グループ・カウンセリングの時間や、高卒と同等の資格がとれる学力検定試験に向けたクラスや、大学用のコースだってあるんだよ。わたしは仕事をさせてもらえない。床にモップをかけたり電球を替えたりするのがうらやましくなる日が来るなんて、夢にも思わなかった。だが、わたしが勉強したりなにかしたりするのは意味がない、と州は考えている。自分を向上させたり、仕事で忙しくしたり、このゴミ溜めで正気でいられるようにしたりするのは、無意味だとね。わたしは死んだ人間。ジェラルド・フォードが大統領だったころから死んでいるんだ」

ワトキンズ「なにをして過ごしているんですか？」

マーチ「死刑囚監房にいる多くの人間はとにかく太る。魂が抜ければ七オンス軽くなるそうだが、執行の日を待っているあいだに、たいていは二百ポンドほど体重が増えるようだ。州に殺される前に死ねるとしたら、それが出し抜く唯一の方法だろうね。とがったものや、首吊りに使える靴ひももらえないので、糖尿病になるのが、ここのたいていの連中が死のうとする手段なんだ。オレオ・クッキーを食べすぎた男を知っているが、彼は片足を切断するはめになった」
ワトキンズ「どのくらいオレオを食べたらそうなるんです？」
マーチ「そんなすごい量をだれも数えられないよ。でも、いいかね、一週間続けて毎日ああいうクッキーを五十枚ほど食べたら、大便が黒くなる」
ワトキンズ「黒く？」
マーチ「ああ、そして乾いてくる。チョークみたい——というか——粉末状に？　あんなのは見たことがない。あれだけクッキーを食べると内臓がカサカサになって、屁をすると尻が咳きこむみたいになる」
ワトキンズ「チョコレートに似た臭いかな？」
マーチ「そう思うだろうね、でも違う。ひどい臭いなんだ。腐った卵みたいだが、その百倍もひどい。悪臭はほかの房にも漂ってくる。そしてここの換気はあまりいいとは言えないので、いつまでも残っているんだ、とくに夏場は」
ワトキンズ「それは一度だけじゃないんですね？」
マーチ「一度だけどころか、しょっちゅうだよ！　あの男は十五年間、手に入るだけのオレオを食べている。彼がここに一九九六年に入れられたときは、ガリガリにやせた若者だった。いわゆるヤク中に見えたが、他人に過去のことは尋ねない。ここではね。

だが、彼がやせていたのも長いことじゃなかった。手術のために入院させたとき、刑務所側は補強した車輪付き担架で彼を運びださなければならなかった。そしてひざから下を切断され、インシュリンを打たれ、死刑を待つためにここへ連れ戻された。いまの体重は四百五十ポンド（約二百四キロ）ほどかな、片足なしで。最近は幅を広くした車椅子に乗っているよ」

（笑い声）

ワトキンズ（ナレーション）「死刑囚監房についてのユーモラスな話はすべて、ほんとうは悲しい話です。おならや悪臭の話というだけではなく、精神的および肉体的な病気の話です。希望も喜びも、じっさいどんな種類の人間的接触もほぼない状態で、孤独な場所に何十年も生きているのが、心と体にとってどれほどの苦痛かという話です。

　チェスター・マーチやガリガリでヤク中の若者のような人々に対する、州の迫害についての話に笑ってもかまわないでしょうか？　まぎれもなく、わたしたち全員を代表して州がおこなっていることに？　かまわないとわたしは思いますね。だって、笑わなければ泣くしかないんですから」

4

廊下には、部屋と部屋とのあいだに二ヵ所の談話スペースがあり、ソファと造花の飾られた小さなテーブルがいくつか置いてある。これを設計した人間は集会所のつもりだったのだろう。元気な高齢者が集まって、噂話をしたり、思い出にふけったり、介護付きライフスタイル・コミュニティ、ヴァルハラ・エステートが提供する居住者用アメニティの楽しみを分かちあうための。だが、ここがそういう目的で使われているのは見たことがない。たいていは、エレベーターへ行く途中でひと休みする場所であり、休憩なしで廊下を端まで歩けない人々にたいへん重宝されている。

まだ午後三時ごろなのに、この階の共有部分はがらんとしており、廊下は霊廟《れいびょう》のように静まりかえっていた。いくつかの部屋ではテレビがついているのだろうが、音が小さくてわたしには聞こえず、カーペットが音をこもらせていた。たぶん、ほとんどの隣人たちは昼寝している。わたし自身もいつも午後はうとうとする。八十歳の誕生日あたりまでは一晩五時間眠ればピンピンしていたが、この五年ほどで睡眠時間は三倍になった。この先の長い持久戦の予行演習だろう。

めったに使われないソファへ歩行器を押していき、テキーラはあとからついてきた。

「おれがここへ来てくれと頼んだほんとうの理由はわかっているんだろう?」

「ばあちゃんがガンになったからだ」

「ああ、だがおまえはそれに対してどうするつもりだ? その黙って失せろ命令《ドロップデッド》も書けないんだろう」

テキーラは隣にすわった。「蘇生措置をとるな、だよ。それはみんな指示しておくべきなんだ」

「ご忠告ありがとうよ、ドクター・ケヴォーキアン（自殺装置を考案し、患者の自殺を手助けしたアメリカの医師）。おれは、厄介なレポーターと渡りあうのにおまえの手を借りたいんだ。このラジオ番組をやっている男は、おれが手がけた昔の事件をほじくり返して、トラブルを起こそうとしている」

「正直なところ、まだガンの話で頭がいっぱいなんだ。だれがラジオでなんと言おうと、なにが心配なのさ？　いまどきラジオを聴いてるやつなんか、いないよ」

「おれだって、ばあさんのことは心配している」そう、心配だ、現在なにが起きているのか覚えていられる範囲でだが。どういうわけか、ローズの病気について考えようとするのは、のたうつ生魚《なまざかな》を捕まえようとするような感じなのだ。「だが、おれの過去を傷つけられるのを黙って見ているわけにはいかない。おれに残されているのはもうそれだけなんだ」

「わかったよ。話してみて。なにができるか考えてみるから」

「おれがナッシュヴィルで死刑囚監房に送りこんでやった、チェスター・マーチという男がいる。やつはなんとか助かろうとこじつけの説明をひねりだして、おれが殴って無理やり自白させたと主張することで逃れられると考えているんだ。このナショナル・パブリック・ラジオのプロデューサーのワトキンズってやつに、たわごとを吹きこんでいる」

テキーラは片手を上げた。「ちょっと待った。じいちゃんはぼくが生まれる前に引退してるんだよ。どうしてその男はそんなに長く収容されてるんだ?」

「なぜまだ死刑にならないのかわからない」ラッキーストライクを一本抜いて、くわえた。

「おまえのリベラルな大統領に聞いてみろ」

「じいちゃんが引退したとき、バラク・オバマは十五歳だよ」

「そこは問題じゃない」〈ドッカーズ〉のチノパンツのポケットからライターを出して、火をつけようとした。

テキーラはソファの背に腕をかけて脚を組んだ。なにはともあれ、ロースクールの三年間は図体で空間を占拠することだけは教えたらしい。あのメキシコ料理を食いまくったのも、役立ったのだろう。「ばあちゃんはガンになり、ぼくはもうじき司法試験を受ける。こういう状況で、いまの話はたいして重要とは思えないな」

「おれには重要なんだ、サンブーカ(イタリアのリキュール)。このレポーターを追いはらう方法はないか?」ライターが炎を上げ、わたしは煙草に火をつけた。共有部分は禁煙だが、まわりにはだれもいないし、だれかが見とがめたとしても、どうするというんだ? 校長室に送りこむか?

テキーラは肩をすくめた。「もしその男が、じいちゃんの評判について間違ったことや損害を与えるようなことを言ったら、名誉棄損で訴えるのはできるかも。だけど、それができるのは誹謗《ひぼう》中傷をされたあとだよ。差し止め命令を出させて、ナショナル・パブリック・ラジオに放送するなと圧力をかける方法はないんだ。言論の自由への干渉を禁じる憲法修正第一条で、マスコミは守られてる。それに裁判所は、国民の発言を妨げる制限を事前に課すことはできない」

「じゃあ、おれはなにができる？」

「あんまり。でも、警察の労働組合の代表者に電話はできるかな。なにかアドバイスしてくれるんじゃないの」

「代表者の名刺を持っているかどうかわからない。どのみち、もう替わっているだろう」

「それは大丈夫」テキーラはｉＰｈｏｎｅの画面をタップしはじめた。わたしはそこにすわって、三十秒ほど見守っていた。すると、彼はダイヤルしてスピーカーフォンにセットした。

「ちょっとばかり簡単すぎるな」向こうで電話が鳴るのを聞きながら、わたしは言った。

「たいていのことは簡単なんだ」テキーラは答えた。それはこの惑星で九十年近く過ごしてきたわたしの体験とは違うが、なんについてでも知りたいことをなんでも教えてくれる、『スタートレック』風の交信器を持っていないせいなのだろう。

女性が応答した。「メンフィス市警察組合です」

「どうも」テキーラは言った。「いま祖父と一緒にいまして、彼は引退する前メンフィス市警の刑事だったんです。祖父が代理人と話をしたいと言ってるんですが」

「わかりました、おつなぎします」

待っているあいだ、保留メロディの古いロックがかかっていた。わたしは煙草の灰をカーペットに落とした。テキーラはにやりとしてみせた。「ね？　簡単でしょ」

メロディが止まり、だれかが受話器をとった。「リック・リンチです」

「どうも、リック」テキーラは言った。「いま祖父と一緒にいまして、彼は引退する前メンフィス市警の刑事だったんです。祖父の代理人とお話ししたいんですが、あなたですか？」

「おじいさんは話ができる？」

「ええ」

「では、きみはその口を閉じて彼に話させたらどうかな。わたしの仕事は孫と話すことじゃない」この男、気に入った。

「あんたがおれの労組の代理人か？」わたしは尋ねた。

「たぶん。そちらは？」

「引退した刑事のバック・シャッツだ」

「ああ、くそ！」リンチは叫んだ。「あなたのことは聞いています。まだ生きているとは思わなかった」

「夜中に三回は起きて、生きているのを確認している」

「なるほど、今日はどういうご用件で、バルーク・シャッツ？」

「おれが逮捕したチェスター・マーチという男が死刑執行を目前にしている。彼はおれが自白を強要したと主張して判決をひっくり返そうとしていて、ナショナル・パブリック・ラジオのレポーターがその話に乗っている」

「その男を逮捕したのはいつ？」リンチは聞いた。

「一九七六年だ」

「オーケー、あなた、計画的に人を殺したことは？」

「なに？ ないに決まっている！」

「そのレポーターは、あなたがだれかを故意に殺害したと言う気ですか？」

「そんなことを言う理由は想像できない。きっと、この容疑者を取調室でさんざん殴りつけたとでも言うつもりなんだろう」

「ふううむ」リンチはうなった。「故殺について時効はないけれど、ほかにあなたがなにをしたとしても、だれかがその責任を問うには遅すぎる。だから、あなたは安全です。じっさいの事件からこれほど時間がたったあとで、警察が内部調査を始めた例は聞いたことがない、とくにもう引退した人の行為に関してはね。心配することはなにもないと思いますよ」

「だが、このレポーターはまだラジオで番組を続けていて、おれについてしゃべるつもりでいる」わたしはまた煙草の灰を落とした。

「シャッツ刑事、昔がどうだったかは知らないが、二〇一一年現在、メンフィス市警察組合はジャーナリストを黙らせる仕事はしていないんですよ」リンチは言った。わたしは彼が好きではなくなった。

「広報とか危機管理対応で手を貸していただけるのでは、と思ってたんですが」テキーラが口をはさんだ。

「坊や、ここは警察の組合なんだ。広告代理店と勘違いしちゃ困る」

「この件に関して、おれに手を貸せることはなにもないのか？」わたしは尋ねた。

「あなたが起訴されたり捜査の対象になっているのなら、弁護士をつけて支援することはできますよ。もしそのレポーターが電話してきたら、あなたは偉大な刑事であり、われわれとしてはこのマーチというやつは死刑に値すると、喜んで伝えましょう。だが、ほかにできることはあまりない」

わたしはひざに両ひじを置いた。「それはじつにありがたいね」

「くそったれが」テキーラは罵《ののし》って、リンチが答える前に通話を切った。

「で、次はどうする？」わたしは孫に尋ねた。

「そのレポーターとその件は相手にしないで、とにかくばあちゃんを支えることに専念するべきだと思うよ」

「しかし、おれが話さなければ、あいつはこっちの意見抜きで番組を放送する」

「だからなんなの？　ジャーナリストはいつだって、死刑について記事にしたり放送したりしてるんだ。だれもたいして関心は示さないし、マスコミが死刑を中止させたことなんかほとんどないよ。そのレポーターと話さなければ、有罪自認にもならない」

「なんだって？」このガキのロースクール言葉には頭にくる。

「悪影響のある発言をしなくてすむってこと。相手にあるのは、古い記録と殺人犯が自分の都合のいいように話した内容だけだ。レポーターはストーリーの盛りあがりがほしいんだ。じいちゃんと対決して悪行を働いたと認めさせて、でかく注目されたいんだよ。彼はじいちゃんを捕まえようとする、だから、じいちゃんはそれを避けるために彼からの電話に出ないようにするだけでいい」

「ああ、たしかに筋は通っているようだな。だが、ナショナル・パブリック・ラジオでマーチに嘘をしゃべらせておいて黙っているわけにはいかない。あの外道《げどう》に決定権など持たせるものか」

テキーラは片手で額を叩いた。「わかったよ、じゃあ、ほんとうはどうだったのかぼくに話してよ」

「まだたいしたことはない。レポーターが電話してきて、自分はチェスター・マーチと話をしている、おれとも話したい、と言ったんだ」

「くそ、違うって。じいちゃんとマーチのあいだになにがあったかだよ。彼になにをした？マーチはレポーターになんて言ってるの？」

「ああ」わたしはソファの腕木で煙草を消し、吸い殻をクッションの下に隠した。そしてもう一本に火をつけた。「じゃあ、全部話そう」

第二部

一九五五年——ユダヤ人の刑事

5

その女性はわたしのデスクの反対側にすわって、すすり泣いていた。こういう人々を見慣れてはきたが、気楽に受けとめることはまったくできない。わたしは煙草に火をつけた。「ちょっと落ち着く時間が必要なら、化粧室へ行ってきていいですよ」トイレのほうを示してみせた。

女は大きく目を見開き、ぽかんと口を開けて叫んだ。「いいえ！」わたしは驚いた顔をしたにちがいない、彼女がこう言ったからだ。「その、わたしが席を立ったら、戻ったときにあなたはここにいないんじゃないかと心配で。この警察署には四回来ましたが、おまわりさんと話ができたのは初めてなんです」

「刑事です」

「え？」

「わたしは刑事です」

「だったら、なおいいわ」

刑事徽章は新しく、自分にとってきわめて大事なものだった。かなりきびしい環境下で、わたしはこれを獲得したのだ。そもそも警官になるのがたいへんだった。戦争で弾傷を受け、肩をひどくやられた。警察アカデミーに入学できる健康状態に戻れるまで、三回の手術と二年間のリハビリが必要だった。そのかんに復員兵援護法でメンフィス大学へ行き、教養科目をいくつかとった。そして一九四九年に警察に入った。

大学へ行った巡査は、二年間パトロール勤務についたあと刑事昇進試験を受けられる。大学へ行っていないと三年間待たなければならない。資格ができしだい一回目の試験を受け、トップの成績をマークした。いまは空きがないと言われたが、わたしより成績が悪かった者たちにはなぜか空きがあった。それは謎ではない。わたしはよくない部類の名前を持ち、よくない部類の場所で祈り、適正な社交ク《K》ー・ク《K》ラックス・ク《K》ラン（白人至上主義者の秘密結社）クラブに属していなかった。

昇進するまでに、それから三年かかった。新聞に写真が載るようなめざましい英雄的行為があったから刑事になれたにすぎず、わたしは刑事部屋では好かれていなかった。だれも相手にしたくなかった女性が目の前にすわっているのは、たぶんそれが理由だろう。

わたしは煙草の灰を灰皿に落とした。「それで、どういったご用でしょう、ミス……？」

「オーグルヴィ。ホーテンス・オーグルヴィです」

わたしはうなずいた。

「友だちが失踪したんです」

少なくともつかのま、若さが開花しているときにはどんな娘も美しい、とどこかで読んだことがある。だが、それを書いた人間はホーテンス・オーグルヴィには会っていない。ミス・オーグルヴィは、ひじょうに大きな歯茎《はぐき》、もしくはひじょうに小さな歯、もしくは両方の持ち主だった。歯肉線の周囲にはっきりと炎症が見え、真っ赤に腫《は》れて、二、三ヵ所が膿《う》んでいる。唇は口内の炎症を隠しおおせるほどには伸びないので、歯茎はずっと出ていた。赤らんで、つばで湿って、光っていた。こういう口を前に一度見たことがある。川から引きあげた膨れた死体の口。いやな臭いがかすかにして、じっさいミス・オーグルヴィの口臭を嗅いだのか、あのときの死体の悪臭をまざまざと思い出したのか、よくわからなかった。煙草を同時に二、三本吸ったら、彼女は気を悪くするだろうか。

「友だちというと?」

「ええ、友だちのマージェリー・ホイットニー」ミス・オーグルヴィはレモンを齧《かじ》ったようなしかめつらをした。腫れた歯茎が嫌悪感で紫色に変わった。「じつは、彼女はいまマージェリー・マーチなんです。夫の名前はチェスター・マーチ」

「マージェリー・マーチ?」

「はい、そうです」

わたしは鼻から煙草の煙を吐き、もう一度吸いこもうとした。「そんな間延びした名前にならないように、お友だちは彼のプロポーズを断わるべきだった」

ホーテンスは拳を握りしめた。「言わせてもらえるなら、たくさんの理由で彼女はプロポーズを断わるべきでした」

「あなたに発言の機会がなくて残念至極だ」

「どういう意味ですか、刑事さん?」

「さてね。マージェリー・マーチが失踪したと思う理由を教えてください」

「わたしたちはとても親しいんです、ほとんど毎日話をします。毎週水曜日に立食のランチを一緒にしていて、彼女が姿を消すまでほぼずっと続いていました。それが、この三週間近く、彼女を見ていないし連絡もないんです」

「マージェリーが姿を見せなくなる原因がお二人のあいだにあったとか?」ホーテンスに会うのをひと休みしたとしても、マージェリーを責められない。わたし自身もいまそうしたいし、ホーテンスに会ってからまだ五分しかたっていない。

「そんなことはなにも」ミス・オーグルヴィは言った。「わたしたちはとても仲がよかったんです、それなのに突然彼女がいなくなって。お姉さんのところにも連絡がないそうです。近所の人も見かけていなくて、そんなのめったにないことです」

「ご主人はなんと言っているんですか?」

「出かけているって。わたしが訪ねていくとかならずそう答えるんです」

わたしは吸い殻を灰皿に捨てて、新しい一本に火をつけた。「通常は、ご家族が失踪届を出すんですがね」

「マージェリーの家族はナッシュヴィルにいます。ここにいるのはチェスターだけです」

「あなたは、チェスターが彼女になにかしたんじゃないかと考えている？」

「ああ、そんなことじゃないといいけど」

会話は堂々めぐりでいらだたしいものになっていた。意図的に見えないよう無頓着に、わたしは彼女の顔に煙草の煙を吹きかけた。「では、なにが起きたとあなたは考えているんです？」

ホーテンスは咳きこんで口の前で手を振った。「だからここへ来たんです。警察に調べてもらおうと思って」

「それはそれは」わたしは言った。「楽しそうだ」

6

オヴァートン・パーク・アヴェニューにあるチェスター・マーチの堂々たる大邸宅へ車で向かった。相手を一目見て、どの程度のクズか判断するために。

ミッドタウン・メンフィスのエヴァーグリーン地区の家はみな世紀の変わり目に建てられ

ているが、南北戦争前のスタイルだ――邸宅の前面には仰々しい柱廊があり、柱は重い二階のバルコニーを支え、バルコニーではラップアラウンド・ポーチが日陰をこしらえている。

だが、近隣のノスタルジックなエレガンスはみすぼらしさに侵食されつつある。五〇年代半ば、金持ちはすでにミッドタウンを逃げだして、郊外や、シェルビー郡の自治体として認可されていない地区に移りはじめていた。新しいハイウェイの環状線が建設され、暖房と空調のついた完全密閉の自動車の普及とあいまって、もはやダウンタウンのビジネス地区のそばに住む必要はなくなったのだ。それに、公立学校における人種隔離を違憲とした合衆国最高裁判所首席判事アール・ウォーレンの先頃の決定で、金のある白人の大部分にとってメンフィスの公立学校は受け入れがたいものになっていた。

わたしは通りに駐車した。チェスターの私道には車が一台止まっていた。赤のビュイック・ロードマスター・スカイラーク。いい車なので、些末なことは気にしないほどの金持ちだとしても、やはり外に置きっぱなしにしたくはないはずだ。家には車庫がついているが、ドアは閉まっている。そこに車ではなくなにを入れているのだろう、とわたしは思った。

マーチがポーチの揺り椅子にすわって、氷をたくさん入れたハイボール・グラスでなにか飲んでいるのが見えた。彼の隣では、大きな扇風機がやかましい音を立てながらじめついた七月の空気をかきまわしている。扇風機の延長コードは、開いた玄関の奥から延びている。わたしは玄関広間をのぞいたが、犯罪を思わせるようなものは見当たらなかったので、家探《やさが》ししたり家主をボディチェックしたりするのを正当化できる理由はない。どうして、ものごとは簡単に運ばないのだろう？

チェスターという男を観察した。髪は短くさっぱりと刈り、ポマードできちんと撫でつけている。ジャケットは白い麻、シャツの襟《えり》も白、この猛暑とむっとする湿気の中でもピンとしている。彼の洗濯物を引き受けているのがだれにしろ、ある種の魔法使いか、さもなければ彼はリネン製品を一度だけ着てすぐ捨てるのだろう。なぜなら、ジャケットもシャツも人間の肌に汚されたことなどないように見えるから。

立派な鷲鼻に、輪郭のくっきりした傲慢《ごうまん》そうなあご。マーチをハンサムな男と思う者もいるかもしれないし、写真ではそう感じられるだろうが、彼にはどこか妙なところがあった。整った目鼻立ちをあまりにも鋭くとげとげしく見せる、冷ややかな物腰ととりつくしまのない雰囲気。

この午後、わたしは〈シアーズ・ローバック〉で買った夏用のウールを着ていたが、ウールは七月のメンフィスにふさわしい厚さではない。だからわたしのスーツにはたっぷりと汗染みができていた。シャツ全部の袖口と襟には、ローズがどうしても落とせない黄色いしみがある。チェスターがわたしより見栄えがするのは認めざるをえないが、少しでも挑発されれば彼をちょっとばかり醜くしてやるにやぶさかではない。

「ここのご主人？」わたしは尋ねた。

チェスターはグラスを長々とあおってから、麻のハンカチで口もとを拭いた。「ほかにだれがいる」彼はわたしを退屈な存在と見なしていると思わせたいらしい。だが、額の真ん中にはかすかなしわが寄って、いらだちを示していた。服従されるのに慣れており、自分がだれなのかみんなが知っていることに慣れている。汗で湿ってしわくちゃのスーツを着た厚かましいユダヤ人からの辛辣《しんらつ》な質問に対応することには、慣れていないようだ。

わたしはポーチの階段を上り、煙草の煙がでかい扇風機の風でマーチのほうへ流れる位置に立った。「すごくいい車だ」スカイラークを指さした。「あなたの？」

「ああ、そうだ」チェスターは答えた。自分の車の話をしたいかもしれないと思って、わたしは少し待った。あの手の車を持つたいていの人間は、車のことを話したがる。わたしは車の話が好きで、車の話が好きな人間が好きだ。しかし、チェスターはなにも言わなかった。チェスターのことは好きになれない。

「奥さんはご在宅で？」

彼の口角が上がり、まっすぐで白い歯が光った。「普通、他人がレディを訪問するときには、彼女の夫にもう少し敬意を払う分別があってしかるべきだろう」

わたしは盾形の徽章を見せた。「ミセス・マーチのことをみんな心配していまして。彼女が無事だと確かめたいだけです。では、ここにいるんですね？」

チェスターの額のしわがさらに深まった。「よそさまに余計な世話を焼くものじゃない」

「あなたに聞いているんです」

チェスターはグラスから一口飲み、舌つづみを打った。「うむ、じつにうまい。このあたりの習慣では暑いときにウィスキーカクテルを飲むんだが、こっちのほうがもっとさわやかだ。ホワイト・キューバン・ラムに、ライムジュースと蔗糖《しょとう》を混ぜて、ミントの小枝を添える。妻に言いつけてきみにも一杯さしあげたいが、きみのような高潔な警官はきっと勤務中に飲んだりしないよな。それに、飲みものをゆっくり楽しんでもらうほど長くここにいてほしいかどうか、疑問だね」

「奥さんはどちらに、ミスター・マーチ？」

彼はまたおもしろくなさそうな笑みを浮かべた。「出かけているんじゃないかな」

「いつお戻りですか？」

「さあ、聞かなかったと思う」

わたしは開いた玄関のドアのほうを示した。「ちょっと中を拝見しても？」

「それはご遠慮願いたい」彼は言った。わたしは強く出ようかと思ったが、やめておいた。こういうやつには、鋭い牙をむく弁護士がうじゃうじゃ侍《はべ》っている。チェスターを押さえたかったら、わたしの証拠に異議を唱えるどんなチャンスも彼らにやらないように、用心してかからなければならない。

「ミセス・マーチがお帰りになるまで、このあたりにいてもかまいませんか？」

彼は肩をすくめて、グラスからもう一口飲んだ。「さてね、きみが待っているあいだ、もてなす気はさらさらないよ。もちろん、うちの地所の外側にいるなら、どうでも好きにすればいい。ただし、わたしの視界に入らないようにしてもらえるとありがたい。きみを見ているのは楽しくないからね」

わたしは縁石に止めた自分の車に戻り、三十分間待った。チェスター・マーチが揺り椅子にすわって冷たい飲みものをあおり、扇風機に髪をなぶらせるのを眺めていた。やがて、わたしはそこをあとにした。覆面パトカーにはエアコンもないし、シャツは胸に貼りついていた。それにマージェリーは帰ってこないと、かなりの確信があった。

＊

〈アメリカの正義〉——放送の文字起こし

チェスター・マーチ「そう、初めてわたしがバック・シャッツに会ったのは、彼が家に来て妻が失踪したと告げたときだ」

カーロス・ワトキンズ「あなたに知らせに来たんですか？　あなたはまだ知らなかった？」

マーチ「彼女は前から、いわゆる意志の強い女性でね。一人でときどき出かけていた——友だちと旅行したり、実家の両親を訪ねたり。だから、妻が夜家に帰ってこなくても、あまり心配しなかったんだ。当時、女性の自立は進んできていたし、国際的感覚を持つ紳士として、わたしはそれに反対するつもりはまったくなかった。帰宅したときにマージェリーが夕食をテーブルに用意して待っていると期待したことはないし、いつでも通ってきて家を片づけて料理をしてくれるメイドがいたので、マージェリーは気分しだいで好きにできたんだよ。わたしは一人でも気にならなかったし、しばしの平安と静寂はかまわなかった。それにマージェリーはいつも戻ってきたから。あるときまでは」

ワトキンズ「あなたは結果的に彼女の殺害で有罪になった」

マーチ「最高にお粗末な証拠に基づいて、偽証で人を罪に陥《おとしい》れる法廷で、二十年後にね。しかし、それは知っているだろう。そうでなければ、あなたはわたしと話してさえいない」

ワトキンズ「奥さんの遺体が見つかりましたね」

マーチ「白骨化した遺体を見つけたと警察は言っている、殺人があったとされてから何十年もあとで。身元の特定はまったくできなかった。その白骨がどこにあったのか、わたしは知らないんだよ。シャッツ刑事以外、だれも見つかった場所を知らない。警官についてただ一つ信じられるのは、警官は嘘をつくという事実だけだ。

ご存じのように、わたしの弁護団はずっとその遺骸のＤＮＡ鑑定を求めているが、州はあらゆる手段を尽くして反対している。彼らがわたしを死刑にするというなら、せめて疑わしい証拠について科学的なテストを進んでおこなうべきだ」

ワトキンズ「それは理にかなっていると思います。テストに反対している理由はなんですか？」
マーチ「隠したいことがあるから、テストしたくないんだとわたしは考えている。しかし、州は死体をまた掘りおこすのは不敬だと、家族にとって苦痛になると言うんだ。まったく！　その遺骸が彼女だと確信があるなら、五十年以上前に死んでいるんだよ。マージェリーを覚えている家族はもうだれも生きていない」
ワトキンズ「あなたは別として」
マーチ「そうだね、カーロス、そのこと以上にわたしを苦しめるのは致死薬注射ぐらいだろう。ああ！　もう一つ、遺骸はひじょうに古いのでＤＮＡテストをしても決定的な結果は出ない、と州側は言っている。ＤＮＡテストが決定的でないなら、わたしはあらためて裁判を受ける権利がある！」
ワトキンズ「あなたがバック・シャッツにした自白はどうなんですか？」
マーチ「〝毒樹の果実〟という言葉を聞いたことは、カーロス？　いい響きだろう？　聖書からの引用みたいで。毒樹の果実。それは、警察の違法行為で容疑者の権利が侵害された状況で集められたどんな証拠も、信用はできないという意味なんだ。証拠能力がない。強制された自白は毒樹の果実だ。決して陪審員に提出されるべきではなかった。わたしが警察に話したとされる事柄に基づいて集められた証拠は、除外されるべきだったんだ。あの男がわたしにしたことは、アメリカでぜったいに起きてはいけないことだった」
ワトキンズ「その件はかならずあとでとりあげます、でもいまは話が少し先走っている。最初にあなたとシャッツ刑事が会ったときのことに戻りましょう」
マーチ「男に会って、一目で怯《おび》えた経験は？　それがシャッツだった。背が高いわけじゃないが、彼には重量感があった。そして自分は危険な男だと相手に思い知らせる雰囲気を漂わせていた。バックを見れば、ひじ打ちで喉を狙って、十日は固形物を飲みこめなくするこつを心得ているとわかる。この三十五年間わたしが暮らしてきたところにいると、身構えたり自慢したり脅しをかけたりする男たちに大勢会う。しかし、彼らの中のだれが前に出てきて、だれが後ろに下がるか、見分けるのはとても簡単なんだ」
ワトキンズ「それでバック・シャッツは前に出る男だと？」
マーチ「バック・シャッツはとにかくだれかを傷つける名目を探している人間のようだった。例の黒い落ちくぼんだ目に、太い眉。それに、あのワシのくちばしに似た大きなユダヤ人らしい鼻。それが彼の外見だ。巨大な猛禽類《もうきんるい》だよ。だが、そう言うとあなたに間違った印象を与えてしまうかもしれない、彼が敏捷《びんしょう》で優雅に動けるようなね。じつは歩きかたが不格好なんだよ、どこかちょっと具合が悪そうな感じで」
ワトキンズ「彼はヨーロッパに出征し、撃たれて負傷しています」
マーチ「ほんとうに？　どういう状況で？」

ワトキンズ「捕虜収容所にいたとき、彼が素手でドイツ人の看守をぶちのめすのを止めようとして、別の看守が背中を撃ったんですよ」
マーチ「それはいかにもバック・シャッツらしい。そのことを彼があなたに話したのかな?」
ワトキンズ「違います。軍務記録と昔の新聞記事を調べました。まだシャッツにインタビューを了承してもらえないんです。二度電話して会おうとしたんだが、彼は用心深くて」
マーチ「あきらめないで連絡することだ。きっと話すよ」
ワトキンズ「後ろに下がるよりも前に出る男だから?」
マーチ「あのくそったれは闘うことをやめられないからだ。シャッツと煙草の件は知っているかね? チェーンスモーカーなんだ、ずっと。自分の体をあんなに汚染しているのに、これほど長生きしているなんて信じられない。いつだって紫煙の中にいるんだよ、スヌーピーのアニメに出てくるほこりまみれのピッグペンみたいに。そして、吸うときはじつに強引でね。彼にとって権力の象徴なんだ。人に煙を吹きかけ、床に吸い殻や灰を落とし、そうしながら相手の目をじっとのぞきこむ。まるで、上流社会のもっとも基本的な決まりにさえ従わない自分に、なにか言ってみろと挑発しているかのように。それをおもしろいと思っているんだ。とても幼稚な人間だね」
ワトキンズ「あなたが彼と会った日のことを話していたんですが。奥さんが失踪したと彼が伝えにきたときです」

マーチ「マージェリーのおせっかいな友だちが、行方不明だと通報したんだ。そこでシャッツはどうなっているのか調べにきた。きっと彼はわたしの外見が気に入らなかったんだろう、なぜなら、ほぼ最初からわたしを目の敵《かたき》にしていた。きわめて押しが強くて、家の中を見たがったんだ。もちろん自分の家へ警官が立ち入る許可など与える気はなかった。弁護士と会ったことのある人間なら、分別をわきまえていてしかるべきなんだがね。わたしが追いはらうと、シャッツは立ち去って自分の車の中にすわり、じっとこっちを見ていた。たぶん三十分ぐらいは待っていた。とにかく恐ろしいやつだった、そこにすわって煙草をふかして、どうやってわたしを破滅させてやろうかと考えていたんだから」

ワトキンズ「そのあと彼はどうしました？」

マーチ「わたしを破滅させたよ」

7

「賢いやりかたはなにもしないことだ」わたしはフォークでツナ・コロッケを切りながら言った。コロッケを作るのは簡単だ――缶詰のツナ、パン粉、刻みタマネギを植物性油で揚げる——だが、わたしの好物の一つだ。

「なぜそれが賢いの？」母が尋ね、ブライアンの顔から乱暴にケチャップをぬぐった。息子は三つだった。母のバードは六十三だった。「その女性は死んでいる、亭主が殺したのよ。行って逮捕しなさい」

「女性は死んでいると思うよ、だけど死んでいるとわかっているわけじゃない」わたしはツナのかけらをケチャップに浸して口に放りこんだ。

「どこが違うのよ？」

「シュレディンガーの猫について聞いたことは？」わたしは尋ねた。

「なんの話？」

「猫を飼っていて、その猫が箱の中にいるとする。それに毒薬の小瓶も箱の中にある。割れていたら猫は死んでいるかもしれない。箱を開けてみるまで、小瓶が割れているかどうかわからないから、猫が生きているか死んでいるかもわからない。だから、論証としては、猫は生きている状態でも死んでいる状態でもありうる」

母は眉をひそめた。「あたしにはわからない。猫を毒薬と一緒に箱に入れるなんて、どんなひどい人なの？」

「文字どおりの猫の話じゃない。思考実験なんだ」

「でも、動物の虐待について考えようなんて、ほんとうに堕落しているわ」

「問題は、猫は箱に密閉されているから、毒薬の小瓶が割れているのかどうかこっちにはわからないってことだ。つまり、その不確実性にどう対処するかなんだよ」

母は肩をすくめた。「さっさと箱を開けて中を見たらどう?」

「観察するのがむずかしいミクロの世界について考えるための、類比として使われる実験なんだ。しかしまた、わからないことにも価値がある。行方不明の人たちの捜査についても同じだ」わたしは説明した。ローズが温めた缶詰の豆の入った深皿を持って、部屋に入ってきた。わたしは自分の分をたっぷりととった。「なにかわかったら、それがきっかけで不愉快な事件がぞろぞろ出てくるかもしれない」

ローズは母に豆を差しだした。バードは匂いを嗅いで鼻にしわを寄せ、手を振って断わった。「それじゃ、おまえは知らんぷりをして、その殺人犯はまんまと逃げおおせるの? そこにどんな価値があるのさ?」

「ダウンタウンで起きた殺人の一年間の記録がある」わたしは言った。「被害者たちの名前、捜査した刑事たちの名前、警察が事件を解決したかどうか。そのリストの、未解決になったたくさんの殺人事件の隣に自分の名前を載せて、一年を締めくくりたくない。チェスター・マーチは金持ちで頭がいい。彼の妻は何週間も行方不明だ。彼には証拠をもみ消す時間がたっぷりあった。おれはこれを殺人と呼べる。手続きを始められる。だが、最後までたどり着けるかわからない」

「始めなかったらどうなるの？　あなたが放っておいたら？」ローズが尋ねた。

わたしは肩をすくめてツナ・コロッケを齧《かじ》った。「そうなったら、彼の妻は箱の中の猫だ。だれも彼女が生きているか死んでいるかわからない、だからダウンタウンのリストに名前は載らない。おれたちは失踪した人々を探すが、見つからなかった人々をリストにしてはいない。殺人事件みたいには、何人見つけたかだれも勘定してはいないんだ。人がいなくなるのにはたくさんの理由がある。ときにはひょいとバスに乗って街を捨てていく。もしかしたらマージェリー・マーチは男に出会って駆け落ちしたのかもしれない」

「でも、あんたはマージェリー・マーチがバスに乗らなかったのを知っている」母は言った。

わたしはラッキーストライクに火をつけた。「この方向で捜査を始めて、遺体が出なかったらどうなる？　死体がない場合、だれかを殺人で有罪にするには非の打ちどころのない状況証拠がいるんだ。おれが殺人と断定せず捜査をしない言い訳にできる理由の一つ一つが、裁判では弁護側の論点になる。遺体すら見つからなかったら、彼女が死んでいるかどうかさえわからないだろう？　それに、死んでいるとわからなかったら、夫を妻殺しで起訴できるわけがないじゃないか？」

母はテーブルの上に手を伸ばし、わたしの口から煙草をとって灰皿に押しつぶした。「おまえを腰抜けに育てた覚えはない、おまえの父親――安らかに眠りたまえ――は恥に思うわ。彼は信じるもののために闘って死んだのよ」

わたしはラッキーストライクの箱の底を叩き、一本出した。「でも、母さんはいつも父さんはばかだったって言っているじゃないか。父さんが死んだのは、自分の正義が自分を守ってくれると考えていたからだって。公正と公平が支配する世界を父さんは信じていたって。そんな、存在しない世界を」わたしはマッチを擦った。

母はテーブルの向こうから飛びかかって、まだ火をつけていない煙草をわたしの口からもぎとった。「正義は守ってくれない。だからって、正義のない世界で生きるってことじゃないの。ただ、自分の身は自分で守らなくちゃならないって意味よ」強調するために、母はスカートの下のどこかから刃渡り六インチのぎざぎざした狩猟用ナイフをとりだし、テーブルの上に落とした。

「無益に敵と闘いつづけていたら、どうやって彼は身を守るの?」ローズが尋ねた。「刑事になるためにバックがどれほど努力したか、お義母《かあ》さんは知っているでしょう。ユダヤ人にその仕事はできないと思いこんでいる偏見に凝り固まったやつらが、署内には大勢いる。彼を負け犬にする理由を、彼らは探しているのよ。バックには養うべき家族がいる。息子がいる。それに、お義母さんの支払いも少し肩代わりしているのをわたしは知っているわ、バード。どうしてこの女性の失踪を彼の問題にしなくちゃならないの? もう問題は充分抱えているんだから」

「彼が男なのか、そうじゃないのか、ってこと」母は言った。フォークを皿に置くと、テーブルの中央に皿を押しやった。「それはそうと、ローズ、あんたの料理はクソね」母はナプキンで口もとをぬぐい、それを皿の上に放った。

「子どもの前では言葉をつつしんでくれ、母さん」わたしは注意した。

「ママの料理はクソだ！」ブライアンが叫んだ。「クソ料理！」

「あなたはここで食べなくていいわ」ローズは言って子どもを抱きあげ、母の皿を持ってキッチンへ駆けこんだ。途中で足を止めて、たっぷりとわたしをにらみつけた。きっとわたしは妻を支持しなくてはいけなかったのだろう。神に誓って、どこかの男があんなことを女房に言ったとしたら、わたしはなんの躊躇《ちゅうちょ》もなく近くの壁にそいつのツラをめりこませてやる。だが、相手は母親だ。ローズはなにを期待していたのだ？

わたしはコロッケをもう一口食べ、母はそこにすわって苦い顔をしていた。静まりかえった食堂で聞こえるのは、わたしのナイフがツナとパン粉を切るナイフの音だけだ。母は正しい。もちろん、チェスター・マーチについて。料理についても正しい。コロッケは脂っこすぎ、ちょっと焦げていた。

わたしはケチャップの瓶をとり、大量のゼラチン状のどろりとした中身が皿に落ちるまで振った。

父が死んだあと、母は女手一つでわたしを育ててくれた。あのころ、女性が一人で働きながら子どもを育てるのは容易なことではなかった。だが、当時わたしはひどく不自由な思いをしたことは一度もない。バードはタフで頭がよくて、たいていのことに関しては正しいのだ。ヒトラーとは戦える。ク《K》ー・ク《K》ラックス・ク《K》ランとも戦える。犯罪とも戦える。しかし、バード・シャッツと戦おうとしたら、こてんぱんにやられるのがオチだ。

「もちろんマーチを追うよ、母さん」わたしは言った。「ああいうことをやっておいて、逃げおおせるのは許さない」

「よかった」母は言った。

またラッキーストライクの箱をテーブルでトントンと叩いたが、母はわたしに首を振ってみせた。わたしは煙草をポケットにしまった。

8

友人が失踪したというホーテンス・オーグルヴィの通報を捜査対象にすると決めたからには、現実に動かなければならない。刑事がときにはほんとうに働かなければならないとは、テレビの警察ドラマを見ていたらわからないだろう。だが、われわれは働いており、それはじっさい面倒くさい。

まずやるべきなのは、マージェリー・マーチがほんとうに失踪している事実を裏付け、わたしの証人がただの偏執狂ではないのを確認することだ。ホーテンスに前科がないか調べてみたが、きれいなものだった。地元の自動車局から記録を取り寄せてみると、駐車違反を一回くらっていたものの、判事が処理していた。

運転免許証の生年月日からして、彼女は一九四八年にハイスクールを卒業しているはずだ。メンフィス公立図書館は〈コマーシャル・アピール〉紙をマイクロフィルムで保存しているので、車で行って、ホーテンスについてなにか書かれていないか、四月、五月、六月の分を調べた。〈ピーボディ・ホテル〉の大ロビーでおこなわれた舞踏会に出席したときの写真を見つけた。彼女のドレスは美しかったが、彼女はそうはいかなかった。ホーテンスはしかめつらをしているようだったが、記事を読むと、笑ったときにそう見えるらしい。エスコートしている少年は、ここではないどこかにいたいという顔をしていた。記事によれば、ホーテンスはサザンウェスタン・プレスビテリアン・カレッジに進学予定とのことだった。

図書館には地元の大学の年鑑もあったので、そこからホーテンス・オーグルヴィがサザンウェスタンに一九四九年から五三年まで在籍して卒業したことがわかった。マージェリー・ホイットニーは四九年から五一年まで在籍していたので、二人はおそらくそこで知りあったのだろう。

わたしはマイクロフィルムに戻って、一九五一年春からの結婚告知をあたり、マージェリー・ホイットニーがチェスター・マーチと結婚した記事を見つけた。チェスターはミシシッピ大学を卒業し、トゥーペロにある父親の綿花会社に就職した。記事には、チェスターの花《はな》婿《むこ》介添えを務めたマレー・ボトムという男が、チェスターが前によく野良犬を射殺した話をして列席者を楽しませたと書かれていた。わたしはこの男と話してみることにした。

交換手がオクスフォード在住のマレー・ボトムを見つけて、電話をつないでくれた。

「どうも」わたしの前にはホーテンスの出た舞踏会に関する記事があった。筆者名を確認した。書いたのはアル・ウォーターズという男だった。「メンフィスの〈コマーシャル・アピール〉のアル・ウォーターズです。チェスター・マーチについて記事を書いていまして。彼の生まれ育ちのようなことを、なにか伺えませんかね」

「チェスターについてどんな記事を書いているんです?」ボトムは聞いた。

「社交欄の担当なんです」新聞に書かれるために金持ちの男はどんなことをするか、考えた。「チェスターの慈善活動について記事にしています」

「なるほど」ボトムはほっとしたような声音だった。「彼が厄介な状況になっているのかと思いましたよ」

わたしは笑った。「ほう、なぜそんなことを?」

「いや、理由なんか別に。きっと彼は、慈善活動で多くの貢献をしているでしょう。ただ、わたしは前からあの男にはちょっと妙なところがあると思っていたので」

「あなたは結婚式で彼の介添えでしたよね」

「ええ。あれも妙なことの一つです。どうしてわたしに頼んだのか？　子どものころから知ってはいました。わたしの父は農業機械の保守修理をしていて、チェスターのお父さんのミスター・マーチはお得意さんだったんです。父はいつもチェスターをわたしの仲間に入れたがり、そういうわけで、わたしは彼とつきあいはしたものの、親密な関係だと思ったことは一度もありませんでした。それに、五、六年も音信不通だったのに、チェスターは電話してきて結婚式に出てくれと言ったんです。気が進みませんでしたが、まあ、彼の家はうちの商売にとっては大きかったので。これは記事にしませんよね？」

「しません」わたしは答えた。「たんに背景を調べているだけです」

「たぶん、結婚式があったときには大勢が朝鮮戦争に行っていたので、ほかに出席できる人がだれもいなかったんじゃないかな」

「チェスターはなぜ出征しなかったんですか？」

「父親の綿花農場での仕事が不可欠な農業労働だったから、徴兵猶予になったんでしょう」

「彼は父親のためにどういう仕事を？」

ボトムはしばらく黙っていた。きっと、わたしの意図を見抜こうとしていたのだろう。

「チェスターの記事を書いているなら、そういう質問は彼にしてもらえませんか？」

「チェスター・マーチのような重要人物は、インタビューの相手がそういうことを知った上で来ていると思っているんですよ。取材対象と会う前に、できるかぎりの情報を得ておくのが最善だとわたしは承知しています。そうすれば、彼に割（さ）いてもらう貴重な時間をできるだけ少なくできる」

ボトムはわたしの答えについてしばらく考えてから言った。「まあ筋は通っていますね。でも、チェスターが父親のためになんの仕事をしていたのか、ほんとうに知らないんです。設備のアフターサービスのために農場へ行ってはいたが、チェスターを見かけたことはありません。彼はメンフィスに住んでいて、ミスター・マーチはそっちではたいした用事はなかった。正直なところ、わたしの印象ではチェスターは徴兵猶予を受けて戦争に行かなくてすむように、不必要な仕事を作りだしたんじゃないかと思います」

「あなたはなぜ出征しなかったんです?」知るべき理由はなかったが、尋ねてみた。

「出征しましたよ。一九五〇年に片脚の一部を吹き飛ばされて、帰国しました。いまは普通に歩けるが、しばらくは苦労したんです」

それを聞いて、わたしは彼を少し好きになった。「わたし自身も撃たれました、フランスでね。肩をめちゃくちゃにされた」

「そしていまは社交欄を担当しているわけですか」ボトムの口調は懐疑的だった。わたしはこの男にあとどれだけ嘘八百を並べられるか、自信がなくなってきた。

「チェスターの結婚式についての記事がここにあるんですが、あなたはレセプションですばらしい乾杯の辞を述べたとある。みんなを大笑いさせたそうですね。その話を教えていただけますか?」

「あれは何年か前だな。思い出すヒントをもらえます?」

「犬を射殺した話だとか」

「ああ、あれをどう話しておもしろがられたのか、まったく思い出せません。おもしろい話じゃないですから。チェスターは二二口径のライフルを持っていて、それで犬を撃つのが好きだった。不潔でノミだらけの野良犬どもだと彼は言っていたが、あのころはみんな田舎で飼い犬を好きに放していましたから、その犬が野良かどうか、チェスターがどこで判断していたのかわかりません。二二は小口径のライフルで、リスなんかを狩るのに使います。二二口径で犬を撃ったらすぐには死なないでしょう、頭か心臓を撃ち抜かないかぎり。チェスターは腹を撃って、血が流れるのを見て喜んでいた。わたしはそんなのはいやだ。犬が好きなんです。彼とつきあいたくはなかったが、彼の家族によく思われるのがほんとうに大事だったんですよ。老ミスター・マーチはうちの父にとって大切な顧客だった。とにかく、チェスターは普通に育ったはずです。いまは結婚して、慈善事業もしているんだから」

「ええ、いい人だと思いますよ。お時間をとっていただき、ありがとうございました」

わたしも犬は好きだ。そして、チェスターに対しては本気で悪意を感じはじめた。

ミス・オーグルヴィがあきらかに頭が変なのではなく、チェスターがどこかおかしいことがはっきりして、わたしは気が楽になり、ナッシュヴィルのマージェリーの家族に電話した。

交換手を通して、彼女の母親につないでもらった。自分は〈コマーシャル・アピール〉のアル・ウォーターズだと名乗り、記事を書くためにマージェリーと連絡をとりたいと話した。

マージェリーからは二週間以上音沙汰がない、と母親は言った。それは異例なことではないのですか、とわたしは尋ねた。アル・ウォーターズにとって質問の範囲を広げてくれるはずの問いだったが、ミセス・ホイットニーはくいついてこなかった。娘は普通もう少しひんぱんにかけてくるけれど、長距離電話は安くないから、と母親は答えた。あまり心配していないようだった。なにがあったのか確かめるまで、わたしは相手を心配させたくなかった。

また自動車局のファイルを調べて、マージェリーの記録を探した。彼女はライトブルーの一九五三年製パッカードを運転していた。特徴の一致する車がどこかで乗り捨てられていないかチェックしたが、空振りだった。

わたしはオヴァートン・パーク・アヴェニューへ車で行き、チェスターの家から近い通りに駐車スペースを見つけ、彼が出かけるのを待った。チェスターがまだ私道に止めていたスカイラークで走り去ると、わたしは家へ行ってガレージのドアを六インチほど上げ、中をのぞいた。パッカードはあった。もしマージェリーがどこかへ逃げたのなら、自分の車は使わなかったのだ。チェスターがほかになにを隠しているのか見たい誘惑に駆られたが、令状なしで車庫を捜索する危険はおかしたくなかった。違法な捜索で凶器とか遺体の一部とかが見つかって、自分のすべての証拠が法廷で採用されなくなるほど、最低の事態はありえない。

そこで、ガレージのドアを下ろし、玄関へ歩いていって、チェスター以外にだれか中にいるかどうか十分ほどノックしつづけた。だれも応答しなかった。

9

これは、わたしにとってはかなり明白に思えた。マージェリーは死んでおり、おそらくチェスターが彼女を殺した。しかし、直感だけでは彼を有罪にはできない、なにしろ遺体がどこにあるのかさっぱりわからないのだ。

探偵小説の筋書きとはうらはらに、完全殺人をやってのけるのは可能だ。死体をコンクリートの下に埋める、酸で溶かす、深い湖に適切な方法で投げこむ、そうすればだれにも見つからない。だが、たいていの犯人は初回ではそのトリックを完遂できない。死体を浅い穴に埋めたために動物に掘りかえされる。間違った種類の酸を使って死体を溶かせない。湖に死体を遺棄するが重しが軽すぎ、腐敗してガスが溜まると浮かんできてしまう。

チェスターがマージェリーを消す方法を心得ているなら、こういうことをやるのは初めてではないはずだ、と思った。練習を積んできたにちがいない。わたしは、過去五年間の十五歳から四十歳までの女性の未解決殺人事件と、原因不明の失踪事件のファイルを全部引っ張りだし、デスクに持ってきた。二十四冊あり、予想より多かった。殺人の被害者のうち、女性は四分の一以下だ。そしてたいていの場合、女性が殺されると刑事は夫か愛人以外の犯人を探す必要がない。

しかし、ある種の女性――娼婦、麻薬常用者、それにトラックサービスエリアをうろつく類《たぐい》――は、行き当たりばったりの暴行やサディストの浮浪者の餌食《えじき》になりやすい。被害者と面識がなく、地域社会ともまったく関わりのないことが多い容疑者を探りあてるのは、至難の業《わざ》だ。殺人事件では九割がた、だれがやったのか知っている人間がそのへんにいて、刑事は証人を見つけてしゃべらせればいいだけだ。だが、こういった種類の女たちはだれも知らない男たちの手にかかる。そして、彼女たちが殺されても警察が解決に全力をあげることはまずない。迷宮入りとなった事件の被害者女性二十七人のうち、二十三人が有色人種だった。最後にトレーラートラックへ入っていくのを目撃されている被害者、それから最後に有色人種の容疑者と一緒にいるところを見られている被害者のファイルを、すべて脇によけた。残ったのは一つだけだった。

一九五三年五月十一日の夕刻、被害者のセシリア・トムキンズが身なりのいい白人と話しているところを、バーナデット・ワードという証人が目撃していた。

トムキンズと身なりのいい白人が、新車らしい赤い車に乗りこむ様子をワードは説明しており、車の特徴はチェスターのビュイック・スカイラークと一致していた。バーナデット・

ワードは車のナンバーを見ていなかったが、コンヴァーティブルの布製のトップ、ホワイトウォール・タイヤ、しかめつらのように見えたヘッドライトとフロントグリルを覚えていた。最新モデルのラグジュアリー・カーは、バーナデット・ワードが暮らすサウス・メンフィスではまず見かけず、それを言えば身なりのいい白人の男も同様だった。

五月十八日にトムキンズの遺体が街から五十マイル南のミシシッピ川の岸に上がるまで、彼女を目撃した者はだれもいなかった。

死因は鈍器による外傷で、遺体は薬品によるやけどでおおわれており、検死官は死後に焼かれたものと考えていた。犯人は酸か別の溶剤を使って死体を溶かそうとして、うまくいかなかったので川に遺棄したのだ。ワードもトムキンズも有色人種の娼婦だったため、ワードが見た男をだれも熱心には探さなかった。

トムキンズ殺害を担当した刑事は、彼女は州外で殺されたものと断定して捜査を終了し、殺人課のトップだったバーン警視もこれを了承した。

セシリア・トムキンズが失踪した二年前と同じ地区で、バーナデット・ワードは働いているとわかった。わたしが覆面パトカーから降りると、こちらが白人なのを見てバーナデットはそわそわしはじめた。警察の徽章を示したが、安心した様子はまったくなかった。だが、逃げようとはしなかったので助かった。追いかけるはめになるやつらには、いつも頭にくるのだ。

「なにも見てない。なにもしてない、なにも知らない」彼女の声はしゃがれて耳ざわりだった。本気でだれかに首を絞められ、それもおそらく一度ではない女性だけが発する声だ。警察のファイルの顔写真の下に印刷された生年月日からすると、わたしより五歳若いはずだが、五歳年上に見えた。

わたしは飢え、殴られ、撃たれた経験がある。戦争で負った傷から回復するには、気の遠くなるほどの努力が必要だった。たこつぼ壕と捕虜収容所で過ごしたことがあるし、ストレスの少ない職業を選ばなかった。それでも、バーナデット・ワードはつらい生活について、わたしがまだ知らないことをいくつも教えられるのではないかと思った。

「ここであなたがいまなにをしていようと、興味はないんだ」わたしは言った。

彼女は街灯に寄りかかって腕を組んだ。「へえ、あんたを信じられなくても悪く思わないでよ」

「わたしが来たのは、セシリア・トムキンズと彼女をさらった白人について聞くためだ」

バーナデットは笑った——苦々しい調子はずれの笑いだった。「ほら、あんたは嘘つきだってわかったよ。だれもセシリア・トムキンズのことなんか気にもしちゃいないんだ。警察に話して、いやってほど思い知らされた」

セシリア・トムキンズを気にかけていると言おうかと思った。だが、バーナデットは信じないだろうし、自分自身本気で信じてはいなかった。もし気にかけていたら、わたしはもっと早くここに来ていただろう。当時、セシリア・トムキンズの事件の担当ではなかった。そんなことがあったのを知りもしなかった。しかしファイルはあそこにあって、わたしかほかのだれかが手を煩《わずら》わす気になるのを待っていた。そして、わたしは煩わされることに関心はなかった。この女性と話すためにサウス・メンフィスに来た唯一の理由は、チェスターに関する手がかりを得るためだ。

セシリア・トムキンズ殺しの捜査の責任者だったら、当時の担当刑事と同じ正当化した理由をつけて、メンフィスの殺人事件リストから削除していただろうか？　有色人種の売春婦が殺された事件を母に話していたら、母はマージェリー・マーチについて言ったのと同じことをわたしに言っただろうか？

自分に嘘をつくこともできたが、バーナデット・ワードに嘘は通用しないだろう。「セシリア・トムキンズが失踪した夜あなたが見た男が、白人女性を殺したのではないかと考えているんだ」わたしは言った。

「ああ、それでいまになって彼を探しだそうっていうのね」

ポケットに手を入れて、ラッキーストライクの箱を出した。「世の中の仕組みをあなたに説明する必要はないだろう」

「あんたに手を貸さなきゃならない理由はなに？」

「どうしてもというわけじゃない。しかし手を貸してくれれば、友だちを殺した男を捕まえられるかもしれない」わたしは彼女に煙草の箱を差しだした。バーナデットは一本抜き、わたしは火をつけてやったが、ライターまでは渡さなかった。

「なにをしてほしいっていうのさ?」

「写真が一セットある。見て、セシリアを殺した男だと思ったら教えてくれ」

「あんたと一緒に署まで行かなくちゃいけないの?」

「いまは必要ない。写真を持ってきた」いちばんよく写っているチェスターは、〈コマーシャル・アピール〉の結婚告知の記事の複写なので、わたしは写真からマージェリーを切りとってチェスターだけを厚紙に貼りつけてきた。同じことを十五人のほかの男たちの新聞写真にもやった。バーナデットにその束を渡した。彼女はざっと見て、束の真ん中あたりにあったチェスターの写真で手を止めた。そして残りにも目を通してから、チェスターの写真に戻った。

「これがその男」バーナデットは告げた。「ほかのやつらは見たことがない」

「間違いないか?」わたしは尋ねた。彼女がチェスターを見分けたことに満足しているのを、できるだけ表に出さないようにした。

「このあたりには二種類の白人の男が来る。一種類はちょっとした暗い趣味を求めて来る、ちょっとした――わかるでしょ――呪術《ブードゥー》」

「タブーか?」

「好きなように呼んで、おまわりさん。要するに、そういう白人は金を払ってくれてかなりきちんとしていて、楽に稼がせてくれるの。でもときどき、白人の警官が気にかけない女にひどいことをしたくて、このへんに来る白人がいる。そういう白人は殴るから、こっちは働けなくなる。もしかしたら、そいつに顔を切り刻まれてだれにも相手にされなくなるかもしれない。もしかしたら、写真の男が気の毒なセシリアにしたみたいに川に投げこまれるかもしれない。そういう白人を見たら、ちゃんと覚えて近づかないようにしないといけないんだ。あたしはあの男をぜったいに忘れない」

「逮捕したら、面通しであなたに彼を特定してもらうかもしれないし、裁判で証言してもらうかもしれない」

「ああ、たぶん行くよ」彼女は答えた。

＊

〈アメリカの正義〉――放送の文字起こし

カーロス・ワトキンズ（ナレーション）「エドワード・ヘファナンはヴァンダービルト大学の法学部教授です。また、チェスター・マーチの命を救うべく執行の延期を求めて時間と闘っている上訴弁護団のリーダーでもある。状況はどうなっているのか、チェスターにどの程度チャンスがあるのか聞こうと、彼と連絡をとりました。

教授の話を皆さんにお伝えする前に、この男性の印象をお話ししましょうか。まず、『アラバマ物語』のグレゴリー・ペック演じる弁護士アティカス・フィンチをイメージしているなら、すぐにやめるべきです。エド・ヘファナンとグレゴリー・ペックはともに白人ですが、似ているのはそこだけ。ヘファナンは五十がらみで、ガリガリにやせて禿げており、分厚いめがねをかけているので目の形が歪《ゆが》んで見える。体格は平均的で、身長は五フィート十インチ、体重は百七十ポンドぐらいかな。でも、なんとなく体全体が小さく見える人物です。最初に彼と会ったあと、わたしはメモ帳に五フィート六インチと書き、二度目に会ったときじっさいは自分より背が高いことに驚きました。しかし、いつもうつむいていて両腕を体にぴったりとくっつけているんですよ。過小評価されやすいタイプです。

死刑判決に対する上訴を学ぶヘファナンのゼミの学生たちは、彼が〈カークランドシグネチャー〉の服を好んでいるのをジョークの種にしています。これは〈コストコ〉のブランドなんですけどね。エド・ヘファナンはたいてい〈カークランド〉のセーターとチノパンツという格好で、法廷に出るときは小売り大手の〈メンズ・ウエアハウス〉のいちばん上等な服を着ている。見ただけでは、かつてウィリアム・ブレナン判事の書記官を務め、全米でもっとも尊敬を集める上訴弁護人の一人であり、執筆した法律関連記事が連邦裁判所の重要な見解に引用され、死刑廃止運動のきっかけとなった人物であるとは、決してわからないでしょう」

エドワード・ヘファナン「テネシー州最高裁がミスター・マーチの処刑を延期するには、相関する論点が二つあります。一つ目は、残酷で異常な刑罰を禁止する憲法修正第八条に反していること。ミスター・マーチのような高齢者に致死薬注射を打つのは、憲法違反です。州の致死薬注射の規定による投薬量は、健康な中年男性を基準にしているんですから。その量を老人に注射したら、予測できない結果を生むかもしれない。二つ目の論点は、州の定める規定はだれに適用されようとも憲法違反だということ。テネシー州で最後に死刑が執行されたのは数年前で、こういう薬品を投与された場合人間に起きる生理機能について、疑問を呈する新たな研究がいくつもあります。州によっては死刑に猶予期間を設け、その州の規定を再評価するあいだ、すべての執行を停止している。ですから、テネシー州においてもそうするのが妥当と考えます」

ワトキンズ「チェスターの取調べ中のシャッツ刑事の行動と、チェスターが警察におこなった供述の許容性についてはどうですか?」

ヘファナン「その疑問は以前の上訴審でも出ました。個人的には、自白とそれによって警察が発見した証拠はミスター・マーチの裁判で採用されるべきではなかったと信じています。そして、あの取調べの状況はひどいものだったことがわかっています。しかし、とくにここ南部では、裁判官は自分が信じるに足ると見なす証拠を却下しないために、合理的な範囲で、証拠不充分な場合は警察に対して有利に解釈するのです。そういった問題は法的な観点からもう検討しつくされており、われわれは依頼人の命を救うためにまだ主張できる最善の論議をおこなおうとしています。よくご存じでしょうが、チェスターはこの二、三週間以内に処刑される予定です。時間が重要なのです。われわれは処刑を止めるか、せめて延期させようと力を結集して強力な論陣を張っている。もちろん、あなたのような方が新しい情報を発掘するか、この有罪決定に関して一般からの抗議の大きなうねりを作りだせれば、変わることがあるかもしれない。なんといっても、ミスター・マーチは知事に寛大な処置を中立てていますからね。だから、弁護団はあなたがしていることに深く感謝しています」

ワトキンズ「なぜ致死薬注射を違憲とお考えなのか、聞かせてください」

ヘファナン「そう、それこそがわたしの話したかった点ですよ！　二十世紀を通じて、州は数々の死刑のやりかたを試してきた。目的はつねに、暴力的に見えないように人間を殺す方法を見つけることとです。そしてそれはずっと不可能だった、なぜならだれかを処刑する行為と暴力とは切り離せないからです。

昔は絞首刑でした。すばやい処刑法だったが、人々は見た目が気に入らなかった。首の骨が折れる音もね。しばらくは電気椅子が、照明のスイッチを消すみたいに囚人を死なせると考えられてきたが、じっさいはそんなふうじゃなかったんです。電気椅子はひどいやけどを負わせるし、ときには出血も伴う。それから臭《にお》い。人間の血管には血があふれており、消化器には消化中の食物がいっぱいだ。だれかを電気椅子で処刑するのは、そのすべてを高出力の電子レンジに入れるようなものなんですよ」

ワトキンズ「どんな臭いか、想像するのもいやですね」

ヘファナン「わたしはじかに立ち会って知っています。不快です」

ワトキンズ（ナレーション）「皆さん、わたしは教授を何時間もインタビューしました。でも、これが彼の話しかたなのか、それとも、なんというか、きわめてドライなユーモア感覚の持ち主なのかわかりません。ときどき、ちょっと精神的にヘビーに感じましたよ」

ヘファナン「電気椅子に替わるものとして、ガス室を試した州もあります。だが、毒ガスで窒息死する人間は暴れまわる。それを避けるために刑務官たちは死刑囚を拘束した。しかし、またもや大勢の人々が、毒ガスを吸わせるために人間を台車付き担架に縛りつけるのを不快に感じたのです。立ち会い人は、死刑囚が拘束にあらがってもがくのが見えるんでね。見ているのが恐ろしくないように殺すには、ガスでは無理だ。そこで最近は、たいていの州が致死薬注射の採用に落ち着きました。こういう変化を通じ、各州は死刑囚の痛みと苦しみを最小限にするとされる方法で、安らかな死に見せかけることを優先してきたのです。

　われわれはもはや刑事司法制度において血を好みません。執行のプロセスが客観的で専門的でぜったいに誤りのないものに見えるようにしたいのです。だから、血なまぐささを避けるために、州の歴史は暴力的な光景を避け、表面的には損なわれていない死体を残す処刑方法を選んできました。だが、こういう方法はより信頼できず、時間がかかり、おそらくもっと大きな苦痛を伴います。

二十世紀のあいだに、約三パーセントの死刑が失敗した――失敗したと言った意味は、その処刑方法では死なせられなかったということです。だれかを殺そうとしてできなかったとき、通常は恐ろしい苦しみを相手に与えます。失敗した死刑は拷問なのです。道徳的にとうてい擁護できないし、擁護できない方法で処刑するのは憲法修正第八条に違反している。

銃殺隊は百パーセント、絞首刑は九十九パーセント成功します。電気椅子を使ったときから、間違いが始まったのです。電気椅子の処刑のうち、三パーセントが生きのびる。一九八〇年代に拷問同然の処刑失敗がマスコミで叩かれて、アメリカ合衆国での致死薬注射の採用に拍車がかかりました。だが、致死薬注射は人類がこれまで生みだした中でもっとも有効性の低い方法なんです。失敗率は七パーセントですよ」

ワトキンズ「なぜそんなに失敗するんですか?」

ヘファナン「一つには、その複雑さです。致死薬注射の規定では、三種類の薬品投与を決まった順序でおこなわなければならない。まずは鎮静剤、死刑囚の意識をなくすために。次に筋肉弛緩剤《しかんざい》か麻痺薬。これは立ち会い人を慮《おもんぱか》ってです。心臓を止めるために三つ目の薬品の塩化カリウムという毒を投与したときに、死刑囚が体をひきつらせたり痙攣《けいれん》したりするのを、見なくてすむ。

執行人はどの段階でもへまをする可能性があります。鎮静剤の投与が不適切だったり量が少なすぎたりすると、死刑囚はそのあとずっと意識があることになる。麻痺薬の投与が不適切だと、囚人は担架の上でもがきまわることになる。そして塩化カリウムの量を間違えたら、囚人は死にません。少なくとも、すぐには死なない。

これは医学的な処置ですが、執行に参加したり、人の殺しかたについて刑務官にアドバイスしたりする医療専門家はほぼいません。なぜなら、そういう行為は命に害を加えないというヒポクラテスの誓いを破ることになるから。だから、鎮静作用に責任を持つのは訓練を受けた麻酔専門医ではないし、静脈注射をするのは看護師ではないんです」

ワトキンズ「刑務所で何度もうまくいっているのは、じっさい驚くべきことみたいですね」

ヘファナン「致死薬注射でうまくいった処刑の定義は、柔軟な解釈が可能です。銃殺隊やギロチンと違って、塩化カリウムは適切に投与しても瞬時に人を殺しません。注射のあと心停止するまで、五、六分かかるときもある。死刑囚が二番目の薬品で麻痺している場合、その数分間は穏やかに見えるでしょう。しかし、だからといって本人が苦しんでいないとは言えません。頭に撃ちこまれる銃弾よりも、毒はゆっくり殺す。それに、毒による死は苦痛がないわけではない。体内を溶かす化学薬品なんですからね」

ワトキンズ「このような野蛮な行為がこの進化した社会で続いているとは、信じられませんが？」

ヘファナン「それを阻止するために、われわれは全力を尽くしています」

10

マージェリー・マーチの失踪についてわたしが集めた情報に加え、セシリア・トムキンズを殺した犯人がチェスターらしいという証言を得て、オヴァートン・パーク・アヴェニューの彼の家の捜索令状をとれるだけの証拠が揃った。いつもなら、バーン警視を通して令状を請求するのだが、彼はデスクにおらず、戻りを待つ気分でもなかったので、わたしは自分が集めた証拠を詳述した供述書に偽りがないことを宣誓し、判事の署名をもらうためにメッセンジャーに書類を持っていかせた。

令状をもらうと、制服警官二名——キャドウォレイダーとブランチという名前だったと思う——を急いで確保して、家宅捜索に向かった。わたしは覆面パトカーで行き、警官たちはパトカーでついてきた。

たいていの場合、家宅捜索に赴くベストの時間は朝の四時ごろだ。そのほうが安全なのだ。容疑者が酔っていたりハイになっていたりして理性をなくしている時間帯ではなく、二日酔い、もしくは眠気で無気力になっているときのほうが、従順で協力的だから。だが、マージエリー・マーチがあの家の中で生きて助けを待っているわずかな可能性があるとわたしは思っていたし、チェスターが証拠を精力的にぶちこわしている最中ではないかという気がしていた。

刑事になってもっと時がたっていれば、わたしは二、三時間待って夜になってからチェスターを追及しただろうと思う。そうすれば自分がとりかかっている事件にバーン警視を巻きこんでおく時間があっただろう。現実の事実からして、真っ昼間にそこへ行くのは妥当ではない。ホーテンス・オーグルヴィが話しにきた日の二週間前から、マージェリーは姿を消していた。だから、わたしが彼女の存在を知りさえしないうちに被害者はたぶん死んでいたし、わたしが追いはじめる前にチェスターには現場をきれいにする暇がたっぷりとあった。わたしの切迫感は、まったくもって状況によって正当化できるものではなかった。正直に言えば、ただあのくそったれを捕まえてやりたくてウズウズしていたのだ。

というわけで、午後六時ごろにチェスターの家の玄関ドアをノックした。応答はなかったが、しかめつらのスカイラークが私道に止まっていたので彼はいるとわかっていた。さらにノックした。礼儀を重んじてのことだ。令状があれば、こっちにはドアを突き破る権利がある。

とうとうチェスターが出てきた。リネンのスーツを着て、髪は完璧につやつやしていた。彼はさりげない軽蔑をこめて二人の制服警官を一瞥《いちべつ》した。

「なにか諸君のお役に立てることでも？」チェスターは尋ねた。〝諸君〟という言葉には本物の皮肉がこもっていた。

「みんながあなたの奥さんの行方を心配していてね」わたしは言った。

「みんながなにを心配していようとわたしは心配していない」チェスターは答えた。

「そうか、わたしは心配なんだ。そして、ミセス・マーチもしくは彼女になにがあったかに関する証拠を家宅捜索する令状を持ってきた」火のついた煙草を彼の顔に突きつけた。「そこをどいて入れてくれ」

チェスターは肩をそびやかして足を踏んばった。「きみたちが入るのを許さなかったら？」わたしは笑ってやった。「そいつは大いに楽しませてもらえるな。ぜひやってみたらいい。しかしまあ、勧めないがね」

「弁護士を呼んだらどうする？」

「お好きなように。だが、このゴミ溜めの捜索令状を持っていてそれには判事の署名がある、だからこっちはただ待っていたりはしないよ」わたしは言い、煙草を持っていないほうの手でチェスターを乱暴に小突いた。彼はドアのほうへ一歩下がり、わたしはその横を大股で通った。

われわれは堂々たる玄関広間に入った。そこは、標準的かつ世紀の変わり目らしい、南北戦争前のスタイルのメンフィスの邸宅だった。左側には客用ダイニングルーム。右側には居間、正面には二階へ続く広い階段があった。フロア全体にも、すべての家具の表面にもほこり一つないのに気づいた。マージェリーが何週間も留守なら、だれが掃除をしているのだろうと思ったが、メイドを雇っているとチェスターが言っていたのを思い出した。

わたしは三五七マグナムをホルスターから抜き、キャドウォレイダーとブランチも銃を手にした。証拠を探しはじめる前に、全部の部屋をざっと調べなければならない。待ち伏せしている共犯者がいないことを確認するのだ。わたしは階段の下のクローゼットのほうを示し、ブランチは開けて中をのぞいた。彼はわたしを振りむいてうなずき、そのあとわれわれはキッチン、書斎をすばやく調べて、小さなオフィスに入るとそこではチェスターが受話器を持ってダイヤルを回していた。

「警察がここに来ている」チェスターは受話器に向かってしゃべり、わたしは別のクローゼットをチェックした。「いや、わたしは家には入れないと言ったんだが、入ってきてしまったんだ」

わたしはブランチに容疑者から目を離すなと合図し、上階を見るためにキャドウォレイダーと一緒に階段を上った。

「彼は書類を見せたよ。判事の署名があると言っていた」チェスターは話している。「わたしは逮捕されるのか？　彼らにそんなことできないだろう？　死体がないんだ！」

われわれは二階の寝室三つとビリヤード室を入念に調べた。わたしはクローゼットを一つ一つ開け、二階に二つあるバスルームのしっくいや排水口を精査してメモをとった。襲いかかってくるやつは家の中にだれもいないと満足して、わたしはキャドウォレイダーに向かって言った。「ガレージをチェックしよう、そのあとここをとことん引っかきまわしてやるぞ」

「了解です」そこにいるはずのないブランチ巡査が応じた。

「ここでなにをしている？　容疑者から目を離すなと言っただろうが」

「あなたはそうは言いませんでした」

「おれは彼を指さし、それからきみを指さした。意味ははっきりしている」

彼はあごを掻《か》いた。「ぜんぜんわかりませんでした」

わたしは煙草を落とし、靴のかかとでじゅうたんにめりこませてから、別の一本に火をつけた。「チェスターはいまどこだ？」

ブランチ巡査は肩をすくめた。「最後に見たときには、弁護士と電話で話していました」

そのとき、ビュイックの釘の頭のような形をしたエンジンが優雅にかかる音がした。わたしはブランチを押しのけて、猛ダッシュで駆けだした。階段を飛ぶように三歩で下り、玄関を走りぬけると、ちょうどビュイックが私道を出て通りの車の流れに乗るところだった。

わたしから逃げようとするのがどれほど間抜けな行為かについては多々理由があり、この日、その理由の一つはわたしの乗ってきた車だ。一九五五年は、フォード社が古いクレストラインのシャーシーを新しいフェアレーンのモデルに替えた年だった。この進歩は、一九五四年に同社がフラットヘッド・エンジンを段階的に廃止し、最先端のYブロック・デザインに移行した直後のことだった。Yブロック・デザインは八本のシリンダーの排気量が二百九十二立方インチもある、まさに怪物だった。

フェアレーンにYブロックV8エンジンを搭載したら、車はフォード・サンダーバードとなる。デトロイトの工場の組立てラインでも最高の警察車両だ。チェスターのビュイック・ロードマスター・スカイラークはたしかに高級で贅沢な車だ。もし絹のようになめらかな乗り心地と、当時の乗用車で最高のエアコンと、木目のあるクルミ材のダッシュボードを求めるなら。だが、スカイラークでサンダーバードを追いこすことはできない。サンダーバードは九・四秒で時速ゼロから六十マイルまで加速し、すぐに百二十マイルのトップスピードに乗れる。たとえスカイラークがサンダーバードより速く走れたとしても、チェスターはわたしを振り切れるほど腕のいいドライバーではなかった。レース開始時の彼のリードはたいしてなかった。

わたしがイグニションのキーを回すと、百九十三馬力が轟音《ごうおん》とともに息を吹きかえした。キャドウォレイダーとブランチが玄関を出る前に、わたしの車は走りだしていた。角に着いたときにはすでに時速四十マイルに達しており、ブレーキを踏まずにアクセルをゆるめ、クラッチを踏んでハンドブレーキをすばやく動かしてタイヤをロックすると、エンジンをふかしてスピンさせた。車の向きがまっすぐになったときには、相手との距離は二十ヤード縮まっていた。

「これをスピンターンと言うんだよ、このうす汚いくそったれが」わたしは罵《ののし》った。

チェスターはパニックになったにちがいない、赤信号を無視してあやうくノース・パークウェイへ曲がり、アクセルを踏んで午後の車列を縫うように走っていった。相手はスピードを出して曲がれないとわかっていたし、スカイラークはまっすぐな道でサンダーバードを負かすことはできない。自分は充分逃げられると思っていたかもしれないが、チェスターは袋のネズミだった。

当初チェスターは半マイルほど先にいたが、わたしは距離を詰めた。彼は赤信号を突っ切り、そのためわたしの前にスペースができ、こちらは時速七十五マイルを出したまま、スカイラークを歩行者に突っこませることなくバンパーの角をちょいと押してやれた。衝撃でスカイラークはスピンし、縁石に乗りあげて木に激突した。サンダーバードは反対方向にスピンしたが、わたしはハンドルをフリーにしてすばやくハンドブレーキをかけ、きれいに通りに止めた。

チェスターは五千ドルはした車の残骸からよろめき出た。顔をハンドルにぶつけたらしく、額にずたずたの傷ができていた。手には、キッチンからひっつかんできたらしい長い料理用ナイフを握っていた。

わたしもサンダーバードから降りて、煙草の吸い殻を地面に放った。「それでなにをするつもりだ、チェスター？」

「わたしにこんなことをする権利はない。わたしの家に入る権利も、追ってくる権利も」強調するようにナイフを振りまわした。「きみに権利はない！　ないんだ！」チェスターは足を引きずりながら近づいてきた。

チェスターと会ったのが五年後だったら、わたしは拳銃を抜いて彼の体の一部を舗道にまき散らして、ナイフで脅したことを後悔させてやったが、キャリアの最初のころは心優しい理想主義者だったので、ナイフを持つサイコパスとやりあうほうがいいと判断した。そこで、銃ではなく警棒のブラックジャックをつかんだ。赤ん坊のこぶし大の鉛の球が柔らかい革に包まれていて、固く巻いたスプリングの上にとりつけられている。わたしはそのブラックジャックを〈分別〉と呼んでいた。なぜなら、自分が適切と思うときに働かせるものだからだ。

チェスターに近づき、飛びかかってきた場合に備えてフェンシング選手の剣のように警棒を突きだしたが、彼は衝突で頭がぼうっとしているようだった。わたしが彼の指を殴りつけると、ナイフが地面に落ちた。チェスターはとまどって、からになった自分の手と、アスファルトの上のナイフを見た。拾おうかどうか考えているらしい。その考えに終止符を打ってやることにした。速球を投げようとワインドアップする投手よろしく腕をぐるっと回し、ブラックジャックで彼の急所をぶっ叩いた。チェスターはひざをつき、吐きはじめた。わたしは届かないところへナイフを蹴りとばし、ブラックジャックを彼の肩甲骨《けんこうこつ》のあいだに振りおろした。

絶頂期のわたしはさまざまな鈍器で相手を痛めつけたものだ。横に柄がついた警棒、入れ子式の警棒、棍棒、そしてときには重い鋼鉄製懐中電灯で。だが、頭に一発見舞うときはブラックジャックがつねにお気に入りだった。なぜなら、鉛の重みがとてもソフトだから。つまり、なにかに当たると、弾んだり揺れたりしないでたわむため、打撃のエネルギーがほとんど無駄にならない。これでだれかを殴るのは、三階のバルコニーから車の屋根に砂袋を落とすようなものなのだ。

ブラックジャックの会心の一撃で、チェスターは自分の吐いたものの上に腹ばいに倒れた。わたしはひざで彼の首根っこを押さえ、ゲロから顔を上げられないようにした。そして弱々しく抵抗する相手に手錠をかけにかかった。

「チェスター・マーチ、妻の殺害容疑、およびセシリア・トムキンズ殺害容疑で逮捕する。ほかになにをしていたとしても、それもこれから暴いてみせるぞ」手錠をきっちりとかけ、ちゃんとしているのを確認してから、チェスターの髪をつかんでひざ立ちにさせた。「ナッシュヴィルには特別な椅子があってな、あんたの名前が刻んである。あんたはそこに縛りつけられて、二千四百ボルトの神の聖なる裁きに体を貫かれるだろう。血管の血は沸騰する。体内の脂肪は全部溶ける。そしておれはそれを見にいくからな。あんたが死ぬのを見届けてやる」

「だれにものを言っているのかわかっていないんだ」チェスターは答えた。「わたしがだれなのか、まったくわかっていない」

「あんたはクズ野郎だ」わたしは言い、彼をサンダーバードの助手席に押しこんだ。「そして、じきにクズ野郎の南部風フライドステーキになる」

＊

〈アメリカの正義〉――放送の文字起こし

チェスター・マーチ「それでわたしが玄関のドアを開けると、あのヘビースモーカーの怪物が立っていて、悪意のある流し目でこちらを見ていた。両側には、悪党面《あくとうづら》そのものの制服警官が二人いた」
カーロス・ワトキンズ「そのとき、なにを感じましたか？」
マーチ「恐怖だよ。絶望的な恐怖だ。あの男について、わたしは調べていた。彼の評判を知っていたんだ。バック・シャッツはその時点で、犯罪者だと見なした男を三人射殺していて――そのあとさらに十二人殺すことになる。そして彼にだけわかるなんらかの理由で、わたしに狙いを定めた」

ワトキンズ「家に彼が現れたとき、あなたはどうしました？」
マーチ「判事が署名した令状を持っていると彼は言って、家宅捜索をするために入ってきた。弁護士が来るまで中に入れたくはなかったが、止めたらわたしを殺すと彼は言った。彼らを外で待たせておくことは無理でも、すぐ弁護士に電話したんだ」
ワトキンズ「弁護士はなんと？」
マーチ「わたしはたぶんそのあと逮捕されると言い、家の中でシャッツが証拠を見つけると思うかと尋ねてきた。凶器が家にあるかとか、遺体がどこかに隠されているかとか、知りたがったんだ。そんなものはないに決まっていて、シャッツもなにも見つけなかった。ところが、自分の弁護士にマージェリーを殺したと思われていたんだよ。わたしは怖くなり、たぶんちゃんと考えられなくなって、逃げようとした。
当時、いい車を持っていたんだ。豪華なビュイック・スカイラークを。スピードが出て、しかも乗り心地がよかった。あの車を愛していた、一見の価値があったんだよ。わたしはそれに乗って走りだしたが、シャッツはでかい黒のフォードの強力なスポーツカーで来ていて、追いつくと突っこんできてわたしを道路から押しだした。スカイラークをめちゃくちゃにしてくれたよ。シャーシーは歪《ゆが》み、車軸はねじれ、エンジンは壊れた。まあ、その一部は追突されたあとわたしが木にぶつけたせいかもしれないが。シャッツの車はほとんどへこみもしなかった。

わたしは、スカイラークのクラッチを踏んだままアクセルも踏んでいた。フォードがぐいぐい迫ってくるのがバックミラーで見えたのを覚えている。あれがバック・シャッツ——迫ってくる巨大で冷酷な影。わたしにはどうしようもなく、逃げ場もなかった。車の残骸から這いだしたところを彼につかまれ、警棒で殴られたのを覚えているよ。急所をやられた。痛みは信じがたいものだった。くわしく説明したくはないが、どこかが破裂した」

ワトキンズ「シャッツの報告によると、あなたはナイフを持って彼に向かっていったとか」

マーチ「ナイフのことなんか記憶にないな」

ワトキンズ「チェスター、どうして逃げたんです？」

マーチ「わからない。多くの無実の人々が警察から逃げる。あの強面《こわもて》の男が追ってきて悪意を向けられたら、本能的に自分と襲い来る捕食者とのあいだに距離を置くものだよ。理性的な判断ではなかった、それはわたしも正当化できない。首筋に悪魔の熱い息を感じたら、その指が喉にかかりそうなのを感じたら、恐怖に降参するしかないんだ。バック・シャッツほど恐ろしいと思ったものはない。

わたしを打ちすえて屈伏させ、手錠をかけたあとで、彼がこう言ったのを覚えている。『あんたが死ぬのを見届けてやる』そしてまもなく、奇跡が起きなければ、彼はあの約束を果たすことになるだろう」

11

ブランチ巡査に車の中のチェスターを見張らせ、キャドウォレイダーとわたしは家宅捜索をおこなった。容疑者はパニック状態にもかかわらず、有罪にできる物理的証拠はあまり見つからなかった。

ガレージで半分からになった三ガロン容器の硫酸を見つけた。これがセシリア・トムキンズの遺体のやけどの原因かもしれない。二階のバスルームの一つでは強い漂白剤の臭いがしたので、わたしはあらゆる表面を徹底的に調べ、二つの小さな茶色いしみを見つけた。写真を撮り、血痕かどうかテストするためにサンプルをとった。

主寝室で、マージェリーのクローゼットを捜索した。彼女の服でいっぱいだった。ドレッサーの上の宝石箱には高価そうな指輪やネックレスが入っており、どんなご婦人もこういうものを置いて家出はしないだろう。それから屋根裏で〈M・W〉とモノグラムの入った揃いの旅行かばん二つを見つけた。これで完璧に思えた。もしマージェリーがどこかで生きているなら、彼女は車も服も貴重品もかばんも置いて逃げだしたことになる。ありえない、と思った。

チェスターをダウンタウンへ連行して写真と指紋をとり、窓のない取調室に置き去りにして、少しばかりみずからの状況を考えさせてやった。

チェスターの弁護士で、地域社会の尊敬を集める中心人物であるジェファーソン・プリチャード三世は、われわれが容疑者に所定の手続きをおこなう前にもう到着していたが、依頼人が要求するまで警察は弁護士を待たせておくことができる。チェスターはすぐプリチャードに会いたがるはずだ。頭のいいやつはかならずそうする。だが、予想するよりも人は一般的に愚かであることを学んでいたので、先に容疑者から供述を引きだそうとするのも手だと、わたしは思った。

チェスターを話したい気分にさせるために、懐柔するふりを何度かしてみせた。写真を撮ったあと、わたしは彼の手錠を後ろではなく前にかけなおした。留置所に入れずに直接取調室へ連れていき、コーヒーを出してやり、傷ついた陰囊に当てる氷も渡してやった。

チェスターのような立場にある人間に好んで聞かせる、ちょっとした演説をぶった。証拠から見て不利な状況だと告げた。目撃者が顔を見分け、悪逆非道な行為の犯人はあんただと断言していると話した。すべての経緯を知りたい、取調べをきちんと進めたい、自分の立場から説明するチャンスを与えたいと言った。しゃべらないなら、不完全な記録のまま裁判に入ることになる、と。

チェスターがくいつくとは思っていなかった。きっと弁護士の同席を求めるだろう。だが、彼が自分の苦境に思いをいたし、この先の人生がどうなるか考えたあとなら、試してみる価値はある。そこで、デスクの前で時間稼ぎをしていると、バーン警視がやってきた。

「わたしのオフィスへ」警視は命じた。わたしが殺人犯を逮捕したばかりであることを思えば、バーンはもっと嬉しそうでいてしかるべきだ。

わたしは彼について廊下を歩いていった。バーンがオフィスのドアを開けると、中では地区検事のヘンリー・マクロスキーがわたしを待っていた。

「シャッツ、いったいなんだってチェスター・マーチを逮捕したんだ?」マクロスキーは尋ねた。わたしがオフィスに入ったとき彼はすわっていたが、立ちあがるとしゃべりながら真ん前に来た。ヘンリー・マクロスキーが口腔《こうくう》衛生に気を遣っていないと言うつもりはない、なぜなら彼の日常の習慣を知らないからだ。だがそういうことにきちょうめんであれば、口臭からして、マクロスキーはクソ芳香付き練り歯磨きで歯を磨き、クソデンタルフロスでフロスし、そのあとゲリクソマウスウォッシュでうがいをしているにちがいない。ホーテンス・オーグルヴィと会ったときのことがなつかしくなったくらいだ。

当然、わたしは煙草に火をつけた。「チェスター・マーチは女房を殺したんです」

「検死官事務所で話題になるだろうな。その結論に到達する解剖をやっていないんだから。遺体が運ばれてすらいない」マクロスキーは大柄で、わたしの前に立ちふさがるようにして見下ろした。怒りで彼の鼻孔が広がっているのがクローズアップで目に入った。鼻毛が一本上唇まで伸びている。太いべたべたしたその一本に、黄色い鼻汁がからまっている。いかなる観点からしても、じつにハンサムだ。

「ミセス・マーチは、われわれが捜査を始める二週間前から行方不明になっています」わたしは言った。「チェスターには遺体を始末する時間があった。だが、遺体を隠しても殺人犯が殺人犯であることに変わりはありません。それに、われわれは強力な状況証拠を握っています」

「状況証拠だと？　シャッツ、この坊やのパパがだれだか知っているのか？」

「パパがだれだろうと、これっぽっちも気にしません」

「したほうがいいぞ。なぜならさっき、地区検事長のところに合衆国上院議員から電話があって、議員は大いに気にしている。そしてわたしは議員の要望どおりにするつもりだ、起訴を取りさげる。あの坊やを釈放して謝罪するんだ」

わたしはバーン警視のデスクの上の灰皿に、煙草の灰を落とした。「冗談じゃない。チェスター・マーチは少なくとも二人の女性を殺している。わたしはやつが死刑になるのを見るつもりです」

マクロスキーは腹の底から大声で笑いだし、狭いオフィスは彼の体内の悪臭でいっぱいになった。「この負けが決まっている事件を起訴する気がわたしにあるとしよう。陪審団を説得するどんな証拠を、きみはわたしのために集めてくれたんだ？」

「マージェリー・マーチが行方不明になったのは五、六週間前です。友人のホーテンス・オーグルヴィはいまだに彼女を見つけられていない。近所の人間もマージェリーを見ていない。家族にも連絡がない。彼女の青のパッカードがチェスターのガレージにあったし、服もチェスターの家のクローゼットにあった。旅行かばんは屋根裏部屋に残っていた」

「だからなんだ?」マクロスキーは言った。「きっと彼女は男と駆け落ちして、その相手が新しい服を買ってやったんだろう」

「そうじゃないとあなたにはわかっているはずだ」

「遺体はどこなんだ?」

「まだ見つけていません」

「だったらなぜ、あの坊やを逮捕した?」

わたしはどさりと椅子に腰を下ろした。マクロスキーはまだ立っている。「いいですか、チェスターはガレージに硫酸の容器を置いていたんですよ」

「だからなんだ? エンジンを掃除するのに使ったかもしれないじゃないか」

こんどはわたしが笑いだした。「エンジンを掃除する? 硫酸で? あなたはエンジンの手入れをしたことがないでしょう、ヘンリー。そしてチェスター・マーチもないだろうとわたしは思う」

「あの綿花農場には重機がいろいろある。酸で機械を掃除するのはよくあることだ。下水溝を流すのにも酸を使う。酸はホームセンターで買えるんだ。ガレージに硫酸があったからといって、チェスター・マーチを有罪にする陪審員はいないよ」

「バーナデット・ワードは、彼のものらしい車にセシリア・トムキンズが最後に乗りこんだのを目撃したと言っています。ワードは写真の面通しでチェスターを見分けました。それにトムキンズの遺体には化学薬品によるやけどの跡があり、それはチェスターが遺骸を酸で溶かそうとしたために生じた可能性がある」

「いったい、セシリア・トムキンズが何者だというんだ？」

「彼女は未解決事件の被害者で――」

「売春婦だ。黒人の売春婦。陪審員が、あの好青年の人生を死んだ黒人の売春婦のために破滅させるとでも思うのか？　きみが証言台に立たせようとしている別の黒人の売春婦の口から出る言葉を、陪審員が信じるとでも？」

　マクロスキーの頭はじつにでかかった。フランケンシュタインの映画の怪物のような長い額、穴居人めいた大きなあご。そしてその下の首はあごより細いどころか太い。ク《K》ー・ク《K》ラックス・ク《K》ランの頭巾を作るにはキングサイズのピローケースを買わなくてはなるまい。だが、耳は幼児並みに小さい。それに、間隔の狭い小さく光るネズミのような目。ＫＫＫが十字架を燃やして脅すクロスバーニングに行ったら、どれが彼なのかすぐにわかるだろう。うんと小さな穴のあいたばかでかい頭巾をかぶったトンマ野郎で、しかも口臭がひどいからだ。

「令状を持って家宅捜索をかけたとき、チェスターは逃げようとしたし、わたしが追いついたときナイフで襲いかかろうとしました」

「それを証言するのはだれだ？　きみか？」

「そうだと思います」

「では、大金持ちの男が雇える最高の弁護団を相手にする殺人事件の裁判を起こして、合衆国上院議員の激怒を買うリスクをおかせ、ときみは地区検事長に求めるわけだ。そして証拠として押さえているのは硫酸の容器と、黒人の売春婦とユダヤ人の刑事の疑わしい証言だけだというのか？」

「キャドウォレイダー巡査とブランチ巡査も家宅捜索に同行しており、マーチが逃げようとしたのを裏付けられます」

マクロスキーは壁に寄りかかって腕を組んだ。「きみは彼を逮捕していたのか？」

「自分の家を警察に調べられているあいだに、あんなにとっとと逃げだした男は初めてです」

「だが、きみは彼を逮捕していたのか？」

これは言いのがれできなかった。「いいえ。逮捕したのはあとです」

「だったら、彼が立ち去るのは自由だ、そうだろう？」

「彼はあの女性たちを殺したんです、ヘンリー」

マクロスキーの唇がめくれあがった。歯のあいだには厚く固まった黄色いネバネバが見えたので、結局クソフロスは使っていないのだろう。「きみはとんでもない愚か者だ、シャッツ」

「少なくともわたしは醜男《ぶおとこ》ではない」

「ふん、きみこそ、そのたわごとを我慢して聞いてやるほどかわいくはない」マクロスキーは言いかえし、バーン警視に向きなおった。「チェスター・マーチをここから解放してくれ。そして、これからはきみのところのユダヤ人の手綱《たづな》をしっかりと締めておくんだ。こんなナンセンスに対処するために、わざわざ出向いてくるのはごめんだからな」彼はわたしを押しのけてドアへ向かい、乱暴に閉めて帰っていった。

バーンが上着のポケットからパイプを出したので、わたしもまた煙草に火をつけた。

「わたしはおまえを刑事にしたくなかった」バーン警視は言った。

「知っています。試験でトップになったあと、昇進するまで三年待っていたあいだに、そうじゃないかと思いましたよ」

警視はうなずいてパイプに火をつけ、くゆらしながら次になんと言うべきか考えていた。わたしは黙っていた。彼の頭は普通の大きさなので、頭巾を作るには普通サイズのピローケースで間に合うだろう。だが、ここまでデブだとローブを作るには少なくともクイーンサイズのシーツが必要なはずだ。クロスバーニングでどれが彼か見きわめるのは、マクロスキーよりむずかしいにちがいない。ＫＫＫにはデブが大勢いる。

「判事から令状をとる前に、わたしに話しにくるべきだった」

わたしはしわがれ声を出して、必ずしも同意はしないが言いたいことはわかる、と彼に伝えた。

「だが、なぜおまえがそうしなかったのかはわかる」

なぜなら、彼を間抜けだと思っているし、敬意などまったく抱いていないからだ。

「狡猾《こうかつ》なのはユダヤ人の特質だ。みんなおまえをそう見ている」

警視はわたしを解雇しようとしているのかと考えてしかるべきだったが、じつはバーンを撃ち殺して廊下を走っていってマクロスキーを捕まえ、彼も撃ち殺して、二人を殺したのは正当防衛だったともっともらしく主張できるかどうか、忙しく考えていた。

「そうは言っても、今回たしかに警官としていい仕事もした。妻の遺体が出なかったときにいままでの未解決事件と容疑者を結びつけられないかと考えたのは、奸智《かんち》にたけていたよ。たいていの刑事はそんなことは思わない。おまえたちの民族の特徴は、わたしが理解していたよりもこの種の仕事にちょっとは向いているのかもしれないな」

これにはわたしも驚いた。自分の手が上着の内側にすべりこんで、拳銃のグリップにかかっていたことに気づいた。わたしは手を引っこめた。それでも、このデブのアイルランド野郎に感謝するつもりはなかった。

バーンは続けた。「おまえのことはたいして好きじゃないし、おまえのほうも同じだろう。しかし、だからといってチェスター・マーチの人となりをわたしが気に入っているわけじゃない。おまえがこの仕事についた理由は知っている。お父さんになにがあったか知っている。この警察内の多くの人間が同じような理由を語ることだろう。わたしも語れる。とにかく、チェスター・マーチの人となりはあまり好きじゃない、女性にあんなことができるような男は。胸が悪くなる」警視は深々とパイプを吸って、ゆっくりと鼻から煙を吐きだした。それから灰皿にぺっと茶色の痰を吐いた。

「地区検事長が起訴しないなら、なにができます?」わたしは尋ねた。

バーンは椅子の上で姿勢を変えて、上着のポケットからパイプ煙草入れを出した。「合衆国上院議員が地区検事長のオフィスに電話してマーチを釈放しろと言ったのなら、地区検事長自身がここへやってくるはずだ。関わりあいになりたくない理由があれば別だが。おそらく上院議員からの電話はなく、マクロスキーが自分の判断で動いている。きっとマーチにはじっさいその手のコネがあるんだろう。だが、この件はあまりにも真っ黒なので地区検事長は個人的に動きたくないんだ」

「マクロスキーがあの坊やを起訴しないなら、どのみち同じことです」

バーンはうなずいた。「そうだな。こういうことは前にも見てきた。チェスター・マーチみたいな人間には、一般市民のように厄介ごとが降りかからないんだ。われわれは二時間以内に彼を釈放しなければならない。そしていまからそのときまでのあいだになにが起ころうと、それは彼が殺した女性たちが得られる唯一の正義だ」

こいつはびっくりだ。「詰まるところ、なにをおっしゃりたいので？」

バーンは椅子の背にもたれ、回転椅子が重みできしんだ。「今晩彼は車の事故を起こしたんだったな？　たぶんその事故で、当初わかっていたよりも少しばかりひどいけがをしていたんじゃないか」

「あなたがほのめかしていることをすれば、報いがあるんじゃないですか。とくに、そもそもこの署のだれもがいてほしくないユダヤ人がすれば」わたしは言った。

バーンは笑った。「おまえがわたしを信頼する理由はないだろうな。だが、われわれ二人のうち、二枚舌を使う民族の出じゃないのはわたしだ。それに女殺しのくそったれにふさわしい打擲《ちょうちゃく》を加えてやるなら、ユダヤ人でもほかのだれでも邪魔する気はない。ただ、殺すなよ」

「あなたの示唆したことは考えてみます」わたしは立ちあがってオフィスを出ると、ドアを閉めた。

わたしが何者であるかを根拠にわたしを憎む人間でいっぱいの署内で、自分は一人ぼっちだ。民族的な欠点のせいでわたしには仕事ができないと彼らは信じ、その証拠をつかんだら大喜びするだろう。いまの不安定な位置に昇進するまで何年も働いてきたのだし、給料で養わなければならない妻も幼い息子もいる。

マージェリー・マーチは知り合いではなかったが、彼女に正義をなすために良心的な刑事が正当にやれることはすべてやった。まっすぐに母の目を見て、自分の信念を貫いたと言える。しかし、信念は人を守ってはくれない。自分で自分を守らなければならない。そしていまは分別を働かせるときだ。わたしはできることは全部やった。やるべきことはやった。法律が許すことは全部。

チェスターのいる取調室のドアを開けた。彼のスーツはよごれてしわになっていた。わたしが地面に投げ倒して、吐いたものの上で転がしてやったからだ。頭には、額の切り傷をおおう包帯が巻かれている。傷ついた下半身に彼は氷の入った袋を当てている。だが、いまだにここでも主人顔をしている、くそったれが。

「弁護士がもう来ているとわかっているのに、こんなに長くここで待たされているのは合点がいかない」チェスターは言った。「こんな扱いを受けるいわれはないんだ。わたしの父親がだれか知っているだろう？　手錠をはずしたほうが、きみの身のためだぞ。そして謝罪したほうがいい」

わたしは彼が殺した女性たちのことを思った。排水溝で死んでいた父親のことを思った。つねに後ろを警戒し、スカートの裾のへりにカミソリの刃を隠していた母親のことを思った。こういう男たちを恐れながら生計を立てている、バーナデット・ワードを含むすべての人間たちのことを思った。なぜ彼らは恐れるのか、現行犯で逮捕されてさえ自分には恐れるものがないとこの男は感じているのに？　彼は恐れるべきだ。彼と、彼のような人間は全員。だれかが彼らに怖いと思うものを与えてやらなければ。

「きみの謝罪が聞こえないが」チェスター・マーチは言った。

彼は聞かないし、この先も聞くことはない。そのかわり、わたしは彼に自分の歯が折れる音を聞かせてやった。

＊

〈アメリカの正義〉——放送の文字起こし

チェスター・マーチ「一九五五年にバック・シャッツと会ったあと、鏡をのぞいても決して自分自身を見ることはなかった。再建手術を五度受けなければならなかったんだ、歯科の治療は別にしてだよ。わたしの体のほかの部分から皮膚と軟骨組織を移植して、鼻を再建した。あご、頬骨、左目の眼窩《がんか》の損傷で変形した部分を隠すために、人工の頬をインプラントしなければならなかった。いまはなんとか普通の人間に見えるが、もう自分自身の容貌ではない」

カーロス・ワトキンズ「歯の治療のほうは？」

マーチ「あれは高くついた。彼は金属の棒で五、六回殴ったんだ。歯がたくさん抜け落ちて、残りもほとんど砕かれた。前歯は抜くしかなかった。なぜなら、かぶせものをとりつけられるほど残っていなかったからね。六〇年代は義歯をはめていた、当時はそれしか選択肢がなかったので。七二年ごろインプラントにしたよ、あれはありがたかった。刑務所で歯の手入れをするのはたいへんだが、セラミックは腐らないんだ」

ワトキンズ「そんなことをあなたにしたシャッツには影響がなかったんですか？　彼の行為が犯罪や懲戒に当たらないのか、捜査は？」

マーチ「警察によれば、わたしは車の事故で負傷したのであって、わたしの父親は別の見解には関心を持たなかった。わたしがシャッツに対して裁きを求めたら、親戚筋や、メンフィス、オクスフォード、ナッシュヴィルのすべての社交界に、わたしの妻は疑わしい状況で失踪し、警察がわたしに目をつけていると、知れわたることになる。それは父親の事業に有害で面倒な事態をもたらしたはずだ。それに、シャッツが持ちこみたがっていた起訴を検事が却下していたとはいえ、警察とごたごたすればその起訴がまた浮上するかもしれないと、弁護士に忠告された。警察にとって都合のいい嘘は、わたしにとっても都合がよかったんだよ。こう申し上げるのは恥ずかしいが、わたしはバック・シャッツの犯罪を見逃した。わたしが訴えなかったから、彼はその後何十年もほかの人たちを好きに痛めつけることができたんだ」

ワトキンズ「そのことで自分を責めなくてもいいと思いますよ」

マーチ「有罪にもならなかったし裁判にもかけられなかったが、やはりわたしには影響があった――けが以外にも。シャッツはつきまといつづけ、いわゆる現場へ何度も戻ってきた。わたしを逮捕する以前、彼はいつもあの突拍子もない強力な覆面パトカーに乗ってきた。だが、起訴がうまくいかないとわかると、彼は黒と白のパトカーで四六時中わたしの家のまわりを走りはじめたんだ。ライトを点滅させてサイレンを鳴らし、ご近所はみんな窓辺に張りついて見ていた。シャッツはすでに近所の人たちを聴取していて、彼らはわたしの妻はどこへ行ったのか疑っていた。そして、あのパトカーがつねにわたしの家を張っていたというわけだ。とうとう、父の仕事相手の一人がそれを耳にした。あの当時、わたしの存在は父の会社にとって不都合になっていたんだよ。そこで、父に街を離れるように勧められた」

ワトキンズ「それはつらかったでしょうね」

マーチ「バルーク・シャッツはわたしの人生を破滅させた。父の会社の名前はマーチ&サンズ株式会社だった。南北戦争の前、わが一族はミシシッピで有名な地主だったが、すべてヤンキーに奪われてしまった。大規模農園業は壊滅した。だが、曾祖父は機転の利く人物で、ビジネスというものがわかっていたんだ。だから、彼は自分が失った土地で新しい地主が育てていた綿花を梱《こり》にして、荷造りし、運送する会社を始めた。そして十年もしないうちに、曾祖父は失った土地を取り戻し、増やしさえした。その土地とビジネスは、家業として約百年続いていて、わたしが相続するはずだったんだ。ところが、シャッツがわたしの生得の権利を奪い去った。わたしはしばらくサンフランシスコに移り、そこにいるあいだに父が死んんだ。彼はわたしに手綱を渡していなかった。製品を運ぶために知っておかなければならない人々に、紹介してくれていなかった。わたしはビジネスをやっていける立場になかったんだ、だから会社を売却せざるをえなかったよ。もはやマーチ＆サンズ株式会社は存在しない。そしてマーチの息子《サン》が生まれることもない。おそらくシャッツがわたしの生殖腺を叩きつぶしたせいでね」

第三部　二〇一一年――ある種の差別主義者

12

「それじゃ、捜査はぽしゃって、検事は起訴せず、そのあとじいちゃんはそいつの顔を警棒でぶっつぶしたってわけ？」テキーラが聞いた。彼は身を乗りだし、ソファがきしんだ。ヴァルハラの共有スペースにある家具は、だれかがおもらしをしてもスタッフが簡単に掃除できるように、すべてつるつるしたビニールでできている。「そんなことをラジオで話しちゃだめだよ」

「その男は、人種と階級と刑事司法制度についての番組だと言ったんだ」わたしは答えた。「おれの証人が有色人種の娼婦でなくて、おれがユダヤ人でなかったら、チェスターは一九五五年に殺人で有罪になり、何十年も前に電気椅子にすわっていただろう。おれはやるべきことをちゃんとやったんだ、それでもだめだった」

テキーラは鼻を鳴らした。「じいちゃんがやるべきことをちゃんとやったとは、正直言いがたいね」

「どんな間違いをしたというんだ？」

「メイドと話した？」

「メイドだと?」

「チェスターの家の掃除をしてたメイドだよ。マージェリーが消えたあと、じいちゃんが捜査を始めるまでのあいだ、その家にいたんだろう。彼女と話したの?」

「メイドとは一度も会わなかったんだ。近所の人間とは話した。バーナデット・ワードから男と車についての証言をとった。そのメイドがなにを教えてくれたというんだ?」

「わからないよ、だってじいちゃんが彼女に聞いてないんだもの。メイドは家にいて、チェスターの散らかしたものをきれいにしてたんだ。彼女がなにを見てたか、神のみぞ知るだよ。じいちゃんはメイドを見つけだすべきだったんだ。だけど、そこはぜんぜん要点じゃない。そのレポーターはきっとチェスターに味方するだろう。このストーリーでは、じいちゃんは出てくる全員を踏みつけにしてる体制側の人種差別主義者で階級差別主義者だ。とにかく、文字どおりチェスターの首を踏みつけにしてる」

「ばかな。チェスターは金持ちの白人だった。それにおれはやつの首をひざで押さえたんだ、靴で踏んだんじゃない」

「わかってないな」

わたしは煙草に火をつけた。「だったら説明してくれ」

「オーケー。そのレポーターは社会の体制そのものが人種差別主義で階級差別主義で性差別主義で、崩壊してるという前提に立ってる。そして、彼は権力の濫用事例を求めてて、じいちゃんを見つけた。メンフィス市警に三十年近く勤めて、基本的にははた迷惑な乱暴者で、短絡的な捜査法の常習犯だった。レポーターは、じいちゃんの職権濫用を刑事司法制度の腐敗を裏付ける証拠として使う気でいる。それからほかのことにもその手のレッテルを貼るんだ」

「ばかげている。おれは人種差別主義者じゃない」

「似たようなものだよ」

「おまえは本物の人種差別主義者に会ったことがないな」

「じいちゃん、それはまさに人種差別主義者の言い草だよ」

わたしはコーヒーテーブルのガラスの表面で煙草を消し、吸い殻をカーペットに放った。そして歩行器の手すりをつかむと、ゆっくり立ちあがりにかかった。「どうしておまえにわかる？」

テキーラはわたしを支えようと手を差しだした。わたしは振りはらった。「そのレポーターは、じいちゃんを好きにしゃべらせて墓穴を掘らせたがってる。話すべき相手じゃない」

「おれは対処できる」

「ぼくはそうは思わないよ。じいちゃんの精神状態を思えば」

「おれの精神状態は良好だ」

テキーラはわたしの前へ歩いてきて、両手を歩行器の手すりに置き、ヘンリー・マクロスキーのように真ん前に立ちはだかった。「精神状態が良好なら、どうしていまこんな話をしてるのさ、ばあちゃんの病気の話じゃなくて？　ばあちゃんがガンだって知ったばかりのときに、だれも聞かないラジオ番組の話を優先するなんて、ぼく、つらいんだよ」

「おれだって知ったばかりなんだ」

「いや、違う。じいちゃんはずっと知ってた」

「あのレポーターが言っていることはおまえには関係ないかもしれないが、刑事はおれの仕事だった、それを誇りに思っている」わたしは別の煙草に火をつけた。「チェスター・マーチはシリアルキラーだ。あの連続殺人をやり、おれが逮捕し、ふさわしい報いである死刑を宣告された。違うことを言うやつはみんなろくでなしの嘘つきだ」

テキーラは長いあいだ黙って単純な計算をしてから、こう言った。「待って、地区検事事務所は一九五五年にチェスターを起訴せずに釈放し、じいちゃんは二十年後まで彼を有罪にできなかったってこと？」

「そうだ」

「だったら、別の話があるんだね――一九七六年にじいちゃんがやったことが？　そしてそれが、このワトキンズってやつがチェスターの有罪をくつがえそうとしてる事件なの？」

「それにも二つの見かたがある」

「じいちゃん、そのレポーターと話しちゃだめだ」

「おまえにはわからないんだ」

テキーラは歩行器から手を離した。「自分が理想化してる歴史は、自分が記憶してるほど偉大だったり名誉あるものだったりしないって、だれかに言われるのをじいちゃんは恐れてる。ぼくにはなにもしてあげられないよ。だって、じいちゃんが守ろうとしてるものは現実に存在しない。そして、ばあちゃんは病気だ。死ぬかもしれない。いまは過去に生きてるわけにはいかないんだよ。じいちゃんはここにいなくちゃだめだ――このつらいときに――ぼくたちと一緒にいなくちゃ」

わたしは消しもせずに煙草をカーペットに投げ捨てた。テキーラが踏みつけて、あとに黒いしみが残った。「ばあさんとおれは、おまえが生きてきたよりもずっと長い年月をともにしてきたんだ。ローズはおれがどういう男か、おれがどう感じているかわかっている。そして、なぜこれが重要なのかもわかっている」

「そのレポーターが電話してきたら、とにかく出ないで」

「出なければ、相手が彼かどうかわからないじゃないか」

「かかってくる電話番号が表示されるだろう」

わたしはポケットから携帯を出し、目を細めてにらんだ。「これに出るちっぽけな数字をだれが読めるんだ?」

「とにかく、かかってきた電話は全部出ないで。ぼくが彼と話すよ。ぼくがこの件に対処する。じいちゃんはばあちゃんのことだけ考えて」

「おまえはわかっていない」

「わかってるよ」テキーラは言った。「ぼくは基本的になんでもわかってるんだ、なにしろすごく頭がいいからね。昔のじいちゃんよりはるかに賢い。その分厚い頭蓋骨の中で、じいちゃんの脳が石灰化したり液状化したり、なんだかんだなる前だって、ぼくのほうが賢かった。少し休みなよ。また明日って日があるんだ、ひどい日になりそうだけどね」

＊

〈アメリカの正義〉――放送の文字起こし

カーロス・ワトキンズ（ナレーション）「チェスター・マーチは彼の事件に関するすべてのファイルを閲覧することを、わたしに認めてくれました。そしてエドワード・ヘファナン――ご記憶でしょうか、チェスターの弁護団を率いるヴァンダービルト大学の法学部教授です――彼はご親切にも、自分のオフィスにある収納ボックス六箱分の書類を見せてくれることになりました。
　わたしはその最初の箱をヴァンダービルト大学のアリン・クィーナー・マッシー・ロー・ライブラリーに持っていき、調べはじめました。美しい図書館ですよ。高い天井、二階分の蔵書、温かな自然光、重厚なサクラ材の家具、人間工学に基づいた椅子、金《かね》の色をしたカーペット。

ヴァンダービルトは、有力誌〈USニューズ&ワールド・レポート〉のランキングによれば、合衆国南東部でナンバースリーのロースクールを擁しています。上に位置するのは、ヴァージニア大学とデューク大学だけ。卒業すれば、わたしの近くにすわっている学生たちは、ナッシュヴィル、アトランタ、セントルイス、ニューオリンズ、あるいはフロリダ州のどこででも最高クラスの法律事務所で六桁の初任給をもらうエリート職への道に、もっとも近いわけです。

そのとき図書館はたいして混雑していませんでした。水曜日の午前中で、ロースクールのほとんどの学生は授業中だったのでしょう。でも、自分がそこにいる唯一の黒人であることを意識しないではいられなかった。ロースクールの人々はみな、わたしに対してとても礼儀正しかったですよ。しかしやはり、この特権の砦にあって、居心地の悪さを感じました。ヴァンダービルト大学ロースクールには七、八パーセントしか黒人がいない。ナッシュヴィルの人口の四分の一は黒人で、リヴァーベンド刑務所では約半分が黒人です。リヴァーベンドよりもあらゆる人種に開かれているテネシー州の公共施設は、九十パーセントが黒人のメンフィス公立学校だけです。

箱を開けると、中にはチェスターの自白が入っていました。バルーク・シャッツによる四時間にわたる取調べに基づいた、八ページの報告書。じっさいは七ページ、いや、ほんとうは六ページに近かった。最初のページは、チェスターが自分の権利を知らされた上で放棄したという、署名入りの権利放棄書。最後のページはほぼ空白で、報告書が正確に自分の警察への供述であると認める、チェスターの署名だけでした。この薄い書類の束がチェスター・マーチに死を宣告したのです。

シャッツが報告書を書いていました。チェスターは最初と最後のページに日付と署名を記しただけです。自分がこれらを読み、供述と矛盾がないことを認めるために、彼はほかの各ページにイニシャルを入れていた。音声記録もビデオ記録もないが、一九七六年の取調べには通常そういう記録はなかったのです。

シャッツの報告書によれば、チェスターは一九五三年にセシリア・トムキンズというセックスワーカーを殺したと自白している。報告書には、チェスターは青春期から女性を殺したいと考えていて、やってみることに決めたと話したとあります。硫酸を使って遺体を溶かそうとして、失敗すると彼女をミシシッピ川に投げこんだ。さらにチェスターは、二年後に妻のマージェリーを殺したと認めています。メンフィスの自宅キッチンで彼女を殴打して絞殺し、遺体を父親がミシシッピ州に所有していた土地の森に埋めたと。また、一九七六年には彼に部屋を間貸ししていたイヴリン・デュラーという女性を殺したとも自白しています。

自白に書き添えられているのはシャッツの報告で、チェスターが妻を埋めたと供述した場所の発掘についての記録です。鑑識チームがシュウ酸カルシウム──生石灰──の地層と三フィートの泥の下に、白骨化した遺体を発見しました。腐敗が進んでいたために完全な検死は不可能、と検死官は見解を示しましたが、遺体は身長五フィート三インチほどの、つまりマージェリー・マーチと同じ身長の白人女性だということでした。そして何本かの歯はなくなっているものの、残っていた歯についてはマージェリー・マーチの歯科医の記録と合致していたそうです。遺体の状態はチェスターが報告書で供述していた殴打と絞殺による死亡と一致する、と検死官は結論づけました。

読んでいたあいだに、わたしは刑務所のチェスターからコレクトコールで電話を受けました」

チェスター・マーチ「エド・ヘファナンに連絡したかね？」

カーロス・ワトキンズ「ええ、しました。あなたの記録を渡してくれましたよ。興味深い。いまはあなたの自白を読んでいるところです」

マーチ「心証が悪いだろうな？　シャッツはたしかに自分の仕事を心得ている」

ワトキンズ「これらの殺害を認めたんですか？」

マーチ「シャッツになんと言ったか、まったく覚えていないんだ。彼にした話の記憶がぜんぜんない。一九八六年のわたしの上訴内容を見てくれ」

ワトキンズ（ナレーション）「そのファイルは箱の中にありました。チェスターの頭部のレントゲン写真が入っていた。シャッツの報告書作成の翌日に撮られたものです」

マーチ「写真はあった？」

ワトキンズ「ええ」

マーチ「あなたが見ているのは、いわゆる脳震盪《のうしんとう》で、頭蓋骨骨折なんだ。わたしがあの部屋でなんと言ったにしろ、あのときには脳が正常に働いていなかった。そして聞いてくれ。あなたがバックと話していて、人の頭をボコボコにしたり頭蓋骨をめりこませたりしたと彼が言ったら、それは脚色でもなければくだけた表現でもない。まったく文字どおりの意味で、彼が人々にやってまわっていたことなんだよ。彼はわたしの頭をボコボコにした。スプーンで半熟卵を叩くところを想像してほしい。卵の殻に起こることが、彼がわたしにしたことだ。生きていて幸運だったよ。あるいは、違うかな。もしかしたら、あのまま殺されていたほうが幸せだったかもしれない」

ワトキンズ（ナレーション）「一九八六年の上訴で、チェスターの弁護団は、彼の頭部の負傷を考慮してあの供述は裁判で採用されるべきではなかった、と主張しています。テネシー州最高裁は、その根拠に基づいた供述の裁判での採用に対し、チェスターの弁護人は反対しなかったため、当の理由で有罪をくつがえすことはできないと決定しました。

一九九二年、別の上訴弁護団が筆跡鑑定の専門家を雇って、供述書のチェスターの署名を調べました。書類にある一連の筆跡は、チェスターの別の筆跡のサンプルと比較してみるとたどたどしいし、震えている、と専門家は述べている。これは、外傷性脳損傷のせいで、認識能力の弱った状態で彼が自白に署名したことを示しています。

一九七六年当時、筆跡鑑定はこういう目的ではあまり使われていなかったので、チェスターの弁護団は、この分析は以前の裁判では利用できなかった新しい法医学的技術を使って得られた証拠だ、と主張しました。この種の主張は九〇年代初期にはしばしばあったんです。DNA鑑定が昔の事件の事実認定に疑義をもたらすケースで、裁判のやり直しを求めるために。しかし、上訴審はチェスターの筆跡鑑定が新たなDNAの証拠と同等とは考えず、上訴を棄却しました。

一九九六年、チェスターの弁護団はマージェリー・マーチのものとされている遺体の再発掘許可を裁判所に求めました。当時、遺骸の身元を特定するために使われた法医学は、いまや科学的とは言えず、合理的な疑いを超えて遺骸がマージェリーだとはもはや断定できない、と弁護団は主張したのです。そして、そのような時代遅れの証拠をもとにいま死刑を執行するのは憲法違反である、と。テネシー州最高裁は有罪の判決を変えず、マージェリー・マーチのものとされる遺骸の発掘を拒否しました。

二〇〇二年、別の上訴弁護団が頭部の負傷をふたたびとりあげた。神経学が進歩し、外傷性脳損傷が与える影響への理解が深まったため、一九七六年のチェスターの供述の証拠としての許容性に新たな憲法上の問題が生じているとして、裁判所がすでに裁定を下した事実をくつがえそうとしたのです。州最高裁はなに一つ聞きいれず、またもや有罪判決を維持しました。

皆さんが一つのパターンに気づいたとしたら、それは皆さんだけではありません。この一連の裁判は一つ残らず、いまは中止されて退《しりぞ》けられた警察の慣行と、証拠採集の時代遅れで流行遅れな方法によって正当化されている、現代の死刑執行への異議申立てなのです。チェスター・マーチは三十五年も死刑囚監房にいる。そして彼を殺そうとしている人々は、二世代前の裁判官と陪審員が下した決定に従っている。

考えてみてください。このあたりでいまだに尊敬を集める作家ウィリアム・フォークナーは言った、『過去は決して死なない。過去でさえない』と。そしてここフォークナーの南部では、過去がいまだに人々を殺しているのです。

もう一つ考えてみてください。ウィリアム・フォークナーは、バック・シャッツが生まれたときたった二十五歳だった。歴史の有害な局面は過ぎ去ったと信じたがる人々も一部にはいます。だが、歴史はまだわれわれとともにある。そしてここテネシー州では、一人の男がその歴史の確証なき許可によって殺されようとしている。チェスター・マーチの裁判の歴史に、わたしたちは見るのです。〝アメリカの正義〟という死の機械のレバーを動かそうとしている、老いぼれてしみのできた手を」

13

六時半に目が覚めた。ローズはまだ眠っている。わたしの習慣は朝一人で階下へ行き、コーヒーを飲み、〈コマーシャル・アピール〉紙をざっと読むことだ。調子がよければ自分で起き、そうでないときはヘルパーの手を借りる。ベッドの上の壁に、引っ張ると助けを呼べるひもがあるのだ。引っ張れば、だれかが部屋に来て――ここでは鍵はかけない――ベッドから出してくれる。そのあいだローズはずっと寝ている。あるいは、わたしがゆっくり着替えているあいだも寝たふりをしている。

ズボンをはくのが困難な段階にまで、わたしは来てしまった。スタッフは喜んで手を貸してくれるが、こっちはそこまで尊厳を手放す準備ができていない。だから、歩行器を前にして椅子にすわり、ズボンに足を入れ、まずひざまで引きあげ、次に立ちあがって歩行器につかまって腰まで引きあげる。たいていの日は、前のジッパーを上げてベルトを締めるまで自分で立っていられるが、ズボンをはく前にかならずベルトをループに通しておかなければならない。なぜなら、後ろに手を回すのがきわめてむずかしいからだ。わたしの指が、ボタンを留めてジッパーを上げ下げするだけの器用さを保っているのは運がいい。だが、そうは言ってもこの二年ほどでワードローブにはセーターやプルオーバーが増えつつある。何十年も、オクスフォード・シャツを愛用してきたというのに。プルオーバーのほうが袖を通しやすいのだ。それに、どのみちスマートに見せたい相手もいない。

だが、今日はヘルパーを呼ぶひもは引かなかった。よろよろ歩行器のほうへも行かなかった。ローズが眠っているあいだに、暗闇で苦労して着替えをする面倒な儀式にもとりかからなかった。わたしは天井を見上げたまま、彼女の寝息を聞いていた。

ローズは八時少し過ぎに起きた。

「あなたがまだベッドにいるなんて驚いた」彼女はナイトスタンドの時計を確かめて言った。「かなり疲れていたんだろう」

二人で静かに着替えた。彼女のほうがわたしよりいくらかスムーズだ。ちょっと若いし、銃で撃たれたこともない。

そのあと二人でカーペット敷きの廊下を歩き、エレベーターで一階へ朝食をとりにいった。ここへ来る前、わたしは朝食の絶大なるファンではなかったが、ヴァルハラでは好きになっていた。なぜなら、食堂は朝食のときにはほかの食事時ほど混んでいないからだ。わたしはプラスティックのトレーに、塩素の臭いのする皿や艶《つや》の失せたカトラリーをのせた。フォークとナイフはステンレス製で、そもそも艶を出せるのかどうか知らなかったが、ヴァルハラのものはすべてくたびれていくのだ。缶入りの燃料で加温されているビュッフェから炒めすぎのスクランブルエッグと、ベーグル——大袋の冷凍食品のやつ——をとった。ローズは、卵のつけ合わせにフルーツサラダのボウルからハニーデューメロンをとった。結婚以来、ローズが食料品店でハニーデューメロンを買ったことがあるとは思えない。買う人がいるだろうか。ビュッフェやフルーツサラダでしか見たことがない。ほかのカットフルーツより長持ちするのだと思う。カンタループメロンは室温だと二時間後には柔らかくなるが、ハニーデューメロンは硬いままだ。しかし、果物に美徳として不変性を求める人がいるかどうかは疑わしい。そして不変性がサラダのめざすところなら、なぜこんなにたくさんバナナが入っている？　カットしたバナナは茶色くなり、すぐにヌルヌルしてくる。味気ないハニーデューメロンとヌルヌルしたバナナでいっぱいのフルーツサラダなど、だれが食べたがるというのだ。

これが、ヴァルハラのような場所に身をゆだねるということだ。残りの人生、ずっと嵩増《かさ》ししたフルーツサラダ。

朝食バーにあるハニーデューメロンはまだ熟《う》れていないように見え、果肉はほぼ白い。果汁たっぷりで緑色だったとしても、味わう気にはなれないし、冴えない果物であることに変わりはない。毎月いくら払っているか考えれば、このみすぼらしい施設はせめてイチゴぐらい出せるだろう。みんなイチゴは好物だ。

わたしたちはいつものテーブルにすわった。食堂のいちばん遠い隅の席だ。わたしがすわる場所をえり好みしなければ、必要以上に長く歩く必要はないし、トレーをのせた歩行器を押してじゅうたんの上を進む面倒もない。だが、だれも背後からこっそり近づいてこない場所で食事をするほうがいい。

ヴァルハラでは、食堂のもっとも小さいテーブルは四人掛けだ。朝はあまり混んでいないので、だれかが一緒にすわろうとすることはまずない。だから、一日の食事のうちで朝食時は、名前も覚えていない人たちと興味もない話題について話す必要がおよそない。

ところが、ローズとわたしが雄弁な沈黙のうちに卵をつついていると、一人の男がやってきてわたしたちのテーブルの席にすわった。

「やあ、シャッツご夫妻！」鼻つまみ者は声をかけてきた。彼の意気軒高ぶりたるや、この場にまったくそぐわない。

「おはよう、ガス・ターニップ」ローズはあいさつした。彼が何者なのかわたしがぜんぜんわかっていないと知る彼女は、大声でゆっくりと名前を発音した。

「ターニップ《カブ》とはまた、どういう名前だ？」わたしは聞いた。

「スコットランドとアイルランドの血だ」ターニップは答えた。「前にもこの話はしたよ。うちはスコッツ－アイリッシュ、おたくは東欧系ユダヤ。あんたの曾祖父のことも聞いた。リトアニアの小さなユダヤ人村に生まれて、南北戦争中はシャーマン将軍の指揮下でアトランタを焼いたんだ」

この男とは一度も会っていないと確信があるのに、なんだってわたしはそんなことを話したのだろう？

「バックはあなたを困らせてるだけなのよ、ガス」ローズが言った。

「そのとおりだ」わたしは言った。「困らせてやる」

ターニップは彼女にほほえんだ。彼の歯は古びた歩道みたいな色だった。「いや、ただね、今週のランチ・ブランチにおたくらが参加してくれるかどうか知りたいんだ」

「だめだ」わたしは答えた。「ほかに予定がある」

ガス・パースニップ《アメリカボウフウ》がだれだか覚えていないが、ランチ・ブランチは覚えていた。毎週ロビーで入居者が八人から十人ほど集まって、ヘルパーにヴァンで〈ＴＧＩフライデー〉か〈アプルビー〉へ連れていってもらい、冴えない料理を冴えない仲間と囲むのだ。

「わたしたち、行けるんじゃない、バック？」ローズが言った。

「やらなきゃならないほかの用事があったはずだ。それに、おれは行きたくない」わたしは彼女に答えた。

妻はナプキンの上にフォークを置いた。「あなたはいつも、ここの食事がどんなにまずいか愚痴っているじゃないの。なぜ外食したくないの？」

「孫が街に来ている」

「あの子は司法試験の勉強で忙しいのよ。わたしたちには時間があるし」

「どうしてそんなにしつこいんだ？」

「どうしてそんなに片意地なの？」

ガス・パンプキンは居心地が悪そうだった。「けんかの種をまくつもりじゃなかったんだ。スケジュールを確認して、もし参加する気になったら来てくれればいい。二人とも歓迎するよ」

「ありがとう。ガス」ローズは言った。「会えてよかったわ」

「いや、朝食を持ってきたんだ」ガスは自分の前に置いた皿を示した。「ここで一緒にと思って」

「話せてよかったよ、ポテト」わたしは言った。「また会うこともあるだろう」そして煙草に火をつけた。施設内の共有スペースは禁煙なのだが。

「ああ、わかった、じゃあな」ガスは朝食を持って食堂の反対側のテーブルへ向かった。聞こえないところまでガスが遠ざかると、ローズは笑いだした。「あなたがポテトって呼んだときの彼の顔見た？」

「彼の名前はなんだって？」

「ターニップ《カブ》」

「じゃあ、似たようなものだ」

「ミスター・シャッツ！」食堂の反対側からヘルパーが呼んで、わたしのほうに指を振った。

わたしは煙草を消し、ローズはまた笑いだした。

「人づきあいが面倒なのはわかっているけれど、あなたが心配なのよ、バック。わたしがいなかったら、あなたは一人で三食食べるつもり？」

「きみがいなくても、ランチ・ブランチに慰めを見出すかどうかは疑問だな」

まだ笑いながら、ローズは両手に顔を埋めた。

「〈フライデー〉で、山盛りのポテトスキン（皮付きジャガイモを半分にして穴を開け、ベーコンやチーズをトッピングしたスナック）並みにうざいガスと一緒に、山盛りのポテトスキンを注文するおれを想像できるか？」わたしは聞いた。「レストランに着くまでのあいだ、連中は一緒に歌でも歌うのかな？」

「あなたが心配なだけよ。たくさんのことが心配なの」

「いつ彼に曾祖父の話をした？　どういうわけで？」

「知らない。でも、今日は神経科医の予約があるわ、あなたの記憶力の問題で」

「すばらしい。あの男に会うといつも気持ちが前向きになるんだ」

＊

〈アメリカの正義〉――放送の文字起こし

カーロス・ワトキンズ（ナレーション）「ナッシュヴィルからメンフィスまでは四時間弱の

ドライブです。スモーキー山脈が見えるかと期待していましたが、違う方向へ走っているのがわかりました。ウェスト・テネシーはだいたい平坦で――ほとんどが農地です。大豆畑と思われる何千エーカーもの土地を通り過ぎました。メンフィスは輸送の中心地で、わたしが走っているハイウェイでは多くのトラクター・トレーラーがメンフィスを出入りしていて、後ろの風圧の少ない空間を利用して燃費よく走れたし、自分の二酸化炭素排出量を減らせたのは喜ばしいことです。でもそれも、ああいうトレーラーがどれだけのディーゼル燃料を消費しているか、考えるまでの話で。わたしたちの生活の裏側で目立たずに走って、わたしたちを便利にすると同時に、取りかえしのつかない公害を増やしているんですよね。

たいへんな交通量ですが、州間高速道路四〇号線沿いには多くの駐車場所があります。ガソリンスタンド。トラック・ストップ。休憩所。〈IHOP〉、〈デニーズ〉、〈ショーニーズ〉、〈クラッカーバレル〉、そしてよく見るのが〈ワッフルハウス〉。フェアヴュー、ディクソン、バックスノートといった名前の小さな町もたくさんあります。あなたが白人なら魅力的に映る場所でしょう。しかし、わたしは古きよきアーリーアメリカン・レストラン〈クラッカーバレル〉の会員になりたくなかったし、世界的に有名な〈バックスノート・トラウト養殖場〉への出口で下りたりはしませんでした。ナッシュヴィルを出発する前にガソリンを満タンにして、ミシシッピ川が見えるまでハイウェイを走りつづけ、ずっとアメリカンミュージックのルーツであるメンフィスの音楽を聴いていたんです。

この地域の〈モーテル6〉や〈ホリデイ・イン・エクスプレス〉のロビーで観光パンフレットを見れば、かならず表紙にエルヴィス・プレスリーの青白くむくんだ顔があるでしょう。

しかし、メンフィスはアメリカの黒人の文化的首都の一つで、モータウンやハーレムと同じぐらい重要な場所なのです。メンフィスにはB・B・キング、ルーファス・トーマス、ジュニア・パーカーがブルースをレコーディングしたサン・スタジオがある。そして、サザンソウル誕生の地、ブッカー・T&ザ・MG's、アイザック・ヘイズ、オーティス・レディングの故郷であるスタックス・レコードもある。

メンフィスはマーティン・ルーサー・キング博士が最後のスピーチをおこない、公民権運動のリーダーだった彼を白人至上主義者が暗殺した場所です。キング博士が亡くなった〈ロレイン・モーテル〉はいま国立公民権博物館になっています。

メンフィスはまた、広く楽しまれている郷土料理スタイルのバーベキューが生まれた地で、メンフィス・ポーク・リブ&ショルダーは黒人がアメリカ料理になした多くの貢献の中でもっとも偉大なものの一つでしょう。メンフィスの伝統は、肉にニンニク、コショウ、パプリカ、ときには黒糖をまぶし、十八時間もかけてヒッコリーの木の上でじっくりと焼く、という方法です。メンフィス・バーベキューはウェットでもドライでも――ソースをかけて焼いても、スパイスをまぶしただけで焼いても――食べられるが、どちらでも肉はとても柔らかいのでプラスティックのフォークで切れますよ。〈ジム・ニーリーズ・インターステート・

バーベキュー〉にはこの料理法の名手が揃っている。

だが、それでももものたりなければ、グレイスランドへ行ってエルヴィスの居間〈ジャングルルーム〉を見てもいい。一九七〇年代デザインの美意識の記念碑です。緑色のけばだったカーペット、木材を使った壁、アースカラーの窓のカーテン。エルヴィスは毛皮を飾ったソファも持っていた。またなぜかそこには、猿の彫像がたくさんある。そして彼の集めた風変わりでキッチュながらくたは、元のままの状態で保存されています、毛皮のソファは神聖な遺物ででもあるかのように。

わたしはスミソニアン博物館に行って、ファーストレディたちの就任式のドレスを見たことがあるが、レースはすべて褪せて少し変色していました。近くでよく見れば、ドレスはほこりをかぶっているのではないかと思いますよ。しかし、〈ジャングルルーム〉の遺物は違う。完璧だった。〈ジャングルルーム〉ではつねにそこは一九七三年なのです。王の神聖ながらくた類が、よごれたり光沢が鈍ったりすることは許されない。もちろん、オーティスやルーファス・トーマスの家のしつらえはそこまで注意深く保存されていない点を指摘しなければ、わたしの怠慢というものでしょうね。でも、グレイスランドを一緒に観光したグループの白人たちは、エルヴィスが生きて死んだ場所にいるんだという体験に圧倒されていました。多くの観光客がここをコースに加えてよかった、と思っています。グレイスランドを訪れる年間の観光客は、公民権博物館の五倍なんですよ。

ちょっと旅番組みたいに聞こえるのは、理由がありまして。ナショナル・パブリック・ラジオを説得して、〈アメリカの正義〉にローカルカラーを、その土地のフィーリングを加えるようにしました。チェスター・マーチが単調そのものの八フィート×十フィートの独房でこの三十五年間を過ごしたからといって、この番組を死刑囚監房に閉じこめられているような雰囲気にすることはない。それに、州がちゃんとした理由もなく一人の老人をゆっくりと冷酷に殺そうとしているプロセスを取材しているからといって、この番組を聴くことが魂をぺちゃんこに押しつぶされるような体験になる必要もない。リヴァーベンド刑務所の高い壁を越えれば、そこにはいい音楽があり、くすぶるヒッコリーの上でじっくりと焼かれるおいしい手作りのポーク・ショルダーがある。それに、もし皆さんがそういうものが好きならグレイスランドだって。

言わせてもらえば、チェスターとエド・ヘファナンとの長いインタビューを終え、エドのオフィスにあった箱の整理をすませたあとでは、音楽を聴いてバーベキューを食べる権利ぐらいわたしにもありますよね。チェスターのひびの入った頭蓋骨のレントゲン写真や、裁判の模擬練習の写しをくわしく調べたり、依頼人の命を奪う州の決定への弁護団のむなしく悲しい異議申立てを、無関心な判事たちが却下したおざなりな意見を読むのは、意気阻喪する経験でした。とはいえ、人生の喜びから切り離されている人々を思うときに自分たちがそれを忘れなければならない、ということはないでしょう。じっさい、刑務所産業の犠牲者にな

されている不正の重さを理解するには、自由に生きる喜びを思い出す必要がある。

そして、こちらに来ているあいだ瀟洒《しょうしゃ》な〈ピーボディ・ホテル〉にわたしが滞在できるよう、ナショナル・パブリック・ラジオにかけあったのはそういう理由からなのです。公共ラジオへの寛大なる寄付が適切に使われていないのでは、と皆さんが憂慮されるといけないので、その壮麗さにもかかわらず、〈ピーボディ〉の宿泊料金は驚くほど安いと申し上げておきましょう。スタンダードルームは、一晩たった二百五十ドルです。メンフィスはこう見えて手ごろな街なのです。〈ニーリーズ〉ではサイドディッシュ二種をつけたポークの盛り合わせ料理は、たった十ドルだ。ニューヨークなら、大盛りにしなくても〈ウェンディーズ〉のセットメニューはこのくらいの値段ですよ。

初めに調べたところ、南軍の将軍たち、ロバート・E・リーとネイサン・ベッドフォード・フォレストが〈ピーボディ〉に宿泊していたとありましたが、フロントでそのことを尋ねると、係の男性は、一八六九年に建てられた〈ピーボディ・ホテル〉は一九二五年に取り壊されて、一ブロック離れた現在の場所に移ったのだと教えてくれました。アメリカの人種差別主義の第一人者たちはいまのホテルの前身に避難所を見出していましたが、フロント係が言うには、現在のホテルは南部連合国支持者をもてなしたことはないそうです。

ホテルの波瀾に富んだ歴史についてわたしが尋ねていたあいだに、騒がしい白人の一団がエレガントなロビーの中央にある大きな噴水のまわりに集まってきました。有名な歌手で作家のジミー・バフェットが来るか、奴隷市場が始まるのを期待しているかのように、彼らは傍目《はため》にもあきらかに興奮していた。そのとき、肩章に房をつけ、上着に小さな金のボタンをつけた制服姿の紳士が、エレベーターから噴水までレッドカーペットを敷いたのです。

　わたしは好奇心に駆られました。だれが登場するというんだ？　ライフ・コーディネーターのマーサ・スチュワートか？　あるいはエルヴィス御大の亡霊か？　こんなものものしい歓迎に値するのはいったいだれなんだ？

　エレベーターのドアが開くと、マガモの群れが出てきて一列になってカーペットの上をよちよち歩き、小さな階段を上って噴水に入り、水浴びを始めました。白人の一団は拍手喝采しました。その理由はわかります。奇抜で楽しく、少しばかりシュールな趣向だからでしょう。マガモたちが噴水から出てエレベーターへ戻るまで、わたしは見ていました。ドアが閉まると、制服姿の男がレッドカーペットを巻いて片づけました。

　そしてテネシー州は、三週間もしないうちにチェスター・マーチを処刑しようとしているのです」

14

神経科医は、幼児に読みかたを教えるために作られた単語フラッシュカードを手にした。そのうちの四枚を、わたしのほうに向けてデスクの上に並べた。最初の一枚には車の絵が描かれ、その下に大きなブロック体で〈ＣＡＲ〉と記されていた。二枚目にはふわふわした漫画チックな白猫の絵の下に、〈ＣＡＴ〉と記されていた。三枚目は漫画チックなバスの絵で、ヘッドライトが目に、フロントバンパーが口に見えるように擬人化されていた。そのバスは大きく口を開けた醜悪な笑いで流し目を送っており、わたしは、バーナデット・ワードが説明したチェスターのビュイック・スカイラークを思わないわけにはいかなかった。〈ＢＵＳ〉。四枚目には、赤いよろい戸のついた窓と鮮やかな青いドアがあり、正面に花が咲いている家が描かれていた。〈ＨＯＵＳＥ〉。家だ。

「車、猫、バス、家」神経科医はカードをとって束の中に戻した。「いまの四枚を覚えられると思いますか？」

「もちろん」わたしは答えた。「おれがもう運転できない車、シュレディンガーの猫、自分の車を運転できないから乗らなくちゃならないバス、老人ホームに引っ越すために出ていかなければならなかった家」

「あなたはバスに乗ってないわ」読んでいた雑誌から顔を上げて、ローズが言った。

「どうしてあんたたちインディアンはみんなパーテルという名前なんだ？」わたしは医者に聞いた。

「わたしの名前はパーテルじゃありません」

「そうか、あんたの名前を思い出せないから、パーテルと呼ぶことにするよ」

「くつろいだ気分になれるんでしたら、なんとでもお好きなように、ミスター・シャッツ」

医者は言った。

年をとると、一年ごとに生きている友人が減っていくかわりに、医者が増えていく。この世における時間が短くなればなるほど、悪い知らせを待って滅菌した部屋で過ごす時間が長くなる。認知症の専門医が必要なのはいい知らせを待つ状況ではないが、この医者の前ではまずズボンをぬがなくてもいいことが、せめてもの救いだ。

「で、どうしてあんたたちインディアンはみんなパーテルという名前なんだ?」

「いま見たカードになにが書いてあったか教えてくれませんか?」パーテルは尋ねた。

それはできる。わたしの脳は完全にやられているわけではない。「おれがもう運転できない車、シュレディンガーの猫、連中がもう運転させようとしないから、トンマみたいに乗せてもらわなくちゃならないバス、それにそこで死にたかったのに売らなくちゃならなかった家だ」

「頼むから、バック、だれもあなたをバスに乗せてないのよ」ローズが訴えた。

「ものごとの本質を言っているんだ」わたしは答えた。

「意味が通らないわ」

パーテルはカードを手にして、慎重にデスクの引き出しにしまった。

「ミスター・シャッツ、今日は何曜日かわかりますか?」

「いいか、おれが暮らしているところでは曜日はみんないっしょくただ。ある晩はハンバーガー・ナイトで、ある晩はソールズベリーステーキ（ハンバーガーステーキの一種）・ナイトだが、どちらにしても同じ肉なんだ。そして行くところはどこにもないし、テレビでは見る価値のある番組なんか一つもやってない」

「では、今日が何曜日かわかりませんか?」

わたしは肩をすくめた。「火曜日か水曜日だろうと思うが」

「アメリカ合衆国の大統領はだれですか?」

わたしは鼻を鳴らした。「おれが投票したやつじゃない」

「あきれた《ジーザス・クライスト》」ローズが言った。

「イエス・キリストはここで支配力はない」わたしは言った。「おれたちはユダヤ人だし、ドクター・パーテルはヒンズー教徒だ」

「わたしはじつはイスラム教徒です」パーテルは言った。「だから、名前はドクター・アーメド・モハメドなんですよ」

わたしは前からそれを知っていたのか? 知っていたとは思えない。だが、知っていなかったはずはあるまい? 「おれはこれからもあなたをドクター・パーテルと呼ぶ」

「お行儀が悪いわよ、バック」ローズが注意した。

「大統領がだれかわかりますか？」パーテルは聞いた。

「バラク・フセイン・オバマだ」

「よくできました」パーテルはうなずいた。「あなたは彼のミドルネームまでちゃんとわかっていた。一分前に見たカードになにが書いてあったか覚えていますか？」

わたしはうなずいた。「おれがもう運転できない車。シュレディンガーの猫。おれが死ぬ予定だった家、それからおれがついにくたばったときに運ばれる清掃トラックだ」

「結構」パーテルは言った。「これが通常の検査なら、ミスター・シャッツは軽度から中度の認知症というところだが、半年前の診察のときからあまり変化は見られないようです。しかし、あなたはご主人の状態がひじょうに悪化しているとおっしゃるんですね、ミセス・シャッツ？」

「記憶にひどい間違いがあるんです」ローズは言った。またこれだ、おれがここにいないかのように二人で話している。

「意識が清明な日と、支離滅裂な日があるということですか？　それとも一日のうちで、たとえば朝とかに清明な時間帯があり、夜になると精神状態が悪化する？」

「支離滅裂というわけじゃないんです。彼、大事なことを忘れるんですよ。五十年前の警察の仕事の詳細はよく覚えているのに、昨日の医者の診察でなにがあったか覚えていないみたいで」

「さまざまなことをたくさん忘れますか？　それとも同じことを何度も何度も忘れますか？」

「だいたいはある種のことを何度も忘れます。息子のこと。治療のこと。でも、ラジオの討論番組で聞くくだらないことは全部覚えているんですよ。それを話しだすと止まらないんだから」

「この国を破滅させようとリベラルどもがのさばっているのは、おれのせいじゃない」わたしは言った。ポケットに手を入れて、ラッキーストライクの箱を出そうとした。

「やめて」ローズはわたしの手首をつかんだ。わたしは煙草の箱を戻した。

「専門家に紹介して、彼の脳になにが起きているのか調べてみましょう」

「それに意味はあるんですか？」ローズは尋ねた。「CTスキャンでもなんでもできるでしょう。でも、なにが見つかろうと、バックのような高齢者にだれも脳手術をしようとはしませんよね」

「それはそうです」パーテルは答えた。脚を組むと、どっしりした革の取締役用のオフィスチェアに寄りかかった。「だが、わたしが紹介しようとしているのは放射線科医じゃない。心理学者の診察を受けてもらいたいんです」

わたしはまたラッキーストライクを出し、こんどはローズも止めなかった。わたしは一本に火をつけた。「ほらな？　おれの言ったとおりだ。リベラルどもはこの国を破滅させようとしている」

「それは、わたしたちにとってどういう役に立つんです？」ローズは聞いた。

「ミスター・シャッツの記憶違いには、アルツハイマー型認知症の進行以外にも原因があるかもしれない。その可能性を探ってみる価値はあると思いますよ」

「ほかにどんな原因がありえますか？」

「そうですね、そこをドクター・ピンカスが手助けしてくれるんじゃないでしょうか。しばらく前から、バックの難儀の原因にわたしは疑問を持っていたんですよ。で、あなたがたが今回の予約をとったあと、同僚に話をしてみました。ドクター・ピンカスは手助けできるかもしれないと同意して、今日の午後あなたのために予約を空けてくれています。彼が加わることが救いになるかどうか、お約束はできません。前にお話ししているはずだが、認知症は、われわれがなんとかしようとしていても治すことはできない進行性の症状です。でも、同僚が提案しているのは完全に非侵襲的（体を傷つけないこと）な治療です」

「その言葉の意味によるな」わたしは言った。

ローズはこちらに向きなおった。「少なくともその人はユダヤ人よ」

「そしてあきらかにきわめて多忙とみえる」

「あなたは彼を好きになると思いますよ」パーテルは言った。

「おれに選択肢はあるのかな？」
「ないわ」ローズは答えた。

＊

〈アメリカの正義〉――放送の文字起こし

カーロス・ワトキンズ（ナレーション）「さて、〈アメリカの正義〉で何回かエピソードを放送し、この進行中のストーリーをわたしがレポートしつづけているので、皆さんはチェスター・マーチと彼の苦境をじょじょに知りつつある。嬉しいことに、たくさんのメールやツイートを視聴者の方々からいただいています。こういうきわめて重要な話に人々が関わりを持つのはすばらしいし、ご意見を聴けるのもすばらしい。全員には返事をさしあげられませんが、わたしたちは送られてきたものをすべて読んでいるし、いくつかの同じ質問を何度もいただいています。そこでちょっと時間をとって、メールやツイッターや、ナショナル・パブリック・ラジオのホームページへのコメント欄で、皆さんが発言されていることについてお話ししましょう。

だれもが知りたがっているのは、チェスター・マーチが無罪かどうかです。まずですね、わたしはいまここテネシー州からレポートしている。次の二回分のエピソードのために執筆中の草稿が手元にある。提示した情報はすべて、そしてこれからお話しする予定の話もたくさん盛りこんでいる。裁判記録、上訴趣意書、新聞記事、それにあらゆる一次資料を読みました。これがぶちこわしだと思われる方々には申し訳ないが、わたしにも皆目わからないのです。

チェスターの容疑を晴らす新たな証拠はなにも持っていません。そういうものがあれば、州がすでに死刑執行の準備を始めているのに隠したりはしませんよ。証拠をエド・ヘファナンに渡し、彼はそれをただちに法廷に提出するでしょう。これらの犯罪の解釈を劇的に変える新事実をわたしが入手したら、皆さんはそのことを〈ニューヨーク・タイムズ〉やCNNに出ているわたしの顔を見たとき、最初に知るはずです。これは現実の人間の命がかかったストーリーなのですから、ぐずぐずしたりなにか隠したりする気はありません。

予想外の結末にはならないでしょう――少なくとも、わたしが思っていたようなものには。リハーサルはないのです。大きなサプライズも番組にはありません。ない袖は振れないのです、皆さん。これは三十五年前の殺人で死刑を宣告された男、その時間がついに尽きようとしている男、彼の弁護団が最後の望みをかけた訴えをしている男の話だ。もしエド・ヘファナンがこの処刑を延期させられなければ、テネシー州の死刑に猶予期間を設けるように知事を説得できなければ、このストーリーはチェスター・マーチが致死薬注射を受けることで終わる。

そして、もし皆さんがチェスターと彼の物語に感情移入していたら、これがそういうふうに終わる覚悟をしておく必要があります。わたしはすでに、処刑に立ち会う記者証を手に入れました。わたしが処刑を止められるなどとは考えないでください。ナショナル・パブリック・ラジオが処刑を止められるなどとも考えないでください。阻止するためにわたしたちができることは、なにもありません。恐ろしいものごとに光を当てることで、わたしは世界を変えようとしている。しかし、自分にできるのはこういう事柄を目撃し、目撃した事実を視聴者である皆さんにお伝えすることだけです。

チェスター・マーチは殺人犯なのか？　おそらく。知るかぎりでは、その評価を変える証拠はありません。しかし、彼の有罪を疑うのは理不尽だと思うほど、彼がやったと強く確信できるのか？　わたしはそうは考えない。そしてそれが、ここでわたしたちが問いかけていることなのです。この過程とこの証拠は、この男を安んじて殺せるほど充分と言えるのか？

わたしたちがやろうとしているのは、典型的な犯罪実話番組とは少し違います。チェスターが犯したとされる犯罪を調べ、分析しているのではなく、むしろ彼が犠牲者となっている犯罪を調べ、分析している。ここで見ているのは数々の制度です。警察の捜査、彼の自白を引きだした取調べ、彼が死刑を宣告されて終わった裁判、そしてその判決を確定させた上訴審。

陳腐な決まり文句を借りれば、〈アメリカの正義〉は制度を裁くストーリーなのです。なぜなら、この制度がチェスター・マーチを不当に死に追いやるなら、制度は殺人で有罪だからです。

もちろん、皆さんがなにか知っていたら、チェスターあるいは彼の被害者とされる人々について新たな情報を持っていたら、ご連絡ください。いますぐに」

15

ヴァルハラへ戻る車の中の空気は張りつめ、静かだった。わたしはものごとを無理じいされるのが好きではない。他人が自分の頭の中に入ろうとするのも、見知らぬ人間と話をするのも好きではない。そして記憶力がだんだんと低下するにつれて、ほぼ全員が見知らぬ人間になった。パーテルの紹介した精神科医と話さなければならなかったことに動揺していたので、車を運転している付添いに嫌味を言うのさえ面倒でやめてしまった。これは彼女をとても心配させたらしい。後部座席から出るときわたしの腕を支えると言って譲らず、ビュイックを駐車したあと、ロビーを通ってエレベーターに乗り、廊下を歩いてわたしたちの部屋に着くまでついてきた。倒れるのではないかと心配しているように、ずっとわたしの後ろを離れなかった。公正を期して言えば、その可能性は現実にあった。

わたしは付添いの前でぴしゃりとドアを閉め、ベッドまで歩行器を押していき、腰を下ろすと蹴るようにして靴をぬいだ。昔は靴をうんと大切にしていたのに。靴を見れば、どんな男か多くのことがわかる。どういう好みなのか、潔癖なのかだらしがないのか、自分自身をどう捉え、どういう抱負を持っているのか。

刑事だったときはだいたい、コードヴァンのオクスフォード・シューズをはき、週に二回自分で磨いていた。あれは努力家のはく靴、みずからの地位を高めようとなりふり構わない男のはく靴だった。慎重で周到な性格であることを示していた。ユダヤ人だからといってレッテル貼りをしようとする世界に、見せてやりたい自分の姿を表していた。

最近は、靴ひもを結ぶのがあまりにも難儀なので、スリップオンのキャンバス製スニーカーをはいている。ナースシューズに似ていて、やはりわたし自身について多くを表している。あきらめの物語、衰えの物語を語っている。わたしの拠《よ》って立つものを着実にむしばんで、わたしをこのとおりのよぼよぼの残骸にしてしまった、いくつもの妥協について語っている。だが、そのスニーカーは体をかがめずにはいたりぬいだりできる。わたしの医者――たくさんいる医者の一人――は、わたしのような患者を治療するときの目標は、できるかぎり苦痛の少ない一日を過ごさせることだと言った。そういうわけで、スリップオンの靴なのだ。どのみちわたしには、もうどんな抱負も残されていない。

ベッドに横になろうとしたとき、携帯が鳴った。

「出ないで」ローズが止めた。

わたしは出た。「あんたとは話すべきでないと言われている」ワトキンズに告げた。この携帯にかけてくる可能性のある唯一の相手に。

「だれに言われているんです？」ワトキンズは尋ねた。

「孫だ」

「お孫さんがあなたにああしろこうしろと言うんですか？」

「だれもおれにああしろこうしろとは言わない」

「それはたしかね」ローズが口をはさんだ。

「では、だれもああしろこうしろと言わないなら、お孫さんが言うことになぜ左右されるんですか？」

「孫は、あんたがおれを目の敵《かたき》にしていると考えている。あんたとおれが話しても、なにもいいことはないと思っているんだ。あんたのちんけな番組に敬意を払う方法は沈黙しかないとな」

「ふううむ」ワトキンズは感銘を受けてはいないようだ。「それで、あなたのお考えは？」

「孫の言うことにも一理あると思う」

「忠告されたとおりにする、という意味よ」ローズが横から割りこんだ。

「相手はこれを録音していないよ」わたしはローズに言った。

「いや、していますよ」ワトキンズは言った。「話すときにはいつでも、レコーダーを回しています。でも、おそらくこれは使わないでしょう。たいして役に立たない。わたしはじかにあなたとお会いして、直接話しあいたいんです」

「おれは孫の忠告に従うつもりだ」

「なんにでも初めてはあるものよ」ローズが言った。

「ミスター・シャッツ、わたしはただこのストーリーを――ストーリーの全体を――できるかぎり最善の方法で伝えようとしているだけなんです。ナショナル・パブリック・ラジオは真摯《しんし》なジャーナリズムだし、わたしは事実を追求する。あなたの側の意見を話してくだされば、それを視聴者に提供します。そうでないと、放送する番組はパズルのその部分のピースが欠けたものになってしまい、とても残念なことです」

わたしは笑った。「そんなのにはだまされないぞ。おれがそれを発明したんだ」

「どういう意味ですか？　なにを発明したんです？」

わたしは咳払いした。「いいかね、あんた、弁護士がほしいなら、弁護士をつけてもらう権利がある。そう言われれば、おれはドアから出て弁護士を見つけてくる。だがその場合、話は終わりだ。おれはあんたを殺人で起訴する書類を提出し、この件を地区検事長に回す。そこからは彼があんたの相手だ。地区検事長はいいやつだと思う。だが、彼は政治家だ。関心があるのは、有罪にして自分はタフだと選挙区民に示すことだけだ。あんたがなにを言おうと、彼は聞くことに興味はない。さてと――それに引き換え――おれが求めるのは真実にたどり着くことだけだ。そして、それにはあんたの側から見たストーリーも含まれている。だから、弁護士がほしければつけてやろう、おれは書類を書く。あるいはコーヒーを持ってきてやり、あんたは自分の言い分を話し、こっちは喜んで聞く。どっちでも、あんたしだいだ」

「あなたがいい警官だと思ったことは一度もない」ワトキンズは言った。

「おれは最高の警官だった」

「そうですか、あなたがチェスター・マーチにしたことに対してケリをつけたいなら、放送時間を空けてお待ちしますよ」

「チェスター・マーチについてしゃべることはなにもない」

「お好きなように」

＊

〈アメリカの正義〉――放送の文字起こし

カーロス・ワトキンズ（ナレーション）「わたしはバック・シャッツについてメンフィス市警に何度か問い合わせをしました。録音インタビューに応じてくれる人間はだれも出してもらえませんでした。メンフィス市警の広報担当、クラレンス・マティスから声明が送られてきたので、全文を読みあげます。

〈バルーク・シャッツはメンフィス市警史上もっとも叙勲数の多い刑事の一人です。彼は一九七六年に引退しました。現在メンフィス市警にいる者はシャッツ刑事と仕事をしたことがないし、彼のやりかたや任務中の行動を直接知りません。いま市警にいる警官は、チェスター・マーチおよび彼が有罪となったどの殺人事件も捜査したことがないのです。過去二十年間、この一連の事件に関した裁判で証言をした者もいません。あなたの要請でシャッツ刑事の記録のコピーをお送りしましたし、法律が決めた範囲内で要求にお応えしました。本件について、これ以上提供できる情報は持ちあわせておりません。地元の歴史家に連絡されればもっと豊富な知見が得られるかもしれません。メンフィス市警の歴史に精通している方が五、六人います〉

この声明を受けとったとき、わたしは憤《いきどお》りました。少しばかり協力を拒まれている気がしたのです。しかしよく考えてみると、もっともではありますね。彼らはバック・シャッツを知らない。もうバック・シャッツを雇っていない。組織として活用すべき記憶はないのです。メンフィス市警にできるのは、わたしがすでに見た記録を見て、わたしがすでに知っていることを伝えるだけ。それにもかかわらず、メンフィス市警のだれかがシャッツの行為を擁護するとか、彼のしたことを否認するのではないかとわたしは思っていたのです。彼らはどちらもしようとはしなかった。

そこで、メンフィス市警察組合に電話しました。引退した警官を含めて、メンフィス市警の代理人となる労働組合です。犯罪を調べるときにジャーナリストがまず学ぶことの一つは、警察組織が話してくれないときは警察の組合に電話するという知恵なんですよ。ここの連中はそれほど官僚組織に縛られていないし、すばらしく印象的なコメントをくれる存在感のある人物が多い。彼らはシャッツの代理人でもあるので、話をしてくれるはずです」

リック・リンチ「どうも、リック・リンチです。セントルイス出身の元刑事で、いまはメンフィス市警察組合で働いています。メンフィス市警の警官たちのために市と交渉したり、マスコミに対応したりしています」

ワトキンズ「バック・シャッツのことはどのくらいご存じですか？」

リンチ「最近話しましたよ――彼と、彼の孫とね。あなたが連絡してくるかもしれないと、わたしに知っておいてほしかったそうです。わたしは若いとは言えないが、バックの全盛期をこの目で見ているほどの年寄りでもない。だから、彼について知っているのは記録の中のことです。あなたのメールを受けとってから記録をあたってみました。厚いファイルで、賞賛の言葉がたくさんあった。愛する者のためにシャッツ刑事が容赦なく正義を追求してくれたことを語る、殺された被害者の家族からの手紙が山ほど来ていました。自分たちの喪失を彼がつねにわがことのように受けとめてくれたのを、人々は感謝していた。ほかの警察の人間が無関心に見えたときにね。それはいい刑事の証《あかし》です。そして、彼はずっといい刑事だったようだ。シャッツはほかの刑事が引き受けたがらない事件を積極的に捜査していたが、彼の解決数はメンフィス市警でも最高の部類でしたよ。毎年、五〇年代半ばから七〇年代半ばまでね。

しかし、ファイルには行き過ぎた力の行使に対する苦情もいくつかありました。それに、警官による発砲に関して内部調査した結果を市警がまとめた報告書も。シャッツ刑事の違反容疑は晴れていますが、まあ数は多いですね。大勢の犯罪容疑者を殺しているし、殴った容疑者はもっといます。あなたも同じ記録を見たでしょう、ですからこれ以上話すことがあるかどうか」

ワトキンズ「そういった発砲や殴打はみな許容範囲だとあなたは思いますか？」

リンチ「そうですね、これは言えます。メンフィスはマジョリティとマイノリティの街で、今日《こんにち》のメンフィス市警は地域社会への貢献を中心的価値観としています。市警本部長はアフリカ系アメリカ人で、ほかの多くのリーダー的な役割を担っているのも黒人の警察官です。同時に、われわれは階級や昇進の面で達成した多様性を誇りに思っています。また、メンフィスのマイノリティの社会で培《つちか》った信頼も。そして地域社会全体を代表する警察を作るためにおこなっている努力は、前例のない結果を生みだしている。メンフィス市警は管内の殺人事件の約四分の三を解決しています。ボルティモア、ニューオリンズ、シカゴ、デトロイトといった人口統計上も社会経済上も似通った都市では、警察が解決する殺人事件は半分以下なんですよ。三分の一以下のところだってある」

ワトキンズ「それが質問の答えになっているでしょうか」

リンチ「シャッツが被害者と家族に示した同情を、われわれは刑事の資質として望ましいと考えています。そして彼は多くの事件を解決し、多くの悪人を逮捕した。ただ、力に訴えるのが性急すぎ、いまは刑事にそれを許容することはありません。それに、彼が危険きわまる方法をしょっちゅう使っていたのは正直ショックです」

ワトキンズ「バック・シャッツほど多くの発砲事件に巻きこまれた警官をほかにご存じですか?」

リンチ「いいえ。いま警官が容疑者を殺したら、どこの警察もその判断に至った経緯を真剣に精査するでしょう。容疑者を殺したことのある警官が別の容疑者を殺したら、両方のケースにおける彼の行為のあらゆる側面が完全に非難に当たらないとわかるまで、現場に戻ることは許されない。一件以上のケースで官給の銃を撃ったごく少数の警官を知っていますが、だれも二度以上は発砲していません。われわれは地域社会との関係をとても重視しているので、殺人警官を走りまわらせておくわけにはいきませんよ」

ワトキンズ「では、バック・シャッツの行為は受け入れられないということですね」

リンチ「わたしが言っているのは、彼は違う時代の警官だったということです。彼は第二次世界大戦から戻ったあと警察に入り、朝鮮戦争とヴェトナム戦争のあいだ、ずっと警官だった。人類の歴史上、最悪の大量殺人によって定義される世紀のど真ん中に、街をパトロールしていたんです。おそらく六〇年代には、刑事が現場に出てすべての悪人を射殺するのは日常的と見なされていた。そのころがどんなだったかわたしは知りませんが、記録によれば、彼は当時の基準に照らしていい警官と評価されていました。

　われわれはもはやそういうやりかたをしていない。現代の警官は、暴力的な容疑者に対処するのに以前より危険ではない方法を用いている。たとえば、辛子スプレーとかスタンガンとかビーンバッグ弾（実弾がわりにする鉛粒を入れた弾薬）とか。シャッツには警棒と拳銃しかありませんでした。現在は、もっと新しくて洗練された訓練と戦術、はるかにすぐれたコミュニケーション技術、それにはるかに数の多い警官が存在します。つまり、応援を呼ぶのはずっと簡単だし、応援は以前よりもずっと早く来る。一人の刑事に追われている容疑者は、十人の警官に囲まれるより、逃げたり抵抗したりするケースが多いと考えられます。だから、力の行使が必要な事件は少なくなっているのです。それに、いまの警官は暴発しやすい状況をどう鎮めるか、訓練を受けている。シャッツ刑事の世代はそれを受けられなかった。しかもいまは、薬物常用者や精神を病んでいる人たちに対処する特殊訓練を積んだ警官や、救急医療士もいます」

ワトキンズ「拘束された容疑者を殴って自白を引きだすのをどう思います？」

リンチ「それが警官の行為として許容されるとは、とても考えられません」

ワトキンズ「なるほど、ミスター・リンチ。お時間をとってくださり、ありがとうございました」

16

その医者の診療所は医者の診療所らしくなかった。ピンカスともう一人の精神科医が、ポプラ・アヴェニューのはずれの立派なビルの続き部屋をシェアしていた。ビルに入っているのは弁護士や公認会計士のオフィスばかりだった。なるほど。毎週その手の医者の診察を受けなければならないなら、病院や各種クリニックが集まるセンターのようなところに来て、駐車場でほんとうに具合が悪い人たちを見たくはないだろう。

ローズがドアを開けると小さなベルが鳴って、医者にわれわれの到着を告げた。ここには待合室があった——窓はなく、安っぽいソファ二つと、雑誌が何冊かのったコーヒーテーブルが一つ置かれている。受付係はいない。ソファは床に沈むほど低く、そこにすわったら立ちあがるのがひと苦労だとわかっていた。だが、ピンカスがどのくらいわたしを待たせるつもりか見当がつかない。歩行器に寄りかかっていても、そう長くは立っていられないのだ。すわっても地獄、すわらなくても地獄。わたしは織り目の粗い布張りのソファに腰を下ろした。

　ピンカスは、立っていたらちょうどもたなかったぐらい、しかし腰を下ろしてまた立つ苦労が報われるほど長くはなく、わたしたちを待合室に放っておいた。一目で彼を嫌いになったが、ソファを立つとき腕を貸されたのでつかまった。

「ドクター・モハメドからあなたのことはいろいろ聞いています、ミスター・シャッツ。赫々《かくかく》たる経歴の元刑事さんにお会いできて、光栄ですよ」

　わたしはテキーラが前に口にした言葉を思い出し、この状況にはふさわしいと感じた。

「刑事に会ったら《ミート・ア・ディック》とっとと失せろ《イート・ア・ディック》ってな」

「バック！」ローズが警告した。

「中へお入りください。そしていまの敵意がどこから生まれたのか話しあいましょう」ピンカスは診察室のドアを開けた。

「それはやめて、もう話しあったことにしないか」提案したが、ローズが診察室へ入っていったので、わたしは歩行器を押してついていった。

　医者の奥まった私室は、待合室よりずっと居心地がよかった。まず、部屋が広々としている。三十×十八フィートはあるにちがいない。ヴァルハラのわたしたちの部屋より広い。片隅にどっしりした木製のデスクがあり、海図を検討するとき船長がその奥にすわりそうな感じだ。壁は本棚になっていて、ピンカスが一度も読んだことがないに決まっているむずかしそうな医学書や心理学書がぎっしりと並んでいる。中央には、革製のソファとなんだか堂々たる雰囲気のアームチェアがでんと置かれている。椅子とソファのあいだにはガラストップのコーヒーテーブルがあり、革綴《かわと》じのノート、モンブランのペン、ティッシュの箱がのっている。灰皿はどこにも見えない。

「クリネックスは手触りがいいな」わたしは言った。

「かなり突っこんだ話しあいになることもあるので、患者さんが必要とするときに備えて置いてあります」医者は答えた。

「つまり、この診察がごたいそうなマスかきだからか？」

ピンカスは無表情にわたしを見つめた。この男に当意即妙の受け答えは期待できない。

「あなた、自分で思っているほどおもしろいこと言っていないわよ」ローズが口をはさんだ。

「言っているさ」

医者はほほえみかけてきた。四十代半ばでさっぱりとひげを剃り、髪は薄くなりかかり、ジャケットはなしで襟《えり》のあるシャツを着てカーキパンツをはいている。教会の牧師か小児性愛者のように見える。「始める前に、水かなにか用意しましょうか？」じつに愛想のいい男だ。

わたしはポケットに手を入れて煙草をとりだした。「じゅうたんをよごしたくないなら、グラスか灰皿を持ってきてくれ」

診察室は禁煙ですと言われるものと思ったが、彼は壁のスイッチを押して天井の換気扇を回し、デスクの引き出しから灰皿を持ってきた。

そのあいだに、わたしはアームチェアにすわった。

「ああ、そこはわたしの席なんですが」ピンカスは言った。

「心配するな。帰るとき持っていったりしないから」

ピンカスはもじもじと片足から片足へ体重を移した。「ここは安全で友好的な場所ですが、一定の規則はある。規則の一つは、その椅子がわたしの席だということです。あなたにはソファにすわっていただきたい」

わたしはあごを掻《か》いた。「いいか、ドクター・ピンクッション、あなたの出自には敬意を払う。だが、おれは年長の紳士であって、立ちあがるときそれなりに苦労するんだ。おれの移動補助機械に気づいていると思うが」歩行器のほうを示した。「どうでもいいなら、ここにすわっているほうがいい」

「どうでもよくありません、あなたをそこにすわらせておくわけにはいかないんですよ。移ってくれたらすぐに、始めましょう」

わたしはローズに向きなおった。「この男は本気なのか?」

彼女はソファにすわった。「あなたも隣に来たら?」

「わかった」だが、わたしはアームチェアの快適なすわり心地から自分を立ちあがらせるのに時間をかけていた。やりとげるとすぐに、ピンカスがそこにすわってひざの上で両手を組み、歩行器を押してソファへ行くわたしを観察した。わたしはずっと不平を鳴らし、罵《ののし》り、文句を言っていた。

こっちがようやく腰を下ろすと、医者はノートを手にして高価なペンのキャップをとった。ボールペンで、万年筆ではなかった。だれがモンブランのボールペンなんか買うんだ？　なんたるインチキだ。

「すわったとき、これがわたしの椅子だとわかっていたんでしょう、ミスター・シャッツ？」彼は尋ねた。

「正直なところ、そのことはあまり考えていなかった」

「あなたはきわめて正直というわけではなさそうだ」ピンカスは言った。「たとえ一度も精神分析医の診察室に入ったことがないとしても、きっとテレビでは見ているでしょう。たいていの人は、精神分析医が椅子にすわり、患者はソファにすわるか横になると知っている。このしきたりに慣れていなかったとしても、ノートとペンの位置でわたしがここにすわるつもりだとわかったはずです。ここがわたしのポジションであることを認識した上で、あなたはさっさと占領したんですね。なぜ自分がそうしたと思いますか？」

ローズが隣でもぞもぞし、とくになにを探すでもなくハンドバッグの中をいじりはじめた。「その椅子のほうがソファよりすわり心地がよさそうに見えたんだ」わたしは答えた。「あんたちの好きなフロイトが言ったように、ときに葉巻はただの葉巻なんだよ」

「まあ、そうかもしれない。でも、あなたは挑発していると思うし、もしあなたの小さな優越儀式でわたしが抗議しなければ、あなたはわたしを信頼も尊敬もせず、セラピーは役に立たないでしょう」

「で、いまはあんたを尊敬していると思うのか？」

「さあね、ミスター・シャッツ。しかし、この先あなたはわたしの椅子にはすわらないと思いますよ」

わたしはピンカスを見て冷笑した。彼は微笑もしていなかった。

「ドクター・モハメドが紹介してきたのは、あなたはこの二年間つらい経験をしていると彼が考えているからです。あなたは撃たれ、回復は困難な道のりで不完全だったそうですね。負傷の結果、あなたは自宅からバリアフリーの施設へ引っ越さざるをえず、車の運転もあきらめなければならなかった。ドクター・モハメドからそう聞きました」

わたしはラッキーストライクの箱を手に持っていた。ピンカスはポケットに手を入れてプラスティックのライターを出し、手渡してきた。わたしは受けとって煙草に火をつけ、ライターをテーブルの上に放った。

「おれは元気だ」

医者はかがんでライターをとり、ズボンに戻した。「あなたは元気だ、なにに比べて？」

「まずは、おれを撃った男に比べて元気だ。おれはあのくそったれをやっつけたし、そのあとも何人かやっつけた」

彼は高価なボールペンでなにかノートに書いた。「それはあなたにとって勝利ですか？たとえ生活の質が落ちたとしても、自分の敵より長生きすることは？」

「おれは大勢の人間より長生きしている」

「そう、ドクター・モハメドは息子さんのブライアンのことを話していた」

「ドクター・モハメドはかなりのおしゃべり野郎だな？」自分もノートを持っているのを思い出した。ローズがハンドバッグのフロントポケットにわたしのために入れてくれている。それを出して、ピンカスの思慮深げな走り書きを真似た。わたしのノートはボール紙のカバーがついた安っぽいメモ帳で、ペンは六本三ドルで買った使い捨てだ。だが、ボールペンはどれも性能が変わらないので、医者のモンブランと同じだ。

「ドクター・モハメドは、わたしの印象ではたいへん患者思いの方だ」ピンカスは言った。

「わたし自身のことを、そしてあなたの神経科医がここへ来るのが役立つと考えた理由を、少し話させてください。わたしは精神的外傷に苦しんできた人々を助けるのが専門なんです。復員兵と多くの時間を過ごしてきた。戦闘で傷ついた兵士たち——戦友が負傷したり死んだりするのを目にし、自分たちがしたことと折り合いをつけようともがいている人々です」

「そうかね、おれはシェルショックはないよ、ドクター・ピンク・アス《ピンク・アス》のケツ」

「凶悪な犯罪の生存者にも手を貸しているし、銃撃戦やほかの暴力事件に巻きこまれた警察官たちにも。それに悲しみと喪失に向きあっている患者たちにも。換言すれば、あなたの頭の中を騒がせているあらゆる悪いものは、まさにわたしの専門分野なんですよ」

「おれの頭の中の悪いものは、アルツハイマー型認知症だ」

「ドクター・モハメドは、アリセプトがよく効いており、あなたの状態は安定していると言っている。ただ、ある種のものごとに関してはまったく思い出せないそうですね。それは認知症の普通の進行パターンにはあてはまりません、ミスター・シャッツ。だから、ドクター・モハメドは自分よりわたしの専門分野のほうに、あなたの症状は該当するのではないかと考えた」

「おれをだれか別の人間に放り投げたいと思ったのは、彼が初めてじゃない」

「脳は多機能で複雑な器官です。自衛するんです。直面する準備ができていないものごとを、ブロックする。あなたが奥さまの病気を思い出せないのは、さらなる精神的外傷から自衛しようとする脳の手段だ。あなたが息子さんの死について語ろうとしないのと同じです」

「おれはアルツハイマーなんだ」

医者はわたしを無視して続けた。「脳がそういうものごとを拒否して本能的に自衛しようとしても、快癒に至る唯一の道は、そういう精神的外傷に立ち向かうことなんですよ。覚えていられず、話そうとしないものごとに、あなたは向きあう必要があるんじゃないですか。

締めだしても、そういうものごとはなくなりません。あなたが覚えていなくても、奥さまはガンにかかっている。あなたが話そうとしなくても、息子さんは亡くなった」

「わかっている。おれは年寄りで認知症かもしれないが、ばかじゃない」

医者はノートになにか書きこみ、それをちょっと読んでからこちらを見上げた。「アルツハイマーは進行性で変性の病《やまい》です。だが、あなたの記憶の混乱が心理的なものかどうか、その度合いによって、治療できるし元に戻るかもしれないんですよ。そこに利点があると心の底から信じていなければ、わたしはあなたに精神的外傷と向きあうように勧めたりしない。この安全な場所でわたしと一緒に、この悪魔どもに立ち向かう勇気をあなたがかき集められれば、もっと充実したよりよい生活を送れるようになると思うんです」

「充実した？　よりよい？　おれはじき九十歳だぞ。介護施設で暮らしているんだ。おれの生活はよりよくもならないし充実もしない。ただあそこにすわりこんで、待っているだけだ」

ピンカスは身を乗りだした。「なにを？　なにを待っているんです？」

「さあね。わからんよ」

「これよ」ローズがわたしの手首をつかんだ。「わたしたちはこれを待っているのよ。あそこではみんな、なにかが起きるのを待っている。そしてこの先起きるただ一つのことは、最後に起きること。そして、いまわたしの身にそれが起きているの」

「そうです」ピンカスは言った。「ローズの状態について話しましょう」

「女房は元気だ。おれは元気だ。すべて問題ない」わたしは答えた。

「でも、わたしは元気じゃない」ローズは言った。「そしてあなたも。そしてすべて問題よ。これまでずっと、あなたは恐れを知らなかった。つい最近まで。いまはほとんど歩けもしないのに、あなたは逃げることしか考えていない。このことを話しあわなくちゃだめ」

「ここでは話さない。ドクター・ペニスの前では」わたしは拒んだ。

「だったらどこで？　いつ？」

「どこかほかの場所で。別のときに」

「バック、ほかのどこにあなたを連れていけばいいのかわからないし、どれだけの時間がわたしたちに残されているのかもわからないのよ」

「今晩だ。今晩話そうじゃないか。ここじゃなくて。彼と一緒じゃなくて」

ピンカスはノートを閉じた。「結構です。有意義な一回目のセッションができたと思いますよ」

「おれはもっと有意義な活動《セッション》をバスルームでしてきた」わたしは言った。「しかももっと長く。ここに来てどのくらいたった？　十五分か？」

「あなたがもっと話したいなら、あと三十分続けられますよ。ただ、あまり楽しんでいるようには見えないので、解放したほうがいいと思っただけです」

「ほう？　どのみち診察代は入るんだろう？　これにどのぐらい金がかかるのか知りたいものだ」

「無料ですよ。メディケアがカバーします。毎週来てもらえますよ、あなたさえよければ」

「あんたのこのいかがわしい商売が政府の政策の肝煎りとは、まさにお似合いだ」

「わたしたちがとてもお世話になっている政策なのよ」ローズは言った。

「お二人が、いま直面している苦しみについて率直に話しあうことが、大切だと思います」ピンカスは言った。「今日ここでそれを促せたのなら、たいへんな進歩だ。抱えている問題を矮小化したり、そこから逃げるのではなくて、向かいあうことに集中するようにしてください。そして、来週あなたの記憶力が改善しているかどうか見てみましょう」

「そりゃ嬉しいね」わたしは答えた。「進んでみじめな気分になれば、事態がいかにひどいものか思い出すのがうまくなるだろうよ」

＊

〈アメリカの正義〉――放送の文字起こし

カーロス・ワトキンズ（ナレーション）「アメリカ合衆国を除き、全西欧世界は死刑を廃止しています。受刑者を処刑している国家として、われわれはパキスタン、サウジアラビア、中国、イランと同類なのです。
過去三十年間で、百五十九人の受刑者および死刑囚が、新たなDNAの発見や法医学的証拠によって無罪となりました。そしてそれは、自分が無実だと証明できた人々だけです。嘘をついた目撃者の証言や疑わしい証拠に基づき、間違って有罪となった何人が国家によって命を絶たれたか、決して知ることはできません。
それなのに、なぜわれわれはまだ死刑を続けているのでしょう？　人々をいまだに殺して、それをアメリカの正義と呼んでいるのでしょう？
エド・ヘファナンに尋ねました、チェスターの上訴の代理人になっているヴァンダービルト大学の教授です。彼は、自分の同僚と話してみたらどうかと勧めてくれました」
ルパート・フィールズ教授「刑事司法制度が科すすべての刑罰の根底にあるのは、三つの原理です。一つ目は束縛。犯罪的傾向のある個人の行動を抑制し、善意の人々に及ぼすかもしれない危険を減らしてほしいという、市民の要望がありますからね。二つ目は抑止。犯罪を企《くわだ》てようとする理性のある人間が、罪を犯して得るかもしれない恩恵よりも、きびしい刑罰を受けるリスクのほうを重く見てやめるのではないか、という考えかたです」
カーロス・ワトキンズ「そして三つ目は？」
フィールズ「報復ですよ。これは説明するまでもないでしょう」
ワトキンズ（ナレーション）「いまのはルパート・フィールズ教授、刑事司法と比較法学の専門家です。彼はイェール大学のロースクールを卒業し、以前は最高裁判事アントニン・スキャリアの書記官を務めていました。現在はヴァージニア大学で教鞭をとり、死刑判決のいくつかの事例で政府を擁護する裁判所寄りの記事を書いています。国家が認める殺人をどう正当化するか、わたしに説明できる人がいるとすれば、彼なのです」

フィールズ「さて、死刑について話すのであれば、束縛はいまは置いておきましょう。死刑は終身刑よりも、犯罪者から市民を守るためにより効果的に機能しているとは言えません。抑止はそれよりも興味のある問題です。なぜなら、立証できないから。理論的には、死刑が怖いから殺さないという人が大勢いる可能性は高い。しかし、何件の殺人が抑止されたのか知る方法はないし、もしかしたらゼロかもしれません。多くのじつに凶悪な犯罪——犯罪実話番組であなたがたがとりあげたがる連続殺人——は、危険の感じかたが普通と変わってしまう人格障害者が起こしている。そして、司法が死刑を廃止するか停止したとき、殺人件数が増える結果にはなっていません。この二十年、死刑執行回数は減ってきて、殺人件数も減ってきました。死刑が殺人を抑止すると信じているなら、この現象は説明がむずかしいですね。

それに、抑止効果で防いだ理論上の死と、死刑による相当な死の数とを比較する必要がある。殺人者はきわめて品性下劣なので、理論上の罪のない一つの命は死刑囚の現実の命のかなりの数と同等であると、論じることもできます。だが、法執行手続き上の防衛手段が間違いを犯し、無実の人間を誤って有罪にして処刑してしまう可能性は、ゼロではない。ゆえに、罪のない理論上の一つの命への危険は、その等式の両側に存在するわけです」

ワトキンズ「だが、いまのお話にもかかわらず、あなたはやはり死刑を支持されるんですね？」

フィールズ「わたしは報復を信じているんですよ。極端な暴力は同じように処罰されるべきだと考えています。一部の人間はあまりにも悪質なので、彼らが存在しつづけることによって世界は悪い場所になってしまうと思うんです、たとえ彼らが閉じこめられていても。一九七六年に死刑を復活させたグレッグ対ジョージア州の裁判で、ポッター・スチュワート判事が書いています。『ある種の犯罪は人間性に対するあまりにも極悪な侮辱行為なので、唯一の適切な答えは死刑しかないだろう』」

ワトキンズ「説明してください」

フィールズ「ときどき、ことさら凶悪な犯罪を耳にするでしょう――テロとか、人種差別が動機の殺人とか、拷問とレイプを伴う子ども殺しとか――するとあなたは考える、『わたしは死刑を支持しないが、こいつはそれに値するかもしれない』と」

ワトキンズ「わたしはそんなことを考えたことはないですよ」

フィールズ「そうですか、あなたはないかもしれないが、大勢の人はありますよ。たいていの人はおそらく考えたことがある。この国では死刑に対する感情は二分されています。アメリカ人の約五十五パーセントが死刑に賛成で、四十五パーセントが反対です。しかし、だれかに死刑を宣告するには陪審員の全員一致が必要だ。もし陪審員が世論調査に回答するように投票していたら、だれも死刑にならないでしょう。

こういう殺人犯の何人かが被害者にした仕打ちを示したら、切りさいなまれた遺体の写真を見せ、こういう被告人がおこなった恐ろしい暴力についての検死官の説明を聞かせたら、死刑には反対だと言っていた人々の多くが動揺するでしょう。被害者の家族の証言を検事が伝えれば、こういう情け深い人々は陪審員席で泣くことでしょう。そして最後には、大勢の善良で進歩的な陪審員が死刑への一般的な反対論に例外を設ける覚悟をするはずです。政治的な問題よりも個人的な問題になったとき、考えかたは変化するのです」

ワトキンズ「刑務所に囚《とら》われている人々に会えば、わたしにとってそれは個人的な問題になります。家族の虐待や、破綻したろくでもない学校や、冷酷で野蛮な警察の略奪行為を生きのびてきた、疎外された過去を持つ人々に会えば、わたしには個人的な問題です。そのあげく、いい大学に入っていい仕事につく権利は恵まれたエリートにしか与えられない、強固なネットワークによって自分たちのチャンスは限られている、とこういう人々は悟るしかない。ナンセンスな有罪判決によって仕事を失った善人たち。貧民と有色人種に哀れみもセカンドチャンスも与えない人種差別主義、性差別主義、同性愛嫌悪、ＬＧＢＴ差別主義の司法制度、それらによって、存在そのものを違法とされた人たち。こういう人々に会えば、わたしにとっては個人的なことなんです」

フィールズ「まあ、有罪とされた個人をストーリーの主人公にしてこういったケースを語れば、そういう見かたになりがちです。国家を、彼を破滅させるように組織された敵対勢力と捉えてね。こういったストーリーは犯罪が起きてから何年もあと――もしかしたら何十年もあとに――語られることが多い。被害者の記憶もあいまいになっている。囚人用のだぶだぶのジャンプスーツを着て、怯《おび》えた犬みたいに震えている殺人犯は、小さく哀れに見える。同情に値する人物に仕立てるのは容易です。

わたしは死刑判決が出たケースについていろいろ記事を――長い長い記事も――読んできましたが、中には被害者の名前に一度も触れず、彼らが死んだ状況を描写していないものがある。しかし、被害者が主人公で、殺人者が彼らを待ちかまえる怪物である悲劇的なホラーストーリーとして語られれば、人々は状況を違う目で見はじめる。死刑執行をめぐるマスコミの記事のだいたいは、こういうストーリーではありません。しかし、陪審員が聞くのはこういうストーリーなのです」

ワトキンズ（ナレーション）「フィールズ教授が言わんとしていることはわかります。だが、アメリカの刑事司法制度にはホラーストーリーがあふれていて、人間を殺す投票をする善良で進歩的な陪審員たちは、もう一つのストーリーよりそういうストーリーのほうにより共感するのです。教授と話したあとかなり動揺したので、わたしはエドに連絡してフィールズ教授が話したばかりの内容を聞いてもらいました。エドの話のいくつかで、気分がましになりましたよ」

エド・ヘファナン「裁判官や陪審員が、殺人事件の裁判や判決の言い渡しで検察側から怒りをかきたてられる詳細を聞いたあと、不必要な人命破壊への一般的な反感をとりあえず脇に置く。それはほんとうかもしれない。だが、昔よりそういうことはなくなりつつあります。ほとんどの州では死刑判決の数はゼロに近づいている、たとえ死刑が法案で禁止されていない州や、行政命令で一時停止されている州でさえもです。もはや、検察側もめったに死刑を求刑しません。その理由の大きな部分は、有罪判決を出したあと、だれもじっさいに死刑を執行したくないからです。

被告人の弁護人は何十年も上訴を繰り返し、手続きを長引かせる延期を申立てる。そして検事も裁判官も政策立案者も有権者もみんなそれを許している。なぜなら死刑判決につきものの力タルシスは好きでも、人間を処刑することに対してはきわめて相反する感情を抱いているからだ。カリフォルニア州の刑務所には約七百五十人の死刑囚がいますが、一九七七年以降執行されたのは十三人だけで、二〇〇六年以降はゼロです。一方で、執行を待つあいだに別の原因で十倍の人数が死にました――一部は老衰だが、何十年も独房に監禁されたあと、大勢が自殺しています。

知事たちはまだ、個々の殺人犯に寛大な処置を認めることに政治的な反発を受けている。

そういう行為は彼らが犯した犯罪の是認や被害者への無関心ととられるからです。しかしじつは、たんに死刑を中止することへの否定的反応のほうは総じて少ないのです。そういうわけで、イリノイ州とニューヨーク州では死刑がなくなりました。

最高裁はすでに未成年のときに犯した犯罪によって死刑に処するのは残酷で異常だと——つまり違憲だと——認めています。そして同様の理由で、精神疾患のある者を処刑するのは違憲だとも認めている。われわれは少しずつ死刑を減らしている。近いうちに、死刑があるのはテキサス州、それにおそらくフロリダ州とアラバマ州だけになるでしょう。そうなれば、死刑への大多数の反対に直面して、道徳規準を持ちだしてももはや死刑を是認することはできない、と裁判所は知るはずです。これは〝もし〟の話ではなく、〝いつ〟の話なのです。このストーリーの結末はすでにわかっている」

ワトキンズ「では、まだあなたが闘っている理由は?」

ヘファナン「わたしが闘っているのはチェスター・マーチを、彼のような人を救うためです。彼らの運命はいまも、このゾンビと化した政策のもとで宙づりになっている。死刑をなくすまで、そして独房での監禁やほかの腐りきった刑事司法制度の野蛮行為を禁止させるまで、わたしは闘いつづけます」

17

前の家から持ってきた数少ないものの一つである安楽椅子に、わたしはすわっていた。ここに引っ越してきたときに不要な家具の売却セールをして、所有物のほとんどを手放した。結婚したときに揃えた陶磁器、ローズのキッチン用品、母から受け継いだ家具。総額でも、長い人生で集めてきたものはたいした金にはならなかった。ヴァルハラの小さな部屋に二ヵ月間住むのに必要な額にも足りなかった。

ローズは向かい側のベッドにすわり、わたしがなにか言うのを待っているようにこちらを見ていた。

わたしはこの安楽椅子を以前はテレビの前に置いていたが、耳が遠くなり、記憶力も衰えたので、もうめったにテレビをつけない。そこで、ヘルパーに椅子を窓辺に移動して、煙草の煙を外へ吐きだせるようにしてもらった。というわけで、いまそうしている。灰皿は隣のエンドテーブルに置いてあり、すでに四本の吸い殻が入っている。だから、自分はここにしばらくいるのだとわかる。

五本目をもみ消して、次の煙草に手を伸ばした。これは慰めになる。てのひらで煙草の箱をトントンと叩き、一本を指のあいだにはさみ、何十年も前から持っている金のライターで火をつけ、煙を吸いこむという、無意識の動作。わたしはこれを一九五〇年にも一九七〇年にもやっていただろうし、同じ感じと同じ匂いと同じ味だっただろう。ほかのすべては、理解しがたい感覚で崩壊するか変化している。時の襲来に抵抗できるただ一つのことが、喫煙なのだ。

「どのくらい覚えている？」彼女が尋ねた。

「いつも悪い夢から覚めたような感じなんだ」わたしは答えた。「恐怖感はずっとある。なにかがおかしいのはわかっている。だが、おかしいこと全部の背後にそれを見えなくすることができるんだ。この場所がおかしい。ここでのおれたちの生活がおかしい。なにもかもおかしい」

ローズはひざの上に腕を置き、彼女の全身が沈んで空気が抜けているように見えた。「でも、なにもこれほどにはおかしくない」

わたしは椅子の上で前後に揺れた。「わかっている。わかっているよ」

「わかっているなら、なぜときどきわかっていないふりをするの？」

「ふりをしているんじゃない。たんに混乱しているんだ。医者が多すぎるし、覚えていなくちゃならないことが多すぎる」

「それに、忘れるほうが楽だものね」

「楽かどうかはわからない。なにかを忘れようと自分で決めているわけじゃないんだ。ただ、そうなる」

「いい、バック、勇敢な行為を称えるメダルをあなたがもらうたびに、わたしは式典に行って、あなたのヒロイズムについて警察が語るのを聞いてきたわ。あなたがどんなふうに殺人犯を路地で追いつめたか、ドアを蹴破ったか、ナイフか銃で向かってきた変質者と対決し、打ち勝ったか。わたしはいつも思っていた、『もし逆になっていたらわたしたちはどうなるの？　もし殺人者があなたの機先を制したら？　もし相手の男のほうがすばやかったら？』そしてそのことをあなたに言うのは怖かった、だって、言葉にしたら現実になりそうで怖かったから。そのことを話したら、自分たちに悪運を招くような気がして。そういう気持ち、わかるでしょう」

わたしはうなずいた。「おれはいろいろ話すのは好きじゃない」

「わかっている。それもあって、わたしは一度も持ちださなかったのよ。でも、路地を走っていったりドアを蹴破ったりするのを決断するのがあなたなのは不公平だと、以前は思っていた」

「それが仕事だったんだ」

「あなたが選んだ仕事よ。あなたがけんめいに勝ちとった仕事、だれもあなたにやらせたがらなかったから。わたしの立場から、その夢を追いかけるのをやめて、メダルをもらう英雄にならないで、とは決して言えなかった。危険に飛びこむと決断するのはいつだってあなた。わたしはいつだって、その結果を引き受けて生きるのを受け入れなければならない側だった」

わたしはラッキーストライクを消した。「おれになにかあったら、きみは年金をもらえたはずだ。生命保険にも入っていた。すべてちゃんとしてあったはずだ」

「知っているわ。それに、わたしはつねにあなたの選択を支持してきた。人々を守りたかったのよね。あなたのそういうところは尊敬していた。危険に飛びこむか悪人をとり逃がすか決めるとき、あなたが一度もためらわなかったのも尊敬していた」

「おれはきみとブライアンのためにそうしてきたんだ。きみたちやきみたちのような人たちの安全を守るために。ああいうクズどもをおれが捕まえなかったら、やつらがなにをやらかしていたか、だれが犠牲になっていたかわからない」

ローズは手の甲で目をぬぐった。「でも、あなたはいまためらっている」

「そんなことはない。とにかく往生しているんだ。覚えていられない」

「路地で追いかけたりドアを蹴破ったりしたときには、一度も怖がらなかった。だけどいま、あなたは怖いのよ。死ぬのは怖くなかったのに、一人で取り残されることに怯《おび》えきっている」

「おれは決してそんな考えかたをしていない。自分が選んでいると感じたことは一度もないんだ。だれかがああいうやつらを追わなければならなかった。だれかがやつらを阻止しなければならなかった。おれの仕事だが、それ以上だった。目的だった。使命だった」

彼女はかぶりを振った。「でも、決断していたのよ。あなたみたいにああいう男たちを追いかけなかった刑事も大勢いた。あなたのように自分の身を危険にさらさなかったたくさんの刑事がいたの。悪人を追跡するかどうかはあなたが決めることだから、わたしは一度もなにも言わなかった。そしてそれは、あなたがいつも下す気まんまんの決断だった。でも、今回は決断を下す用意ができていない。あまりにもできていないので、心を決めるのを避けるために内側にもぐりこんでいる。責めはしないわ。銃を振りまわすサイコを追いかける前にあなたがわたしを呼んで許可を求めたとしても、あなたになんと言ったかわからないもの。あなたがいちばん得意なことをしないでとは、ぜったいに頼まなかったでしょう。でも、わたしが行ってと言ったあとなにか起きていたら、自分のせいみたいに感じたと思うの。あなたが自分だけで決断してきたのは、やさしさだったのよ。なにか起きていたら、あなたを責めたでしょうけれど、自分を責めないですんだ。それに、今回の決断の手助けをあなたに頼むのはわたしのわがままなの。だって、もしうまくいかなかったら、罪悪感を抱えて生きなくちゃならないのはあなたなのだもの。自分でもどうしたらいいかわからない決断をしてくれないからって、怒るのは自分勝手ね。あなたが苦しんでいるのを見ていながらあなたにいらだつなんて、自分勝手だわ」

「助けになりたいんだ」わたしは言った。「ほんとうだ。心からすまないと思っている」

「あなたの望みはわかっているの。わたしに闘ってほしいんでしょ、自分がいつも闘ってきたように。闘うのは、あなたにとってつねに正しいことだった。でも、わたしにそうしろとは口にしたくない。なぜなら、口にすれば悪い結果になってしまうんじゃないか、と恐れているから。わたしがどれほどあなたを思って心配していたか、話したくなかったのと同じ」

「なんと言えばいいのかわからない。今回は、どうすることもできない。どうしたらなんとかなるのか、わからないんだ」

ローズは微笑した。「なにも言う必要はないわ。もちろん、あなたがなにを考えているかもうわかっているの。長いつきあいなんだから、話さなくていいのよ。あなたはずっと強かった、一人だけで。そしてわたしはいま一人で決めなくてはならない、このガンを治療するかどうか。そしてね、わたしにはそのつもりはないの」

指にはさんでいた火のついていない煙草が、床に落ちた。「なんだって？」

「化学療法は受けない。自分をその試練にさらす気はないの。あなたを試練にさらす気もない。あっちの病院からこっちの病院。体の衰弱と不快感と嘔吐と出血。残された時間をわたしは楽しむつもりなの。できるだけ長くあなたの面倒を見て、時が来たら、それはそれまでのこと」

「おれのためなのか？」わたしは聞いた。「おれはそんなこと望んじゃいない」

「わかっている。わたしが望んでいるの。でも、そのことであなたが怒るのもわかっていて、それもわたしは望んでいる。できれば、わたしが逝くとき、あなたにはうしろめたさよりも怒りを感じてほしいのよ。ずっと罪の意識を抱えて一人で時間を過ごすなんて、ぜったいにだめ。ほんとうに具合が悪くなるまで一年かそこらはあるわ。それまでは、こんなことが起きているのをあなたは忘れていられる。望もうと望むまいと、たぶん忘れているわ」

わたしは床に落ちた煙草を拾おうとかがみかけたが、少し頭がくらくらした。倒れこんで救急室へ担ぎこまれ、今晩を終えるのはこんりんざいごめんだ。倒れた兵士はそのままにして、箱から新しい一本を出した。「なあ、ああいうクズどもを追いかけたとき、一度も恐怖を感じなかったというのは違う。いつだって怖かった。あまりにも多くの人々に起きるのを見てきたことが、自分には起きないという幻想を抱いたことはない。おれは怖かったが、とにかくやった。なぜなら、必要だったからだ。いま違っているのは、おれが無力だということなんだ。なんの役にも立たない」

ローズは立ちあがり、わたしの肩に両腕をまわした。「そんなこと言わないで、バック」彼女は顔をわたしの首にあてた。「そんなこと言わないで、たとえ真実かもしれなくても。わたしにはあなたしかいない」

＊

〈アメリカの正義〉――放送の文字起こし

カーロス・ワトキンズ（ナレーション）「皆さん覚えておられますね。チェスター・マーチを死刑に導いた自白をどうやって引きだしたかについて、直接話してほしいとわたしはバック・シャッツに連絡しつづけています。彼はずっとあいまいな態度です。二度電話に出たが、この件についてわたしが尋ねると彼は怒り、顔を合わせて話すことを承諾しませんでした。

いろいろ言われていますが、バック・シャッツは臆病者ではない。たとえ自分の行為が間違っていたとわかっていても、レポーターから逃げまわるよりは言い訳や正当化する意見を述べたがるタイプです。正直なところ、チェスター・マーチについての企画をナショナル・パブリック・ラジオに出したとき、バックはわたしに話をしてくれると思っていました。このストーリーを彼の言い分なしに放送することはできるが、それでは不完全でしょう。視聴者の皆さんからメールで、シャッツは自分の立場をどう説明しているのかお尋ねをいただいており、わからないとお答えするのは忸怩《じくじ》たるものがあります。誓って、わたしは彼を隠したりしていません。サスペンスを盛りあげるためにまだ出さないでおいたりしません。なんとか話してもらおうと努力しているんです。いまメンフィスでやっていることはほとんどそれです。バックの声を聴きたいでしょう、わたしも同じだ。バックを知る人はみな、この件に関して彼はぜったいに話すことがあるはずだと言います。なにごとに関しても、彼には言い分があるのです。

では、なぜわたしに話そうとしないのか？　じつは、その鍵を握るのはバックの孫、ウィリアム・テカムセ・シャッツなのです。ウィリアムは最近ロースクールを卒業して、来月司法試験を受けたあとはＷＡＳＰ（アングロサクソン系新教徒の白人）のエリートが経営する法律事務所で働くことになるでしょう。バックが言うには、ウィリアムがわたしのインタビューを受けないように勧めたそうです。どうやらシャッツ老には弁護士がついたらしい。

では、ウィリアムがあの老人の弁護士になるなら、彼がかわりに話すべきですよね。電話してそう提案したところ、彼はわたしと会って公式に意見を述べることに同意しました。一九七六年になにがあったか、彼は直接知らない。生まれてもいなかった。でも、わたしは彼と正面から向きあって、なぜ祖父がわたしと話すのにそこまで反対なのか、聞くことができます。なにもないよりましですよね。わたしはなおもバックからインタビューをとろうと努力している。あきらめませんよ。しかし、とりあえずウィリアムとは話せます。

〈ピーボディ・ホテル〉のロビーのバーで会う約束をしました。雑音が入らない自分の部屋でインタビューするほうがよかったのでしょうが、わたしの使うマイクは雑音をかなり排除できるし、あの部屋にはちょっとがっかりしました。まあその、ごく普通のホテルの部屋なんです。でも、ロビーはすばらしい背景になる。二階建てのスペースで床は大理石、巨大な柱が立っている。バーには壁板が張りめぐらされ、ベストを着てボウタイを締めたバーテンダーがいます。古き南部と『スター・ウォーズ』に出てくる都市惑星コルサントが融合したような感じで、とても変わっているけれどわたしは気に入りました。

バックの孫は昔の写真に写ったバックに似ているだろうと思っていました――太い眉の下の射貫《いぬ》くような目とつねに浮かべている嘲笑《ちょうしょう》、なにかやってみろと挑発しているみたいな。大柄でなくても印象的なタイプの男、相手に自分をとても小さく感じさせるから。あとで考えると、どうしてウィリアムもそうだと予想したのかわかりません。彼の祖父は大恐慌を経験し、ノルマンディー上陸作戦とドイツの捕虜収容所で教えを叩きこまれた。ウィリアムが行ったのはニューヨーク大学です。

じっさいのウィリアムはこんな感じでした。白人の男。もうちょっとましなことが言えたらと思いますが、それが彼なのです。空港に行って搭乗のアナウンスを待っているとき、〈ブルックスブラザーズ〉っぽい水色の形状記憶ボタンダウン・シャツを着て、カーキパンツをはいた白人の男を見かけたことはないですか？　だってわたしは、そういう白人を見かけるんですよ、飛行機に乗るたびに、たいてい一人以上。そして彼らはみんな同じに見える、みんなウィリアム・シャッツそっくりに見える。水色の〈ブルックスブラザーズ〉のシャツを着てカーキパンツをはいた男がかならず持っている、黒いキャンバス製でマチ拡張式の〈トゥミ〉のブリーフケースまで一緒でした。

彼の顔をじっくり観察すれば、眉のあたりにかすかにバックの面影を見ることができるでしょう。しかし、彼には射貫くような目も嘲笑もありません。自分が飢えた――ほんとうに飢えた――経験があるとか、あなたを傷つける――ほんとうに傷つける――方法を知っているとか相手に告げる雰囲気が、彼にはないのです。丸顔です。やわです。

　ウィリアムはわたしの向かいの革張りの椅子にすわっています。右のひざの上に左の足首を交差させて。腿の上には、水色の〈ブルックスブラザーズ〉のシャツを着てカーキパンツをはいたほかの白人の男がかならず持っている、黒いキャンバス製の〈トゥミ〉のブリーフケースがのっていて、ウィングチップの靴をはいている。これは意外ではありません。空港にいる平均的な白人男性も、靴はさまざまな場合が多いですね。ウィングチップをはいているのは弁護士。たいてい靴下なしでローファーをはいているのは金融関係。スニーカーをはいているのは技術者です」

カーロス・ワトキンズ「あなたがウィリアム・シャッツ、バックの孫ですね？」

ウィリアム・シャッツ「そうです」

ワトキンズ「バックは電話で、あなたはみんなにフォー・ロコ（炭酸、アルコール入りのモルトドリンク）と呼んでほしがっていると言っていましたが」

W・シャッツ「じいちゃんはどこで――それがなんなのかよく知ってたなあ？　いいえ、そんなことありません」

ワトキンズ「あなたをなんと呼べばいいですか？」

W・シャッツ「友人はビリーと呼びます」
ワトキンズ「では、ビリーと呼びましょうか？」
W・シャッツ「ウィリアムと呼んでください」
ワトキンズ「……オーケー、ウィリアム。チェスター・マーチに関する捜査と裁判について、おじいさんに話してほしいとお願いしているのですが、彼は応じてくれない。バックの話では、あなたが話さないようにと言っているとか」
W・シャッツ「そうです。〈アメリカの正義〉の最初の二回分の放送を聴きましたが、あなたがミスター・マーチの犯罪の邪悪さを軽く見て、祖父が仕事で間違いを犯したと非難する方向で、このストーリーを描いてるのはかなり歴然としてる。ぼくは祖父をあなたの番組に出すつもりはありません。バルーク・シャッツはもうすぐ九十歳なんですよ。アルツハイマー病に苦しんでて、体もとても弱ってる。ぼくは彼を守ろうとしてるんです。ぼくの心配を理解していただいて、彼に電話するのをやめてください」
ワトキンズ「おじいさんは一年半ほど前に銃撃戦に巻きこまれました。黒人の若者を殺している」
W・シャッツ「乗っていた車が麻薬ディーラーに襲撃され、道から押しだされて、祖父はやむなく自分を守ったんです。祖父が撃った武装した男はメンフィス市警の警官を殺害した犯人だった。この話は当時地元のメディアでさんざんとりあげられており、あの出来事についておおやけにされた膨大な情報に、祖父もぼくもつけくわえることはなにもありません」
ワトキンズ「わたしはただ、おじいさんはあなたに守ってもらう必要のある弱って混乱した老人には見えない、と言っているんです。そしてたとえそうだとしても、一九七六年の彼の行動が重大な結果を及ぼしつづけているいま、彼が精査を免《まぬが》れていいということにはならない。おじいさんが逮捕した一人の男が、おじいさんの集めた証拠とおじいさんが引きだした自白に基づいて、殺人で有罪になっています。わたしがおじいさんに聞きたいどの質問にも、チェスター・マーチが死刑になる前に答えてもらうべきだ」
W・シャッツ「聞く必要のある質問はすべて、ミスター・マーチの裁判と何十年にもわたるその後の上訴で、聞かれました。祖父の職務上の行為の記録は立派なものです。そして彼は何十年も前に引退してる。ここにすわって、あなたの事実の歪曲《わいきょく》や名誉棄損に乗っかる必要なんか、ないですよ」
ワトキンズ「わたしがしようとしているのは真実を語ることだけです。なにかを歪曲しようなんてしていない。あなたやおじいさんに関して、偽って放送を編集するつもりもまったくありません。この件について何度かチェスターをインタビューしてきましたが、なにがあったか覚えているこのストーリーの唯一の別の関係者は、おじいさんだけです。彼の言うことを聞きたいんです。もし相反する言い分があるなら、喜んで双方の意見を放送しますよ」
W・シャッツ「あなたの番組が特集する問題にほんとうに興味があるなら、自分の妻とアフリカ系アメリカ人のセックスワーカー、セシリア・トムキンズを殺した容疑で祖父がチェスター・マーチを逮捕したあと、一九五五年にマーチが自分の人種と階級が有する特権を利用して起訴を逃れたことについて、語るべきでしょう。祖父が捜査した事件が別のアフリカ系アメリカ人のセックスワーカーの証言に基づくという理由で、人種差別主義者の検事がチェスターを起訴しなかったんですよ。証言したセックスワーカーはバーナデット・ワードという女性ですが、写真の面通しでミスター・マーチこそトムキンズを拉致《らち》した男だと見分け、ミスター・マーチの車の特徴も説明している」

ワトキンズ「では、あなたはおじいさんとこの事件について話したのに、その内容をわたしの番組では彼に言わせたくないんですね？」

W・シャッツ「祖父にあなたと話させたくない理由は、彼から聞いたこととはまったく関係ありません。すべては、ぼくが〈アメリカの正義〉で耳にした内容が原因です。あなたはだまされやすい上に、イデオロギーが行動の動機になっているカモなんじゃないですか。サイコパスに操られてるんじゃないかと思いますよ。反証となる事実を提示せずに、ミスター・マーチの嘘を垂れ流してるのを聴きました」

ワトキンズ「バルークが出演してお望みどおり反証を挙げるのは、歓迎なんですがね」

W・シャッツ「年老いて弱った祖父が、無数にあるほかの情報源から得られる事実をわざわざあなたに提供する必要はない。上訴の記録に、事実はくわしく書いてあるんだ。あなたが見たのはわかってます、放送でその話をしてましたからね。ミスター・マーチは有罪であり、彼の有罪を決定づけた証拠は強力そのものです。あなたは、記録が正当としてるこの証拠をはるかにあいまいに聞こえるように語ってみせた。ミスター・マーチの滑稽《こっけい》な無罪の主張を無批判に放送した。ぼくは祖父をあなたと話させたくない、なぜならあなたはまじめなジャーナリストとも、良心的な対談者とも思えないからです」

ワトキンズ「エドワード・ヘファナンはこの国でもっとも尊敬される法学者の一人で、彼がチェスターの代理人として命を救おうとしているんですよ」

W・シャッツ「ヘファナン教授は絶対的な死刑反対論者です。彼の最近の上訴はミスター・マーチの有罪についての解決ずみの問題とは関係ない理論に基づいており、バルーク・シャッツとはなんの関係もない。ミスター・マーチが無罪かもしれないという無責任な示唆によって、教授がとるどんな立場よりも、あなたは先走ってしまってる。ヘファナン教授にチェスター・マーチは殺人犯だと思うか聞いてみるといい、彼は答えを避けて死刑に対する一般的な反対論へ話をそらしますよ」

ワトキンズ（ナレーション）「この時点で、ウィリアム・シャッツは例の黒いキャンバス製の〈トゥミ〉のブリーフケースを開き、〈レッドウェルド〉のアコーディオン式フォルダーを五、六冊出しました」

W・シャッツ「妻が失踪した一九五五年から一九七六年に殺人容疑でついに捕まるまで、チエスター・マーチがなにをしてたかご存じですか?」
ワトキンズ「カリフォルニアに住んでいたんでしょう」
W・シャッツ「そこで彼がなにをしてたかは?」
ワトキンズ「それがどう関係してくるんです?」
W・シャッツ「ミスター・マーチは一九六一年に父親の綿花事業を受け継ぎました。当時、マーチはサンフランシスコ・ベイエリアに居住、父親が病気になっても南部に帰らなかった。事業を清算する手配をして、雇った代理人たちが会社の資産を大安売りする一方で、マーチは税金と手数料を抜きにして七十万ドルを手にしたんです。いまなら五百万ドル相当ですよ。その金がどうなったのか、あなたはミスター・マーチに聞きましたか?」
ワトキンズ「その話は事件のときも上訴のときも、なにも出ませんでしたが」
W・シャッツ「それは知ってます。祖父とテネシー州の検察は州内の三件の殺人事件について、チェスターの自白を得てました。当時は警察間での連携や協力は限られてたんです。一九七六年のメンフィス市警には、ミスター・マーチのカリフォルニアでの動向を調べる方法はまったくなかった。しかし、その情報ならいまはさまざまな法的および公的記録のデータベースから入手できます。祖父がこのことを知ってるかどうかさえ、ぼくにはわからない。
チェスター・マーチは一九六三年にキャサリン・ウッドという女性と結婚しました。一九六七年、彼女は謎めいた状況で失踪した。地元警察はこの失踪に関してミスター・マーチを捜査したが、起訴はしなかった。しかし、キャサリン・マーチが姿を消した年、ミスター・マーチは金のかかる刑事弁護士を何人も雇い、地元の有力政治家に何度か高額の献金をしてます。ここにその記録がありますよ、あなたが見たければ。キャサリン・マーチの両親、ユージーン・ウッドとアガサ・ウッドは娘の不当な死を招いたとしてミスター・マーチを訴えた。略式判決への申立てが通ったあと、一九七一年にチェスター・マーチは明かされてない金額を払って和解してる。

裁判費用や和解金でミスター・マーチの資産は相当減りました。そこで彼はメンフィスへ戻り、まだ綿花産業に従事するいとこたちに金を借りようとした。一九七六年にイヴリン・デュラー殺しで祖父が彼を逮捕したとき、チェスターは極貧生活に陥《おちい》ってたんです。だから、裁判では公選弁護人がついたんですよ」

ワトキンズ「〈アメリカの正義〉のテーマに、それはなんの関係があるんですか？」

W・シャッツ「どうしてあなたは、この男が無実かもしれないと視聴者を説得しようとするんですか？　チェスター・マーチはシリアルキラーですよ。彼の行く先々で女性が行方不明になる。それなのに、チェスターの被害者と彼を捕えた勇敢な刑事について嘘を垂れ流す、全米向けの発言の場を彼に与えてる。祖父は一九七六年にチェスターを阻止したが、警察の高官と地元の検事のかたくなな意見がなかったら、二十年早く彼を社会からとりのぞいてたんだ。なんだってあなたはこのストーリーを見て、バック・シャッツを悪人みたいに思えるんです？」
ワトキンズ「善人は拘束された囚人を殴ったりしないし、容疑者を拷問して自白させたりしませんよ」
W・シャッツ「あなたのちょっとした十字軍の目的は、じつのところチェスター・マーチでもバルーク・シャッツでもないと思う。マリウス・ワトキンズだ」
ワトキンズ「マリウス・ワトキンズについてなにを知っているんです？」
W・シャッツ「あなたのお父さんでしょう。そして、この二十年間ダニモーラの刑務所で服役しており、おそらく生涯そこにいることになる。言ったように、多くの情報が法的および公的記録のデータベースから入手できるんです」
ワトキンズ「ああ、くそ、まあ、やられたようですね。わたしが貧しいシングルマザーと投獄された父親の息子であることを、あなたは突きとめた。わたしが低所得世帯向け公営住宅で育ち、ブルックリンのみすぼらしい公立学校に通い、ダートマス大学に進学してコロンビア大学でジャーナリズムの修士号をとったと知ったら、視聴者の皆さんはわたしを信頼してくれるでしょうか？」
W・シャッツ「警察が職権を濫用してるという主張に関して、あなたの客観性を疑問視してるんです。自分を殺人で有罪にした証拠を警官がでっちあげたという、お父さんの申立てを考慮するとね。あなたのジャーナリズムは個人的な意図が原動力になっており、あなたは警察に敵対的で凶暴な犯罪者に同情的だと、ぼくは思う」

ワトキンズ（ナレーション）「さっきウィリアムを目にしたとき、わたしは彼にバックの面影を見なかったが、いまは似たところに気づくことができます。ウィリアムはわたしを見ているが、わたしを見通している。バックとまったく同じく、視線は揺らがず、口の端は下がっている。わたしは彼が解くパズルであり、彼がばらばらにして弱体化する問題なのです。ウィリアムはわたしの扱いかたを見出し、もう脅威ではなくした。彼にとって、とるに足りない人間というわけです。

番組では、わたしの生活や過去についてあまり語ってきませんでした。というのは、ここで特集するストーリーとそれが関係すると思ったことは一度もないので。でも、秘密はないし、なにも隠そうとはしていません。

父のマリウス・ワトキンズはニューヨーク市ダニモーラのクリントン刑務所で終身刑に服しています。一九九二年の路上強盗で男性一人と女性一人を殺した罪で有罪となりました。銃声が聞こえた直後に父が現場から逃げていくのを見たと、目撃者が証言したのです。警察は父の自宅を捜索して拳銃を見つけました。弾道学の専門家が、その銃は犯行に使われたものだと証言し、法医学の専門家が銃から父の指紋が検出されたと証言しました。父は自分は無実だ、ニューヨーク市警が拳銃を自宅に置いたのだ、と二十年にわたって主張しています。上訴では、新たに銃のＤＮＡテストをおこなうことを求めましたが認められなかった。警察が踏みこんでくるまで、父はその銃に触れたどころか、見たこともないと言っているのです。
わたしと父は親密で、子どものころから定期的に刑務所へ面会に行っています。マリウス・ワトキンズは無実でいつか容疑は晴れると信じているし、彼の状況が刑事司法制度の現状にわたしが仕事上の関心を持つ理由の一つであることは、否定しません。この話をもっと早く打ち明けなかったために、視聴者の皆さんがあざむかれたと感じるなら、心から謝罪します。
そう言っても、わたしは――〈アメリカの正義〉の共同プロデューサーであるマリソル・ロドリゲス、そしてサポートしてくれるリサーチャーやファクトチェッカーのチームとともに――これまでレポートしてきた内容のすべてを支持します。家族が投獄されているからといって、ジャーナリストに刑事司法制度を取材する資格がないとは思わない。重罪犯の息子でも、メンフィス市警刑事の孫と同じだけ、チェスター・マーチについて語る資格があると信じています」
W・シャッツ「役に立つ情報が含まれてるかもしれないから、その資料はお持ちになって結構ですよ」
ワトキンズ「あなたの資料はなにも見たくありません。バックとはいつ話せますか？」
W・シャッツ「あなたが祖父と話すことは決してない。そんなこと、ぼくがさせません」

18

ナイトスタンドの時計を見ると、午前二時二十四分だった。数字は緑色に光っていて、高さは三インチある。時計は不愉快で大嫌いだが、醜悪であっても必要なのだ。めがねをかけなくても見られるように、ディスプレーは大きくなければならない。暗闇に浮かぶ、端がにじんだ緑色の数字を見つめた。二時二十五分。

ローズは隣で低いいびきをかいている。ガンが彼女を打ち負かすのは二年か一年半後だろう。われわれの年齢からすれば、長い時間だ。先に別の原因で彼女が死ぬかもしれないぐらい長い。わたしが先に死んでいるかもしれないぐらい長い。だが、彼女のほうが先だろう。わたしは生き残る人間だ。これまでずっとそうだった。それがなにを意味するのか、自分がどんな犠牲を払うのかを悟る、ずっと前からそうだった。

こういう話がある。犯罪容疑のかかった男を拘束したとき、有罪なら男はぐっすり眠る。罠が閉じて自分が捕まったとわかってしまえば、最悪の部分はもう過ぎている。ほぼ救済と同じだ。次はどうなるのかと恐れ、裁判が不安で、汚名をどうすすいだらいいか悩むのは、無実の男だ。もちろん、この話は真実ではない。不安でたまらない有罪の男たちを大勢見てきたし、最悪の犯罪者はつねに自分が無実だと信じている。彼らから見れば、自分自身ではなく介在する環境に責任がある。なにもかもほかの人間のせいだ。自分がなにをしたにしろ、されたことに比べればささいなものなのだ。

しかし、その古い迷信にはわずかながら真実が含まれているかもしれない。なぜなら、ローズが心を決めて将来が定まったいま、彼女は肩の荷を下ろしたように見えるからだ。闘いはもう終わった。話しあいも終わった。出口探しも終わった。そしていま、ローズはぐっすりと眠れる。これほど安らかな彼女を前に見たのがいつだったか、思い出せない。もっとも、思い出せないことがたくさんあるのは認める。目を覚まして横たわり、不安で怯《おび》えているのはわたしのほうだ。

昔はクズどもや人殺しを追いかけているわたしが心配だった、とローズは言った。だが、むしろわたしはもっと多くのリスクを負うべきだった。もっとドンパチをやるべきだった。煙草ももっとガンガン吸うべきだった。わたしのようなケダモノを棺桶に押しこめるには相当の釘がいるが、必要な数がわかっていてよさそうなものだった。もうあと半箱余分に吸えばよかったのかもしれない。そうすれば、三十年前に死ねたかもしれない。

野菜には警告ラベルを貼るべきだ。外科医はあまりリハビリを頑張るなと言うべきだ。だれかがはっきりと声に出す必要がある。「気をつけないと、長生きしすぎるぞ」と。

戦争から帰ったあと――負傷からほぼ回復したあと――わたしはオヴァートン・パークに

ある市営のゴルフ場へ行った。ヨーロッパへ出征する前に使っていたのと同じクラブを持っていった。そしてゴルフバッグからドライバーを出すと、それは前と同じように見え、同じように感じられた。四月のよく晴れた日で、なべて世はこともなしと思えた。そして一瞬、世界が暴発する前に自分が中断したのと同じところからまた始められるのではないか、と考えた。ボールをティーに置き、腰を伸ばし、バックスイングをしたところで、まったく前とは違うことに気づき、二度と元には戻らないと悟った。骨折の治療で肩に入っているピンを感じた。自分の体の回転が、決して修正できないほどずれているのを感じた。

ゴルフをしたのはその日が最後ではない。ぎくしゃくとクラブを振ってボールをフェアウエーに飛ばすプレースタイルを、わたしは習得した。ドライバーショットで失った分を、グリーンに近い場所からの距離の短いショットの技術で取りかえせると、自分に言い聞かせた。すばらしいアイディアだった。それを考えついたのはわたしが最初だったにちがいない。そして、失ったものは学びとった知恵によってバランスがとれる、と思おうとした。

しかしほんとうは、あのスイングをしたときにわたしのゴルフのベスト・ラウンドは終わったのだとわかっていた。この人生を生きていくこと、修復できない消耗に苦しむことの意味を、あのとき初めて真に理解したのだった。

ピークはじつに早く来る。そしてその到来は、自分では決してわからない。下りにさしかかったと悟るころには、最良の日はすでにはるかかなたに去っており、思いかえしてもいつがそうだったのかさえわからない。それからあとの人生は、ただ弱っていき、醜くなっていくだけだ。

そのうち、カレンダーに祝いごとや休暇の印をつけなくなり、道しるべに葬式を使うようになる。だれそれを覚えているか？　彼が死んでどのぐらいになる？　思っているよりも前だ。自分が失ったものや見送った者を数えて、時間をやり過ごす。そして日ごとに小さくなっていき、やがて不屈で無傷の完全な自己をほとんど思い出せなくなる。鏡の中に見るものがなにかすらわからなくなる。

ある時点で、留まっている意味がなくなる。ブライアンがいないのに、なぜわたしは生きていきたいと思ったのか？　ローズがいなかったら、わたしが生きつづける理由はなんだ？テレビでなにかおもしろい番組があるかもしれないから？　おもしろい番組なんかあるものか。

料理はどうだ。おいしい食事を楽しむことはできるだろうが、それでさえ遠ざかりはじめる。わたしはあまりにも多くのものごとを忘れてしまったが、覚えていることがある。幼児の口全体には味蕾《みらい》が並んでいる。赤ん坊にとって味は重要だ。見えるより前に赤ん坊は味がわかるようになる。そうやって初めて母親を知るのだ。そのあと、子どもの繊細な味覚は毒を食べようとしたときに警告できるようになる。なにが安全でなにがそうでないか、学ぶより前にだ。だから赤ん坊はつねになにかを口に入れている。そうやってたくさんの知識を獲得していくのだ。だが、そういう味蕾はすべて、歯が生えてくるとなくなってしまう。

つまり、世界最高級のレストランへ行っても、孫が弁護士の友人たちと行くニューヨークの贅沢な店で六百ドルのお勧めコースを注文してさえも、料理はどれ一つとして、四歳のときに味わった安いアイスクリームほどおいしくはないのだ。そして十歳になるころには、それがどんな味だったか忘れているだろう。人生とともに、味蕾は失われていく。口は死んだも同然の灰色の穴になる。七十歳のとき、わたしは食べもの全部に辛いソースをぶっかけていた。八十歳になるころには、味を気にするのをやめた。老人ホームの料理がなぜこんなにひどいか知りたいか？　もはやだれも気にしないからだ。

ローズが恐れていたように追いかけていた殺人犯がわたしに勝ったら、自分の葬式はどんなふうだったかわかっている。礼装の警官が棺を担う。市警本部長からの追悼頌徳《しょうとく》演説、もしかしたら市長からも。二十一発の礼砲。

何百人も参列するだろう。メンフィス市警の全員が。わたしが助けた人々。シナゴーグの仲間。母を知っていた人々。息子を知っていた人々。

わたしの民族と信仰のせいで、同僚たちは一度として心から打ち解けてはくれなかった。だが、敬意は示してくれたし、騒がしいアイルランド流の通夜をしてくれただろう。警官が殉職すると、ダウンタウンのバーでアイルランド流の通夜がある、たとえ死んだのがアイルランド人でなくても――メンフィスの警官のほとんどはアイルランド人ではないのだが。ちょっとした見ものだったはずだ。あのくそったれの田舎者で気のいい昔気質《むかしかたぎ》のやつらが、明け方近くまでわたしの思い出に乾杯し、この街を歩きまわったうちでもっとも食えないユダヤ人の逸話を大げさに語る。

彼らはもう死んでしまった。あの警官たちはみな。母も、母を知っていた人々もすべて。わたしの息子も。

この四十年間衰えていくあいだに、わたしがこの世に残した爪痕も薄れていった。一人の人間のおこないと打ちたてた事柄は、後世への遺産になるとかつては信じていた。だが、そういうことにはまったく永続性がないとわかった。わたしは自分の残したものすべてより長生きしてしまった。助けた人々は助けられたままではなかった。最後にはなにかにやられた。病気、交通事故、老衰、その他もろもろ。そしてわたしが阻止した殺人者は、新たな殺人者にとってかわられた。わたしが守った街は、あいかわらずアメリカできわめて危険な街のトップランクに位置しており、わたしの犯罪との闘いかたはいま野蛮で人種差別的だと言われている。自分がついに死んだときには、覚えていてくれる人がいたとして、いい葬式にはならないだろう。

だれが埋葬に立ち会ってくれる？　たぶんテキーラとフランだ。孫の弔辞はおそらく全部自分のことを引き合いに出す。ユダヤ人コミュニティセンターから二、三人は参列してくれるだろうが、多くはない。ヴァルハラのヘルパーは何人か来てくれるか、いや、たぶん無理だ。居住者の葬式に出るための休暇を施設側が与えていたら、勤務できるスタッフはだれもいなくなるし、休み時間に来てくれと頼むのは悪い。退役軍人の葬式に参列する地元の退役軍人は何人かいる。わたしは彼らを知らないし、向こうもわたしを知らない。彼らが戦ったのは別の戦争だ。でも、きっと来てくれるだろう。それに市警もだれか寄こすとは思う。とはいえ、ただの儀礼からだ。葬式のあとランチでも食いにいくのだろう。

　自分の敵の葬式にはすべて出た、とわたしは好んで人に話す。友人の葬式にすべて出たと話すのはいやだ。そして、ローズの葬式のことはどう考えたらいいのかさえわからない。彼女と七十年近く一緒に暮らしてきた。いなくなったら、どうしていいのかわからない。慣れていくものなのだろうか？　そうは思わない。息子の死に慣れることはなかった。自分の車の後部座席にすわることにも慣れない。自宅ではなくこの場所で暮らすことにも慣れない。歩行器にも慣れない。どうしてこんなことになってしまったのかも、完全には理解できない。なにもかもちゃんとしたと思える時点に到達したとたん、なにもかもが元に戻せないほどばらばらになりはじめた。最後には不可避の衰退《エントロピー》の原則に捕まるのだ。

　しかしなぜか、逆を示すすべての証拠にもかかわらず、自分がかつての男のままだとまだ信じられるほど、ものを忘れられるときがある。そういうときには、心の中でわたしはまだバック・シャッツなのだ。

第四部

一九七六年——バック・シャッツ

19

オルトン・アヴェニューでなにかひじょうにまずいことが起きているのは、臭いからあきらかだった。イヴリン・デュラーの家から洩れる悪臭を四日間我慢したあと、ジョン・クリフトンは警察を呼んだ。

駆けつけた警官たちは悪臭を認め、ドアをノックした。だれも応えなかった。警官たちはパトカーの無線で分署に指示を求め、分署長は殺人課の刑事に応援を要請するべき状況と判断した。そこで、わたしに電話が来た。

「臭い家はたくさんあります」わたしは言った。「どこかの汚水処理タンクが洩れているんでしょう。なぜ、わたしが行かなきゃならないんです?」

「糞尿の臭いじゃないんだ」分署長は言った。「化学薬品のような臭いだ」

「どんな化学薬品?」

彼が無線で警官たちと話しあうあいだ、わたしは待っていた。

「ブタの胎児を解剖した日に、学校へ子どもを迎えにいったときみたいな臭いだ」分署長は伝えた。

「そいつはいい臭いじゃないな。警官たちに現場を離れるなと言ってください。外で待たせて、だれかが家に入ろうとしたら止めて身体検査して、尋問するようにと。令状を持って二時間以内に行きます。わたしが着くまで家から目を離すなと命じてください」

たいていの警官は腐った死体の臭いがどんなだか知っている。こってりした感じの土っぽい臭いで、その裏に一種の甘さが漂っている。そしてときには糞の臭いもする。腐敗のあいだにはらわたが破れるからだ。あの臭いは人知れない死を意味するが、必ずしも疑わしい死とはかぎらない。一人暮らしの人間が、心臓発作か卒中か室内の事故か自殺で死んで、だれかが早く発見しないと悪臭は発生する。

臭いはまた、死者が医療措置を必要とする段階をとっくに過ぎているのを意味しているので、緊急性がないと承知した上で、警察は慎重に孤独死を扱うことができる。そういう家を見つけると、署は刑事を一人派遣し、遺体の回収に立ち会わせて事件性はないと検死官が判断するまで現場を保存させる。制服警官が家に出入りして素手でものに触れたり、カーペットに泥だらけの足跡を残したりしてから数時間後に、偶発的な死が最初そう見えたほど偶発的ではないとわかるのは、始末が悪い。

しかし、押し入った形跡がない家で死後何日も経過して見つかった遺体が、殺人と判明するケースはめったにない。だから、こういう現場の立ち会いと保存は退屈で気の進まない任務だ。一九七〇年代には、わたしはそういうゴミ仕事はやらなくてもよくなっていた。

五〇年代のように市警のお偉方がク《K》ー・ク《K》ラックス・ク《K》ランに占領されたままだったら、わたしの地位が上がることは決してなかった。しかし、六〇年代にじつにすばらしいことが起きた。偏見に凝り固まった大ばか野郎どもが、引退するか死ぬかしたのだ。

バーン警視は一九六一年に年金をもらって引退し、出世の道から離脱して二年後に静かな池で溺死した。泳げない男がなぜ救命胴衣もつけずに一人で小舟に乗って釣りに出かけたのか、またバーンのような大柄でふくよかな男が、だれかが助けにいくまで穏やかな水面で浮いていられなかったのか、人は不思議に思うだろう。だが、あきらかに彼は見かけほど浮力がなかったのだ。それで、同僚のあいだではバーンの家系に有色人種がいてKKKがからんでいるのかもしれないという憶測が広まった。バーンの死は一見したところよりも奥が深いのではないかと、わたし自身も推測していた。だが、彼が死んだのは市の境界の外で、つまりわたしの関与する問題ではなかった。それに、関与するほど彼が好きだったわけでもなかった。だから、前刑事部長が殺されたのだとしても、その犯罪は気づかれることもなく解決されることもなかった。

ヘンリー・マクロスキーは一九六二年まで地区検事として成功して大いに賞賛を集めていたが、内務調査チームがある証拠を発見した。地元で名のある有力者の酔いどれが、赤信号を突っ切ってシボレーの側面に正面衝突し、二人を殺した事件で、起訴を見送る見返りに賄《わい》賂《ろ》を受けとったという証拠だ。ヘンリーは調査結果が出るまで無給の停職となった。彼はこの休みのあいだに家のちょっとしたリフォームにとりかかり、それには、ショットガンを口にくわえてガレージの壁の模様替えをすることも含まれていた。

そして内務調査チームを率いていたのは、じつのところあるユダヤ人刑事だったのだ！われわれはその自殺現場で楽しい時間を過ごした。死因はあきらかで疑いの余地はなかったから、わたしは自分のチームにビールを差し入れし、検死官事務所の連中が修羅場を片づけるのを見守った。ショットガンの発砲の反動で、マクロスキーの腐った下劣な歯は全部吹き飛び、鑑識はピンセットを手に床をはいまわって探さなければならなかった。鑑識が言うには、歯は脳みそよりもひどい臭いだったそうだ。

わたしはブライアンをマクロスキーの葬式に連れていった。息子は十歳だった。葬儀社のチャペルの後ろのほうにすわった。前のほうには泣いて悲しんでいる反ユダヤ主義者が大勢いた。わたしは息子に言った。「見てみろ、父さんがやりとげたことを」これほど誇らしい気持ちになったのは初めてだった。

「あの男たちはだれ？」こちらをにらんでいる男たちのグループを指さして、ブライアンは尋ねた。

「ＫＫＫだな」わたしは答えた。「だが、あいつらをどうすればいいかは心得ている」

わたしたちは死者への頌徳《しょうとく》の言葉を聞くのはやめて、駐車場へ出ていった。そこでブライアンは、わたしが全部の車を調べてナンバーをメモするのを手伝った。また葬儀に戻り、マクロスキーの埋葬を眺めるのに間に合った。あとで、わたしは参列者全員の車を自動車局に照会し、ヘンリー・マクロスキーのＫＫＫ仲間を探る特別プロジェクトをたちあげて、彼らの内情を探り、一家の秘密がないか調べた。そして、そのうち二人を家庭内暴力で刑務所送りにしてやった。当時は、白人の男ならたいていお目こぼしにあずかる罪だった。ただし、警官バッジと時間の余裕を持つ、食えないユダヤ人の激しい怒りを買っていなければの話だ。三人目は連邦政府の捜査官に通報してやり、最終的に金融詐欺と脱税で起訴された。

　四人目のＫＫＫはジェラルド・ハートというがっしりした中年の田舎者で、わたしが家宅捜索をしたときカンカンになって頭から湯気をたてていた。わたし自身の民族的信仰と、彼の住まいをガサ入れするときにわたしがみずから選んで手伝ってもらった黒人の警官数名が、怒りの理由だ。ハートはその首筋と同様にかさついて赤らんだだんご鼻の持ち主で、中になにか隠されていないか大きなハンティングナイフで家具を切り裂くようにと、わたしが部下に命じたときには顔全体が同様に赤くなった。不法な武器の捜索令状だったので、ハートが奥の部屋へ駆けこんで短銃身のリボルバーを手にして戻ってきたときも、われわれはたいして驚かなかった。彼の胸に集中して四発ぶちこんでやったとき、わたしは快感を覚えた。あとで、彼はナイツ・オブ・ザ・クー・クラックス・クラン（ＫＫＫ団体の一つ）の幹部グランド・ドラゴンだったとわかった。ドラゴンを屠ってやった！　こう言える人間は何人いるだろう？　しかも普通のドラゴンではない。わたしはグランド・ドラゴンを仕留めたのだ！

じっさい、六〇年代は進歩の時代だった。わたしのような人間が上へ行き、かつての迫害者たちが退場していった。ゆえに、裏切り者の民族の出であるにもかかわらず、キャリアの後半でわたしは市警の上司たちから白人が受ける敬意を払われるようになった。わたしの注意深い目、並外れた第六感、相手の頭蓋骨をめりこませる気迫を、賞賛されるようになった。つまり、中に死体がありそうな臭いのする家へ行かなくてもいい立場だったということだ。

だが、この生物の授業のような臭いは通常の孤独死とは違う。事故死、心臓発作による死、自殺でそんな臭いはしない。一般的な腐敗のプロセスは、もはや免疫システムに守られていない肉体の組織にバクテリアが入りこむことで起きる。宿主が生きているあいだ内臓に生息して消化を助ける細菌が、抑制がはずれて増殖し、器官を溶かしはじめる。そして死の甘く発酵した臭いが、そういう小さな菌の働きによって発生するのだ。

しかしながら、警官たちが伝えてきた臭いは、バクテリアを殺すには充分な腐食性の溶液の中で肉が分解される臭いだった。だれかがすっころんで酸を満たした桶にでも落ちたのでなければ、だれかが修羅場の後始末をしようとしているときにだけ臭うものだ。わたしはこれを判事に説明し、ヘラー警部にオルトン・アヴェニューの家を調べにいくと知らせ、捜索令状をとりにやった。

一時間後、わたしはてこ棒で玄関の鍵を壊す警官を監督していた。家の中に入ると、悪臭で気絶しそうになった。鼻と口をハンカチでおおっても、不快な空気のせいで目に涙がにじんだ。

キッチンで、大きなプラスティックの桶型容器の中に女性の遺体を発見した。化学薬品の濁った溶液に完全におおわれてはいなかった。皮膚は溶けかけ、体からはがれつつあって、むきだしになった繊維質の筋肉組織と黄色い皮下脂肪がのぞいていた。

わたしは家から出て検死官の到着を待つことにして、あたりを見まわした。このサウス・メンフィスの一帯は戦後おもに白人中産階級の住宅街だったが、学校が統合されて白人たちが郊外へ逃げだしはじめてから、変わりつつあった。イヴリン・デュラーは残っている数少ない白人居住者の一人だった。ここにしがみついていたのは、いい考えではなかったかもしれない。市内の危険地域ではないが、かつてのように快適とはいかない。それを言うなら、わたし自身もかつてのように意気盛んではない。

通りの左右を見た。たいていの家の芝生や花壇はよく手入れされているが、何軒かは伸びすぎている。悪臭を通報したジョン・クリフトンが隣の家の前庭の端に立っていた。わたしは彼を手招きした。

「中になにがありました?」クリフトンは尋ねた。黒人、身長六フィートほど、短いアフロスタイルの髪型、口ひげ。息子が好きな口の悪いコメディアンにちょっと似ていた。

「なにがあったと思います?」わたしは聞きかえした。

クリフトンはあごをさすった。「いやね、しばらくミセス・デュラーを見かけないと案じていたら、悪臭がしはじめたんですよ。この数日で、どんどんひどくなっていった。いい知らせじゃないでしょう」

「いい知らせかどうかは、あなたがどのくらいミセス・デュラーを好いていたかによると思いますよ」わたしは言った。「酸の入った大きな容器の中で彼女を見つけました、半分溶けかけた状態で」

クリフトンは左手をさっと口に、右手をひざに当てて、体を折った。あまりにも芝居がかっていると思ったが、顔を上げたとき、彼は目に涙を浮かべていた。「ほんとうに悪い知らせですよ、刑事さん。ミセス・デュラーはとても親切な方でした」

「彼女に敵意を持つような人を知りませんか？」

クリフトンは黙ってまばたきしてから答えた。「それは、その、彼女は殺されたと？」

発火しないだけの安全な距離まで、家から離れているかどうか考えた。たぶん大丈夫だと思ったが、間違っていた場合クリフトンも一緒に吹き飛ぶように彼の後ろ側へ回りこんだ。そしてポケットから煙草を出そうとしたが、出てきたのは大きな二個パックのジューシーフルーツだった。

一年半前に禁煙していたのだ、何十年も吸いつづけたあげくに。学校の保健の授業でタールとニコチンの危険性について教わって以来、ブライアンはわたしにずっとぶつぶつ言っていた。ノックスヴィル・ハイスクールを卒業したとき、プレゼントになにがほしいかと息子に尋ねた。車を買ってやるつもりだった。望みはわたしが煙草をやめることだけだ、とブライアンは言った。わたしは失せろと答えた。

だが、考えれば考えるほど、ブライアンの言うとおりだと思えてきた。戦争と警官の仕事のはざまで、わたしはずっと喫煙の危険性に洟《はな》もひっかけないできた。なぜなら、煙草で肺をやられる前にほかのものが自分にケリをつけるだろうと踏んでいたからだ。だが、引退の年齢に近づいてきて、仕事を多少気楽に受けとめるようになっていたし、じきに年金をもらう予定だ。喫煙は、自分がまだやっているものの中でいちばん危険かもしれない。あきらめるのは理にかなっている。そうすれば、老後をほぼ全うできるだろう。

しかし、煙草はなくした手足のようなものだ。わたしはつねに吸いたくてたまらず、持ち歩くのをやめたライターを探してポケットを叩く。だれかに一本差しだそうとして持っていないときには、気まずい思いをする。話していて、ときどき自分の手をどうしていいかわからなくなるときがある。そして反射的に煙草を探してかわりにチューインガムを見つけるとかならず、一瞬のとまどいと失望を感じる。

悪臭はひどく、わたしは煙草を吸いたかった。クリフトンに一本ねだろうかとも思ったが、そうはせずガムを二つ口に放りこんだ。

そして答えた。「ミセス・デュラーが自分で化学薬品の中に飛びこむとは思えないのでね」

「なるほど」クリフトンはありがちな反応をした。たいていの人は、殺人事件があったと聞くとなんと言えばいいのかわからなくなる。「彼女に危害を加える理由なんて、想像もつきませんよ。とても親切な女性だったんです」

「だれかが盗みたがるような高価な品を家に置いていたかどうか知りませんか?」

クリフトンはかぶりを振った。「たいしたものは持っていなかったでしょう。ご主人が亡くなったあと、ひどく困っていると聞いています。だから間借り人を置いていた」

「間借り人? そこに別の人間も住んでいるんですか?」

「ええ、二階の部屋を男性が借りています。もう上の階にはあまり行かないから、貸したほうがいいんだとミセス・デュラーは言っています。あ、いました、か」

「その間借り人を最後に見たのはいつ?」

「一昨日《おととい》だったかな?」

「あなたが臭いに気づいたあとも、その男は家にいたんですね?」

「そうだと思います。でも、臭いはいまほどひどくなかったから」

それはどうでもいい。被害者がまだ生きていたら、悪臭はまったくしなかったはずだ。

「その男の名前を知っていますか?」

「ええ。マーチです。チェスター・マーチ」

20

刑事部に二十年以上勤めて、わたしは何百人もの人殺しと泥棒を検挙してきたが、彼らのほとんどの名前は忘れてしまった。だが、チェスター・マーチは覚えていた。自分がわたしより上であるようなふるまい、マクロスキーが彼を逃がしたやり口を覚えていた。なぜなら、お偉方からすれば、マーチは現実にわたしより上だったからだ。

それに、わたしが彼を捕まえ、信頼できる証人がいたのも覚えている。写真の面通しで確信を持って彼を選び、彼の車を正確に描写した。それでも彼は逃げおおせた、わたしの捜査が信用されていなかったからだ。そして二十年たったいま、ここにチェスターが現れ、まだ女性を殺しつづけている。

「チェスター・マーチの外見を教えてください」わたしはクリフトンに言った。

「白人で、五十代です。短く刈った髪。生えぎわは後退している。少し曲がった滑稽《こっけい》な鼻。まるでひどく骨折して治そうとしたみたいな」どうやら、わが旧友のようだ。

「ここに住んでどのくらい？」

「三ヵ月ぐらいかな？　カリフォルニアから戻ってきたと言っていたと思います」

「最初に化学薬品の臭いが洩れてきたあと、彼があの家に入っていったのを見たのはたしかですか?」外へ臭いが漂ってくるまでには、あの濁った液体に遺体は少なくとも二、三日は浸かっていたはずだ。つまり、死んだ女性がキッチンで溶けていた何日か、チェスターは家にいたことになる。

「ええ」クリフトンは答えた。

「で、あなたが最後にミセス・デュラーを見たのは?」

「最後にミスター・マーチを見た二、三日前だと思います」

チェスターと話したかったが、すでに逃走しているなら探すのはむずかしいだろう。まともな頭があれば、もう街を出ているし、そうだとするとわたしの手の届く範囲ではない。できるのは、彼の逮捕令状をとってテネシー州ハイウェイパトロールに送り、彼が現れた場合に備えてジャクソン、リトルロック、セントルイス、ナッシュヴィルの当局に知らせるぐらいだ。だが、まだメンフィスにいるかもしれないわずかな可能性に賭けて、できるかぎり網を張ってみよう。

わたしは、被害者の駐車場に止まっている冴えない灰色の輸入車を指さした。「あれはミセス・デュラーの車?」

「ええ、そうです」

「この車が使われているのに最後に気づいたのはいつです?」

クリフトンは肩をすくめた。「あまり注意していなかったが、たぶんミセス・デュラーを最後に見た日でしょう」

「ミスター・マーチは車を持っていますか？」

「ええ。古いシボレーを」

「どのくらい古いんです？」

彼はまた肩をすくめた。「車にはくわしくないので。十年ものくらい？」

「2ドア、4ドア？」

「2ドアです」ということは、三世代目か四世代目のインパラだろう。速い車だ、ちゃんと手入れしていれば。以前会ったときマーチは無頓着に見えたが、あれは大昔だ。

「ハードトップ、それともコンヴァーティブル？」

「ハードトップです」

「色は？」

「メタリックブルー」

その車を全国指名手配することもできるが、望み薄ではある。クーペは4ドアより少ないし、車の古さと色は目立つはずだ。しかし、わたしが青のシボレー・インパラを全国指名手配しても、警官たちは笑って無視するだろう。青いシボレーはたくさん走っているし、それを全部止めるほどみんな暇ではない。

「ナンバープレートは見ませんでしたか?」わたしは尋ねて、クリフトンにガムの包みを差しだした。彼は一枚とったが、けげんな顔をした。人にガムをあげるのは変な気がした。煙草があればいいのに。

「ナンバーを覚えているわけがないでしょう」クリフトンは言った。

「そうですよね。テネシー州のプレートだったかどうかは思い出せませんか?」テネシー州で登録された車だとわかれば、外見の一致する車の記録をすべて当たって、ナンバーがわかるかもしれない。あるいは、登録者がマーチの知り合いなら、彼が匿《かくま》われている場所の手がかりをつかめるかもしれない。

「申し訳ない。そこは見ていなかった」

では、車の線は袋小路に突き当たったわけだ。

「マーチに友人はいましたか? 彼を訪ねてきた人に気づいたことは?」

クリフトンはかぶりを振った。「ここにミスター・マーチを訪ねてきた人はいなかったが、自分には金持ちの親戚がいると彼は言っていました。その人たちがもっと自分によくしてくれないのが不満みたいだった」

わたしはうなずいた。「もし彼がトラブルに陥《おちい》っていたなら、どこへ行ったのか、あるいはだれかが手を貸したのか、心当たりはないですか?」

クリフトンは両手を広げてみせた。「すみませんね。彼のことはほんとうによく知らないもので」

もっともだ。わたしはクリフトンに礼を言い、もしなにか思い出したときのためにと名刺を渡し、隣の家に戻った。クリフトンと話していたあいだに、検死官のドクター・エンゲルスが遺体を運ぶために救急車で到着していた。彼は家の中の桶型容器の横に立って遺体を見ていたが、わたしが近づくと振りむいた。ドクター・エンゲルスはゴーグルとサージカルマスクをつけていた。検死官がこんな用心をしているなら、家の中の空気を吸いこむのは危険なのだろうか。あまり長いあいだ中にいなければたぶん大丈夫だろう。エンゲルスはいくじなしなのだ。

「これは厄介な状況だな」彼は言った。「どうやってこの女性をここから出したらいいかわからない。死体はゼリー状になっている。骨ですら柔らかくなっているんだ。溶液から引きあげようとすれば崩れてしまうよ。容器の底に穴を開けて溶液を出し、それから側面を切ろうかと考えている。そうすれば担架に移せるだろう。だが、ここで溶液を出すわけにはいかないな。液を漉《こ》して、固形物として残っているものを調べないと」

「楽しい夜になりそうですね」わたしは言って、エンゲルスにガムを勧めた。彼は分厚いひじまであるゴム手袋をはめた両手を、どうしろというんだというように上げてみせた。手袋はイヴリン・デュラーを蝕《むしば》んだ液体でおおわれていた。わたしを史上最大のばか者と思っているのを伝えるように、彼はため息をついた。わたしは彼の顔の前に煙草の煙を吹きかけてやりたくてたまらなかったが、いまいましい煙草がない。

「容器に蓋をするべきなんだろう。そして死体が入ったまま運びだして、死体安置所に着いたらどうやって液体を排出して死体を動かすか、考える。だが、運んでいるあいだにその液が少しでもこぼれたらと思うと、ぞっとするよ。だれかの素肌につくようなことがあったら、化学薬品のやけどは恐ろしいからね。それに死体が損なわれたら、犯人がつけた傷を判別するのがさらにむずかしくなる」

そうなったら、わたしにとっても厄介だ。検死官が遺体の致命傷と死後についた傷を見分けられなかった場合、被告人側の弁護士は依頼人が遺体を処分しようとしたのは認めても、被害者が自然死もしくは事故死をとげたあと、被告人がパニックを起こして証拠を消そうとしたのであって、殺人は犯していないと主張することがあるのだ。そして陪審員たちはときに信じてしまう。

「きっと判別できますよ」わたしは言った。「犯人が遺体を入れたのはどんな化学薬品ですか？」

「硫酸だ」エンゲルスは答えた。さらなる証拠が必要なのかと、彼はわたしの顔の前でｐＨ試験紙を振ってみせた。紙の端は焦げ、ひどい臭いがした。わたしは彼の腕を押しのけた。

「信じますよ」ファイルを確かめなければならないが、二十年前チェスターのガレージで硫酸を見つけたのはほぼ間違いない。

「排水口の詰まりを流すのに使われるのと同じやつだ」

「排水口クリーナーで人体が溶けるんですか？」

エンゲルスはよごれた手袋をわたしの目の前で振った。「排水口クリーナーはこんなに濃縮されていない。だが、そう、溶ける。排水口は有機物質で詰まる。髪、石鹸、食べかす。排水口クリーナーは有機物質を溶かす。人間もまた有機物質でできている。酸は人間を溶かすんだよ。だが、一人を溶かすのに少なくとも四十ガロン必要だ。ここにはたぶん十二から十五ガロンしかない。この犯人はあきらかに阿呆だ。ちゃんとやれば、七十二時間ほどで完全に死体を溶かすことができた。ちゃんとやらなかったから、わたしはこのもろい残骸を運ぶ方法を工夫して、不快な検死をしなくてはならない」

「犯人を捕まえたら、また殺す前に死体処理テクニックについてあなたに相談しろと言っておきますから」わたしは約束した。「遺体に関していま教えてもらえることは？」

エンゲルスは容器にかがみこんだ。「予備的検死の結果としては、被害者は殴打と窒息によって死んでいる。これらの傷のどれが死因になったか、どれが死後のやけどかは完全な検死をしないとわからない」

「では、お願いします」有害な空気はもう充分吸いこんだ、と思った。わたしは近道をして新鮮な空気を――少なくとも多少は新鮮な空気を深呼吸しに、外へ出た。前庭にも悪臭が漂い、あたり一帯に広まっていた。また入るのを我慢できるようになってから、家の中の捜索に戻った。すべての床と壁に血痕がないかと探したが、なにも見つからなかった。通常なら、漂白剤かアンモニアの臭いで血のしみをきれいにした場所を発見できたかもしれないが、マーチが後始末をしていたとしても、溶けていく死体の臭い以外を嗅ぎつけるのは不可能だった。

しかし、広いリビングルームでおかしなことに気づいた。暖炉の隣にシャベルとトングがあったが、火かき棒がない。暖炉用具を吊るすラックのペグの一つが、からだった。つまり、なにかがなくなっている。家から出る口実ができたのを喜びながら、外へ行って前庭を探した。花壇の中に、最近土を掘りかえしたらしい場所を見つけた。写真を撮り、掘ってみると、血でよごれているように見える火かき棒があった。さらに何枚か写真を撮り、この発見場所を記録してから、凶器と思われる火かき棒を鑑識にまわした。マーチが殺害を否定して、女性の遺体を硫酸の容器に入れたのはなにかの勘違いによるものだと主張するかもしれないという、わたしの危惧はかなり軽減された。

そのあとの家宅捜索はあまり実りあるものではなかった。チェスター・マーチは逃げる前に自分が暮らしていた痕跡をすべて消していた。そして、彼を見つける方法をわたしはまだ思いつかなかった。

＊

チェスター・マーチ「はっきりさせておくが、わたしはあの女性を殺していない。たしかに、家賃の件で彼女ともめてはいた。滞納していたんだが、まだ住んでいたんだ。借金を返せるようにいとこたちから金をもらわなければならなかったのに、彼らは言うことを聞いてくれなかったのでね。家主の女性は二週間待ってくれたが、そのあといらだちはじめた。

わたしが留守にしているあいだに、彼女は金か高価な品物を探してわたしの持ちものをあさることに決め、階段を上って部屋に入ろうとした。不幸なことに、そもそも彼女が自宅の二階を貸していた理由は、動きが不自由になっていたからなんだ。下りる途中で転落したにちがいない。わたしが帰って、そんな状態の家主を発見したんだ。階段の下の床に倒れて、冷たくなっていた。

そんな彼女を見つけてパニックになったのはわかってもらえるだろう。以前警察といざこざがあったので、事故を通報するのが怖くなってしまった。そこで、遺体を消すことにしたんだ。自分の行為が間違っていたのは認める。死体の損壊は犯罪だ。でも、死刑になる犯罪ではないし、独房で三十五年間過ごすべき犯罪でもない」

カーロス・ワトキンズ（ナレーション）「自分は無実だと言うチェスターを、わたしは信じたい。刑務所での出来事をおもしろおかしく話してくれるチャーミングな老人は、ほんとうは体制側の権力濫用の犠牲者だと思いたい。しかし、彼は嘘をついているのでしょうか？ そして、わたしは彼の嘘をラジオで流しているのでしょうか？ ウィリアム・シャッツとの会見を放送したあと、多くの視聴者から、この番組をあらためて支持し、ウィリアムのわたしへの態度は人種差別的で的はずれだと思うというメールをいただきました。しかし、チェスターに関しては彼が正しかったのでしょうか？ わたしはサイコパスに操られているのでしょうか？

自分の不安について、ヘファナン教授に話してみることにしました」

カーロス・ワトキンズ「〈アメリカの正義〉をお聴きになっていましたか？」

エド・ヘファナン「ええ」

ワトキンズ「ウィリアム・シャッツとの会見をどう思われましたか？」

ヘファナン「あれは、あなたにとってたいへん困難な体験だったにちがいない」

ワトキンズ「でも、彼は正しいですか？ チェスターはわたしに嘘をついているんでしょうか？」

ヘファナン「〈イノセンス・プロジェクト〉という組織がある――じっさいは〈イノセンス・ネットワーク〉と呼ばれる提携組織の集まりだが――新しい、もしくは見過ごされた法医学的証拠を使って、誤って有罪になった人々の容疑を晴らすために活動しています。彼らの仕事はすばらしいと思うし、その目的を支持しているが、わたしの計画は違うものなんです。あなたが最初にチェスター・マーチの代理人としてのわたしの上訴を取材していいかと聞いたとき、わたしたちはこの違いを話しあいました。そしてあなたは理解してくれたと思う。〈アメリカの正義〉でその点について話しているのを聴きましたから」

ワトキンズ「そうです。これはチェスターがなにをしたかについてではない。彼になにがなされてきたかについてです」

ヘファナン「彼になにがなされてきたか、そして、上訴が不首尾なら彼にどんな恐ろしいことが起きるか、についてです。チェスターはテネシー州によって殺されようとしている。怯《おび》え、絶望している。こういう苦境にいる人間は嘘をつくでしょうか？　ごまかすでしょうか？　人を操るでしょうか？　もちろん、そうします。

わたしの依頼人たちは、わたしに疑いなく何度も嘘をついていますよ。彼らは生涯にわたって虐待され、つけこまれてきた。そしてどうしたら他人を信頼できるのか、どうしたら自分たちが信用されるのか、わからなくなっている。彼らにとっては、自分を助けようとしている被告側弁護人たちも、自分を片づけようとしている検察官たちと同じような外見だし、話しかただ。安全だと感じられないんですよ。じっさい安全でもない。だから、全力を尽くして自分たちを守ろうとします。ときにはその防御が、有罪めいていたり矛盾していたり逆効果に見えたりする。なぜなら、こういう状況で彼らはどうふるまったらいいのかわからないのです。しかし、どうしようもないんだ。みんな体制の中で動いているのですから。

無罪の依頼人だけを請け負う弁護士事務所は、〈アリー・マクビール（法律事務所が舞台のドラマ「アリーｍｙ Ｌｏｖｅ」の主人公）＆デアデビル（昼間は弁護士、夜は犯罪と闘うコミックのヒーロー）〉しかありません。現実世界で業務をおこなうわれわれは、被告側弁護人であることはすなわち、悪事を働いたかもしれない人々の側に立つことだと承知している。そして悪事を働いたかもしれない人々は、強力でしばしば野蛮な体制の行きすぎた行為から守られる必要があり、それに値するのです。

チェスター・マーチを有罪にしたプロセスは不充分で、取りかえしのつかない欠陥があるため、彼が有罪か無罪かという問題に決着はつけられない、というのがわたしの意見です。ゆえに、彼の主張や話をあなたが放送するとき、それはたんに彼の側のストーリーであり、それがシャッツ刑事やシャッツのお孫さんや州によって反駁《はんばく》されるのは当然です。それに、ここまで時間がたってしまっては、どちらが真実なのか見出すのはむずかしい、もしくは不可能だ。しかし、チェスター・マーチが公正な裁判を拒まれた点を考えれば、彼の話を放送するのは悪いことではないでしょう、たとえ彼の語る〝事実〟に確証がなくてもね。

だが、チェスター・マーチが致死薬注射によって殺されるべきでないと知るには、彼が無罪かどうか知る必要はないのです。ああいう薬物が生理機能にどういう作用を及ぼすかわからないのに、八十歳の老人に注射をしてはいけない。カリウム投与による死がひどく苦しいものなのかどうかわからないのに、だれも致死薬注射をされてはいけない。わたしが闘う目的はこれです」

ワトキンズ（ナレーション）「ヘファナンの言葉のすべてにわたしは同意しますが、不安に思う点があります。ウィリアム・シャッツは言いました。わたしがヘファナンにチェスターは無実だと思うかと尋ねれば、ヘファナンはチェスターの罪の問題から死刑への一般的な反対論へ軸をずらして、率直な答えを避けるだろうと。

そして、まさに彼はそうしたのです」

21

地元の自動車局で、クリフトンが説明していたシボレー・インパラに合致する車の記録を調べた。テネシー州ではチェスターの名前でそういう車の登録はなかった。もしかしたらカリフォルニア州で登録しているかもしれないので、電話してサンフランシスコから記録を送ってもらうように頼んだ。意味のない手続きだった。何日も、もしかしたら何週間もかかるだろうし、そのころには提供される情報を使うには手遅れになっている。さっさと彼を捕まえないと、街から逃げられてしまう。それに、チェスターがカリフォルニアで車を本名で登録していないかぎり、向こうはナンバーを教えられない。チェスターが他人から車を買い、まだ前のナンバーをつけたままにしている可能性もある。

クリフトンの説明と合う車を登録しているメンフィスの住民全員に連絡をとって、チェスターに車を売っていないか聞くことはできるが、これもまた、貴重な時間を多く費やす結果になり、手間をかけてもチェスターが地元のだれかから車を買っていなければ実を結ばない。ナンバーを入手できたら、全部署緊急手配をかけて彼をあぶりだせる可能性は高まる。だが、ナンバーを特定するどんな方法も、自分の時間をとられるだけで不確実だ。ほかの選択肢を試しているあいだに、だれかがナンバープレートのない車を目撃してくれる可能性に望みを託すことにした。おそらくカリフォルニア・ナンバーをつけた、六〇年代ヴィンテージカーのメタリックブルーで2ドアのシボレー・インパラに全部署緊急手配をかけるよう、通信指令係に無線連絡させた。このやりかたで彼が見つかるとはあまり思えなかった。警官たちが注意を払うには、青いシボレーは多すぎる。

もっとも有望な手がかりはチェスターの親戚だ。チェスターは家族を訪ねるようなことを言っていたと、クリフトンは話していた。チェスターにはいとこが二人いる。兄弟で、名前はフォレストとリー。彼らなら、居場所を知っているかもしれない。二人はメンフィスのダウンタウンで〈マーチ商事パートナーズ〉という会社を経営している。わたしが行くと、フォレスト・マーチがお目にかかりますと秘書の一人が告げた。

〈マーチ商事〉は川を見下ろすダウンタウンの摩天楼の高層階にある、中くらいの広さの続き部屋だった。フォレスト・マーチの秘書がエレベーターの前で待っていた。二十代半ばの、きれいな白人の娘だった。彼女は自分の名前を告げたが、わたしはすぐに忘れた。

室内を見まわした。商売は繁盛しているようだ。十二人の秘書と事務員が、わたしの見た範囲では合法的なビジネスにいそしんでいる中央の大部屋の周辺に、別のオフィスへ続くドアが八つあった。

秘書は角にあるフォレストのオフィスへ案内し、コーヒーをお持ちしますかと聞いた。わたしは断わった。彼女はドアをノックして、フォレストに警察が来たと伝えた。彼に招き入れられる前に、わたしは秘書を押しのけて中へ入った。

オフィスは広く、置いてあるものはなにもかも高価そうだった。壁の二面は床から天井までピクチャーウィンドーになっており、もう一面は本棚で、一度も読まれてはいないがひんぱんにほこりは払われているらしいワールドブック百科事典が並んでいる。残る一面には暖炉があり、セントラルヒーティングのオフィスには必要のないものだった。煙突がないから、あきらかに作りもののたきぎを備えたガスバーナーの暖炉だ。だがそれがあるだけで、ここにいるのは大富豪で、ばかげていないものに費やす金はもう使いきったのだとわかる仕組みになっている。

フォレスト・マーチはお愛想や礼儀正しさに気を遣うタイプではなかった。彼は値踏みするようにわたしを見てから尋ねた。「いくらだ?」

「なんの話ですか?」わたしを買収できると考えているなら、フォレスト・マーチは三十一階にあるオフィスに暖炉を置くよりはるかに高額の出費を覚悟したほうがいい。

彼は葉巻に火をつけた。わたしもほしかったが、勧められなかった。そこで、かわりにジューシーフルーツを二枚口に放りこんだ。「きみはいとこのチェスターのことで来たんだろうね？」フォレストは言った。「それで、どういう被害があったんだ？　これをとっととすますには、どうしたらいい？」

「買収する気ですか？」

彼は目を細くした。「きみは保安官のところの助手じゃないのか？」

「わたしはメンフィス市警の刑事です」

「いとこの借金か良識のカタをつけに来たんだろう。わたしがちゃんとしてやろうじゃないか、適切な金額ならね。いくら必要なんだ？」

わたしはガムを噛《か》み、フォレスト・マーチをじっくりと観察した。わたしより少し若く四十代の終わりだろう。髪は後退する生えぎわから後ろへ撫でつけ、てかてかしたもので固めている。ずんぐりした体格で二重あごだが、締まりがないというよりは手ごわく見える。金のかかった仕立てのスリーピース・スーツを着ている。デスクについていても上着とベストをぬいでいないが、わたしへの礼儀でそうしているという感じはなかった。それよりも、一日中上着を着ている種類の人間という印象だ。

チェスターの尊大で感情の欠けた目つきを思い出した。フォレストはそこまで冷たくはないものの、わたしを値踏みしている。けんめいに権力を発散させようとしているが、彼には神経質なところがある。チェスターは南部の伊達《だて》男、フォレストは成功したビジネスマンとして自分を演出しているが、二人とも見かけだけだ。フォレスト・マーチもチェスター・マーチも大金を手にしてもったいぶっている、ミシシッピ・デルタ出身のクズ白人にすぎない。唯一の違いは、フォレストが正体を見抜かれるのを恐れているのに対して、チェスターはそうでないことだ。なぜなら、チェスターはサイコパスだから。

フォレストがそうありたいと望んでいる重要人物として、彼を扱ってやることにした――少なくとも最初は。相手を脅す必要が出てきたら、わたしは仮面をはずし、おまえの正体などお見通しだとわからせてやる。そしていざとなれば、わたしがほんとうは何者かわからせてやろう。

「誤解をされているようですね」わたしは言った。「ここに来たのは金がほしいからではありません。チェスターと話さなくてはならないんです。居場所を教えてもらえませんか？」

フォレストはデスクの上の大きな石の灰皿の縁で、トントンと葉巻の灰を落とした。手が少し震えていた。不安を感じている。「残念だな。彼は二週間ほど前にここへ現れて、部屋代を払うのに金がいると言った。きっとその件で、きみは来たんだと思ったが」

「違います、正確には。とにかくどうしてもチェスターを見つけて話をしなければならない、問題を解決するために」

「彼がトラブルにはまりこんでいるのはわかったが、どんなトラブルなのかわたしは知らなかった。彼は以前アルコールの問題を抱えていたんだ。たぶんドラッグも。こんどは、ギャンブルか、もしかしたら女だろうと思った。わたしは寛大なキリスト教徒だが、さらに悪徳にのめりこませる手段を与えるのは、彼に首吊り用のロープを渡すのと同じだ。だから、われわれはチェスターを追いかえした。彼は父親から多額の金を相続したんだよ。リーもわたしも、それがどうなってしまったのかさっぱりわからない」

フォレストはチェスターの居場所を知らないのか、あるいはわたしに教えたくないのか。彼はわたしが何者かちゃんと知っていて、いとこのチェスターになにをしたかも知っているのかもしれない。まったくなにも知らないのかもしれない。締めあげる必要があるかどうか決める前に、フォレストを見きわめなくては。わたしは彼のデスクの向かい側のどっしりした革張りの椅子の一つにすわった。椅子はどれも大きく、デスクも大きく、オフィスも大きい。しかし、こいつはわたしの手を逃れられるほど大物ではない。「チェスターについて知っていることを話してください、彼がなにをしてきたかも」

フォレストは肩をすくめた。「たいして話せることはないんだ、じっさい。何年も会っていなかったが、二ヵ月ほど前から現れはじめた。彼の父親とわれわれの父親は兄弟なんだが、二人の仲はうまくいっていなかった。祖父の代までの家業は、うちの農地で綿花を栽培して北部の織物業者に売ることだった。父と叔父はその会社を相続したものの、経営方法をめぐっていつも対立していたんだ。叔父はわれわれの富は土地に結びついていると考えていた。何世代にもわたって生活の糧《かて》を与えてくれたのはミシシッピの土であり、その遺産を守ることに価値があるというのが叔父の思いだった。うちの父は農夫にはなりたくなかったんだ。彼にとって、綿花は第一次産業の生産物であって、金というのは、インドや中国から輸入した製品を運んで販売することから生まれるものだった。海外から輸入するコストを考えても、向こうの綿花のほうが安いし、品質も大差ない。この百年で、人件費が見合わなくなってきていたんだ、わかるかな」

「ええ、わかりますよ。あなたがたはかつて黒人を所有することができた、そしていまはもうできない。商売にとっては難題《チャレンジ》だったでしょう」

彼は顔をしかめた。あきらかに、わたしの言いかたが気にさわったのだ。「難題《チャレンジ》ではない、方向転換《チェンジ》だ。チャンスだ。国内産の綿花は中国産やインド産より高い、だから国内で綿花を作るビジネスを続ける理由はなかったし、土地や耕作機械や労働力に投資する必要もなかったんだ。だが、叔父は決してそういう見かたができなかった。土地にロマンチックな愛着があったから、彼とうちの父はとうとう袂《たもと》を分かった。叔父は農地をとり、うちの父は輸送と販売を引き継いだ。二人ともうかったと思うよ、だがたがいに手を切れて喜んでいた。そうなったとき、わたしとリーはまだ子どもだったから、分かれたあとあっちの家族のことはほとんど知らなかったんだ」

「で、チェスターについては？」わたしは尋ねた。

「そう、そこが問題だ」フォレストは続けた。「彼はあっちの家族だったから、ほとんど顔を合わせなかったんだよ。一九五〇年ごろに彼は結婚した。相手は意志の強い女だった。わがいとこを捨てて別の男と駆け落ちしたんだ。彼女が去ったあと、チェスターは酒に溺れだしたんだろう。一度交通事故を起こして、かなりひどいけがをした。リーとわたしは病院へ見舞いに行くはずだったんだが、叔父があの場を仕切っていて、チェスターはだれにも面会したくないと言っている、ときっぱり断わられた。われわれはひどくおかしいとは思わなかったんだ。話したように、子どものころから親しくはなかったし、わたしはチェスターの結婚式にさえ出ていないんだから」

「朝鮮戦争に行っていて？」わたしは聞いた。

「いや。新婚だと兵役免除になったんだ。だから徴兵されないように結婚したんだよ」

「なるほど」

「とにかく、チェスターの事故のあと、彼の父親はけがの養生と断酒のために息子を砂漠のどこかへ送りこんだ。その後、彼は西部にいた。叔父が死んだとき、チェスターは農業関連の資産を売りはらったんだが、わたしもリーもそれは賢い考えだと思った。ミシシッピの綿花産業に未来はない。その売却利益を彼がどうしたのか、どうしていま破産状態なのかは、知らないんだ。言ったように、いとことは親しくないからね。それにこれをあらいざらいきみに話しているのは、チェスターが相続したビジネスは何十年も〈マーチ商事〉とは関係がないことをはっきりさせたいからだ。うちの父と叔父は事業を分割したんだよ。この事業はわたしと弟のもので、チェスターには、これっぽっちの持ち分もない。リーもわたしも、リーとわたしがパートナーであるこのビジネスも、チェスターの債務に関して責任はない。必要なら弁護士を立てるが、ここにはきみに払う金はないというわたしの言葉を受け入れてもらいたい。キリスト教徒の寛容な精神から喜んで渡すかもしれない、なにがしかの金額ならともかく」

わたしは親指と人差し指を口に入れ、チューインガムの大きなネバネバしたかたまりを出した。それから、フォレスト・マーチと目を合わせたまま、椅子の赤い革張りが尻の下できしむほど身を乗りだして、ガムをアンティークのデスクの下側になすりつけた。「ミスター・マーチ、わたしは刑事です。金を要求しにきたのではない。借金を取り立てにきたのでもない。チェスターを見つけて話をする必要がある。あなたに求めているのは、彼の所在に関する情報です」椅子の背に寄りかかると、ジューシーフルーツの包みをさらに二枚はがして、口を開けたまま大きな音をたてて嚙みはじめた。包み紙を小さく丸めて、床に捨てた。

「チェスターが頼んできた金をわれわれは渡さなかった」フォレストは言った。「彼がどこにいるのか知らない」

「リーはどうです？　弟さんと話せますか？」

フォレストはかぶりを振った。「出社していない。今日は見かけていないな。それで話がおしまいなら、お帰り願おうか」

しかし、わたしはお帰りになるつもりはなかった。フォレストとリーは、チェスターとつながる唯一の手がかりだ。そして、フォレストはなにか知っているとわたしは確信していた。ちょっと話をしてやって、反応を見ることにした。「チェスターの奥さんは二十年前に駆け落ちしていない。失踪したんです。車も荷物も、服から宝石からすべて残してね。彼女の家族にはそれ以来連絡がない。あなたは知っていましたか？」

彼はぽかんと口を開け、火のついた葉巻をそのままデスクのブロッターの上に置いた。

「それについて知っているのは叔父が家族に話したことだけだ。彼女が出ていって、彼が事故に遭って、酒を抜くためにどこかへ行くことになった、と」

「酔っ払い運転で事故を起こしたんじゃない」わたしは言った。「人殺しで逮捕されたくなくて、逃げて車を大破させたんだ。追っていたのはわたしです。あなたの叔父さんは起訴されないように検事を買収した。それから家族に迷惑がかからないようにスキャンダルを避けるべく、チェスターをカリフォルニアへ行かせた。わたしがここへ来たのは、硫酸につかって溶けかかった女性の遺体を発見したからです。チェスターはその女性の家に間借りしていて、目下彼女を殺害した容疑がかかっています。そして、いまどこにいるのかわからない。でも、わたしは彼を見つける、そして電気椅子に送ってやる。あなたがチェスターをかばっているなら、事後従犯になりますよ。あなたが刑務所に行くのはひじょうに楽しい見ものになるでしょうね、ミスター・マーチ」

ブロッターの吸い取り紙が煙を上げはじめた。デスクが燃えだしたらフォレストがどうするか本気で見たかったが、どうやら彼はなにか情報を洩らしそうだ。考えなおす暇を与えたくなかったので、わたしは葉巻をとって灰皿に置き、それから葉巻があった場所を拳で二回叩いて燃えさしを消した。

フォレストはブロッターの焦げた跡を見つめ、顔を上げてわたしを見た。「なにがどうなっているのか、さっぱりわからない。わたしはチェスターをかばったりしていない。彼はこの二ヵ月ぐらい、金をせびりに何度かここへ来た。秘書なら彼が来た正確な日にちを教えられるかもしれない。わたしは助けてくれる人を紹介すると言い、わたしが行っている教会に来るように勧めた。だが、現金はやらなかった。わたしの知るかぎり、リーもなにも渡していないはずだ。もしまたチェスターがここへ来たら、すぐきみに知らせるよ」

「彼はいま逃亡中だと思います。家主の女性を殺したのは、立ち退《の》きを迫られても彼女の家にいたかったからでしょう。だが、死体を遺棄する場所がなく、臭いのせいで家にいられなくなった。いまごろは女性が発見され、われわれが追っているとわかっているはずです。どこに隠れているのか知りたい。法律上の問題を起こしたらチェスターを助けるかもしれないのはだれです？　ご家族は、彼が行きそうなキャビンか湖畔の別荘を持っていませんか？」

「ああ、なんてことだ」フォレストは勢いよく椅子から立ちあがったので、わたしは反射的に銃に手を伸ばした。銃かなにかをとりに駆けだそうとするのではないかと思ったのだが、彼はただ叫びはじめた。「クリスティーン！　クリスティーン！」

わたしを出迎えた秘書が、本物の恐怖に目を見開いて急いで入ってきた。「なんのご用でしょう、ミスター・マーチ」

「すぐにアメリアを呼べ、そしてリーを電話に出せ」フォレストは命じた。

「かしこまりました」クリスティーンはオフィスの外へ戻っていった。

フォレストは前かがみになって、両手を焦げたブロッターの上に平らに置いた。呼吸は速く荒くなっていた。わたしはなにも言わないことにした。

クリスティーンより若くてきれいで色白の二人目の秘書が、あわててオフィスに入ってきた。

「最後にリーを見たのはいつだ？」フォレストは詰問した。

「昨日です」アメリアは答えた。きっと彼女がリーの秘書なのだろう。

「昨夜なにか予定があったか？　クライアントをもてなすとか？」

「知りません。とくにおっしゃっていませんでした」

「今日は休むときみに言ったのか？」

「なにもおっしゃいませんでした」

クリスティーンがドアのそばに現れた。「リーのご自宅にかけてもだれも出ません」

「シャッツ刑事」フォレストは言った。「リーは去年妻と離婚して、一人暮らしなんだ。もしチェスターが破れかぶれになっていて金が必要で、力ずくでも奪うつもりなら、彼はリーのところへ行く」

「わかりました」わたしはうなずいた。「弟さんを探しにいきましょう」

22

フォレストは自分の妻にもリーの元妻にも連絡をつけた。二人とも不審なものは目にしていなかったが、チェスターが次になにをするかわからなかったので、わたしは応援を呼んでそれぞれの家を見張らせ、フォレストの娘を学校から早退させて家まで送らせた。野に放たれたサイコパスに油断は禁物だ。フォレストとわたしはリーの様子を見にいくことにした。

エレベーターで駐車場へ下りていくあいだ、フォレストの両手は目に見えて震えていた。

そこで、わたしの車に乗って弟の家まで行くように勧めた。

「これはパトカーなのか?」わたしの車に乗りこむと、彼は尋ねた。

「わたしが運転しているときはそうです」

メンフィス市警刑事としてのキャリアの最後に乗っていたのは、一九七〇年製造のダッジ・チャレンジャーだった。戦争から戻って以来、車は三年ぐらいで取り替えることにしていた。ボロ車を運転して費やすには、人生は短すぎるからだ。しかし、わたしがチャレンジャーに乗りつづけていたのは、一九七〇年代には車は進化しなくなっていたからだ。すべてが進化しなくなっていた。

一九六四年のフォード・マスタングに始まり、アメリカの自動車産業は最高に強力な2ドアのスポーツカーを造ろうと競いあっていた。チャレンジャーのラインは、マスタング、シボレー・カマロ、ポンティアック・ファイアバード、マーキュリー・クーガーに対抗するために設計されていた。そして一九七〇年には、それらすべてを打ち負かした。わたしの車は四四〇シックスパック・エンジン搭載のロード／トラック・モデルで、ピストルグリップ・シフター付きの四速マニュアル・トランスミッションを備えていた。排気量は七・二リッター、三百九十馬力。速度計の目盛りは百五十マイルまであるが、道路がすいていて危険を適度に許容できるなら、ボンネットの下の怪物エンジンは軽く目盛りの針を振り切ってしまう。

しかし、一九七〇年製造のダッジ・チャレンジャーは死にゆく種族の最後の一台でもあった。一九七一年には、デトロイトは早くも燃費のためにパフォーマンスを犠牲にしはじめた。そして、一九七三年のオイルショックのあいだに石油の値段が四倍に上がり、自動車メーカーは街でガロン当たり十マイルしか走らないチャレンジャーのような、パワフルでガソリン食いの車を造るのをやめた。そしてかわりに、燃料を食わないコンパクトカーを造りだしたのだ。新たな排ガス基準と環境規制がそれにお墨付きを与え、ガソリンの値段が落ち着いても偉大なアメリカのマッスルカーの時代は終わっていた。

しかしながら、これをいまフォレスト・マーチに説明するのはいいタイミングとは思えなかった。彼は弟を心配してパニックに近い状態だった。

「いいね」彼は言った。「とてもいい車だ」

わたしは閃光灯をダッシュボードの上に置き、できるかぎりの速さでセントラルガーデンズにあるリーの自宅へ向かった。もっとも、真っ昼間の市内の交通量では、チャレンジャーのエンジンの恩恵はとくになかった。

わたしが私道に乗り入れるやいなや、フォレストは車から飛び降りてポーチの階段を駆けあがった。だが、ドアの前に着くと躊躇《ちゅうちょ》した。

「弟が中にいたら――なにか起きていたら――見つけたくない」わたしが背後に近づくと、彼は言った。

「わかります。あなたが見たくないものを見ないですむように、はからいますから」フォレストが被害者家族になる可能性があり、いまはこうして協力的なので、わたしはこの男にはるかに同情的になっていた。

何度か呼び鈴を鳴らし、中で音が響くのが聞こえたが、そのあと強くノックした。応答はなかった。

「鍵を持っている」フォレストは言い、ドアを開錠した。

わたしは脇のホルスターから三五七マグナムを抜いた。「警察だ」暗い家の中に向かって叫んだ。「ミスター・マーチ、お兄さんがここにいてドアを開けてくれました。中に入りますよ」

「わたしはどうしたらいい？」フォレストは尋ねた。

「ポーチから下りていてください。大丈夫だったら知らせます」

わたしはドアの横の照明をつけ、それから五分間すべての部屋をチェックし、死体があるか襲撃者が潜んでいるかもしれないので、すべてのクローゼットを開け放った。家はからっぽだった。

最後に見たのは棟続きのガレージだった。最新モデルのキャデラック・エルドラド――豪華な外装の中にゴーカート並みのエンジン――が止まっていた。ポーチに出ると、フォレストが右往左往していた。

「遺体はありません」わたしは言った。「争った形跡も」

「いいニュースだ、そうだろう？」フォレストは聞いた。

「いいニュースは、弟さんがここにいて無事だという知らせでしょう。彼はいないし、まだどこにいるかわからない。ガレージのキャデラックは弟さんのものですか？」

「そうだ」

「別の車を持っていますか？」

「いや」

「では、車はここにあるのに彼はいない。それは不安材料です」

「なんてことだ」

「だが、言ったように血痕も押し入った形跡もありません。どうやらチェスターはリーをどこかへ連れていったが、生きたまま連れていったようだ。チェスターは金をほしがっていると思われるので、手にするまでリーを殺したりしないでしょう。彼はまだ金を手に入れていませんよね？　この家に現金や貴重品が詰まった金庫があったりしますか？」

「金庫はない。弟はロレックスの時計と宝飾品をいくつか持っているし、二、三百ドルの現金は置いている。もしかしたら千ドルぐらい。たいしたことはない」

千ドルと金の宝飾品がたいしたことはないとは思えなかったが、チェスター・マーチが慣れているライフスタイルを維持するのに充分とも思えなかった。彼はもっとでかい金額を求めているはずだ。「だったら、彼の行き先はわかりました」

「どこだ？」

これほど金持ちの男がどうしてこれほどばかなのだろう？　「金がある場所ですよ」わたしが言うと彼はうなずいたが、なにも答えなかった。フォレストは状況を理解しているふりをしているだけだ。「弟さんの金はどこです、ミスター・マーチ？」

「ああ。ファースト・テネシー銀行に預金してある。ダウンタウンの支店に」

よし。この情報があれば動ける。チェスターの居場所はわからないが、どこへ行くかは見当がついた。銀行の担当者に電話させて、リーの口座から高額の預金が引きだされていないか確認させるために、フォレストを家に入らせた。わたしは自分の車に戻り、手持ち無線機で、市内のファースト・テネシー銀行全支店に張りこみ、チェスター、リー、もしくはメタリックブルーのインパラに目を光らせるよう署に伝えた。

家に戻ると、フォレストが電話をかけていた。わたしは受話器をとりあげた。

「こちらバック・シャッツ警部補。そちらは？」

「ヴィクター・バートン。ファースト・テネシー銀行の金銭出納部長です」相手は答えた。

「そちらの顧客の一人、リー・マーチが行方不明になっていて、彼から金を強請《ゆす》ろうとしている何者かに拉致《らち》されたと信じる理由がある。昨日の午後以降、ミスター・マーチの口座からの引き出し、あるいは小切手の現金化はないですか？」

バートンが出納帳、もしくは口座の収支をたどるのに使っているものを調べているあいだ、わたしは待っていた。

「いいえ」バートンは言った。「少なくともたいした額はありません」

「それはどの程度確実なんです？」わたしは聞いた。

「われわれはここであらゆる取引の記録を把握しています。だれかが当行の別の支店で高額の引き出しをしたり、高額の小切手を現金化したりすると、そこの出納係はまずここに電話して、その口座の預金残高を確認し、取引を知らせてきます。少額なら小切手を現金化した書類を一日かそこいら遅らせることはあるかもしれないが、二百五十ドル以上ならどんな取引もこちらで把握しています」

「何者かがリー・マーチの個人口座、あるいは〈マーチ商事〉の法人口座から金を引きだそうとしたり、それらの口座から多額の小切手を現金化しようとしたりするかもしれない。この取引のために、その何者かはリー・マーチと一緒に支店へやってくるか、リー・マーチのふりをして一人で来るでしょう。あなたには、だれもそれらの口座をからっぽにできないようにしてもらいたい。そして、わたしはその男を見つけなければならないのです。金を手に入れれば、その男はきっとリー・マーチを殺して街を出る。もし彼が支店に現れたら、行員たちにできるだけ長く手続きを引きのばさせて、警察に連絡するように命じてください。援護のための警官が近くに待機しています。それから、ほかの支店に警告を出してください。わたしもじきそちらへ向かいますから」

電話を切って玄関を出ると、外の歩道を自分の車へ急いだ。フォレストは家の戸締りをしてから、ついてきた。

「これからどうするんだ?」彼は尋ねた。

「この家を見張る人員が到着するまで、ここで待ちます。それからあなたをオフィスへ送る。そこにもだれかつけましょう、チェスターがまた現れるかもしれない。仕事が終わったら、警官があなたをお宅までお送りします。チェスターがまだ逃走中なら、一晩中ご自宅の外に警官を配置します」

わたしは運転席にすべりこみ、フォレストは回りこんで助手席に乗った。そのとき、無線が鳴りだした。「メタリックブルーのインパラを追跡中。ナンバーはカリフォルニア。州間高速道路五五号線を南へ向かっている」

「車を降りて」わたしはフォレストに命じた。

「しかし——弟が」

「彼を取り戻すためにできることをやります。だが、あなたは一緒に来ないでください。安全ではないし、余分な体重で車の速度が遅くなる。応援を待ってオフィスへ戻ってください。なにかわかったらそこの警官にすぐ無線連絡します」

フォレストはしばしためらい、それから降りて車のドアを閉めた。わたしはバックで私道を出ると、州間高速道路二四〇号線の入口へ向かった。追跡中の警官たちからは十分の遅れをとっている。つまり、チャレンジャーなら六分で追いつけるということだ。運よく、道はすいていた。わたしはギアを上げ、四四〇シックスパック・エンジンが咆哮《ほうこう》を上げた。あのくそ野郎を捕まえてやる。

＊

〈アメリカの正義〉――放送の文字起こし

チェスター・マーチ「わたしの家族の過去はちょっとばかり複雑なんだよ。検事たちと話せば、わたしがいとこを誘拐して金を強請《ゆす》りとろうとしたと言うはずだ。でも、伯父といとこたちが父とわたしになにをしたかは言おうとしないだろうね」

カーロス・ワトキンズ「オーケー、わたしに聞かせてください」

マーチ「祖父は綿花を栽培して織物業者に売る事業を始め、成功していた。しかし戦後、ミシシッピの綿花栽培はもはやもうからなくなり、輸入した綿花を売るのが景気のいい商売になった。祖父が死んだあと、伯父はわたしの父をだまして同族会社のお荷物の部門を受け継がせ、おかげで父は負債だらけで業績不振の農業方面に縛られた。一方、伯父の商売は運送業で栄えていったんだ」

ワトキンズ「わたしの知るところでは、お父さんが亡くなったとき、あなたは綿花栽培事業を数十万ドルで清算している」

マーチ「わたしが継ぐべき本来の遺産のほんの一部だよ。あなたがわかっていないのは、一九七六年にはいとこたちはひじょうに裕福で、伯父が父をだましてわたしの生得の財産を奪ったせいで、わたしは困窮していたことだ。わたしがしようとしたのは、その不公平をただすことだった。公正さを求めていたんだ。わかるかな？」

ワトキンズ「わかると思います」

マーチ「いとこのフォレストはわかってくれなかった。わたしが行って彼の金の一部はじっさいはわたしの金なんだと説明したとき、ギャンブルの問題でも抱えているのかと彼は聞いて、一緒に教会へ行かないとだめだと言った。人間がこれほど強欲であると同時に信心家ぶることができるなんて、思えないだろう。でも、いとこたちは根っからの悪人なんだ。もう一人のいとこリーのところへ行ったとき、わたしにはもう少し説得力が必要だった」

ワトキンズ「あなたは銃を突きつけて彼を拉致した」

マーチ「いいかね、理解してほしいポイントは、彼らが先にわたしのものを盗んだということだ。帽子をぬいで頭を下げて物乞いしなくてはならない状況に、好んで陥《おちい》ったわけじゃない。無理じいしなければならない状況に進んでなったわけじゃない。わたしは被害者なんだ。どうしようもなくてリーの顔に銃を突きつけた、彼と彼の兄と二人の父親が、わたしにした仕打ちのせいだ。伯父に裏切られなければ、わたしの父はもっと長生きしただろう。きっと多くのものごとが違っていたはずだ。そのことをうんと考えるよ、こんな場所に何十年もいればね。自分をだまし、踏みにじった人々全員のせいで、こんなところで人生を終えるはめになった」

ワトキンズ「バック・シャッツが現れたときの話をしませんか」

マーチ「わたしはリーの身分証明書と銀行元帳を持っていた。彼は当座預金口座に二十五万ドル入れていた。当座預金口座に。一九七六年にだよ。もちろん、家などの不動産や個人年金積立て口座や証券取引口座や〈マーチ商事〉の株は別にして。その金をわたしにくれればよかったんだ。それでもリーはまだ裕福で、すべて丸くおさまっていたはずだ。

ところが彼には聞きわけてもらえなかった、それで、本来自分の所有するものを手にしたいなら、無理にでもとるしかなかった。リーとわたしは外見が似ていたので、片田舎の支店だったら本人だと言っても通用してそこから金を引きだせると思ったんだ。だから、預金の全額を振りだす小切手を書いて彼に署名させ、現金化しようとした。

出納係たちはたちまちわたしを疑ってかかった。一人が窓口からこっそり離れて奥のオフィスへ行ったので、電話するつもりだとピンときた。支店長は手元にそんな大金はないから、別の場所から輸送してくるまで待ってくれとか、たわごとを言っていたよ。わたしを足止めしているとわかったし、リーの失踪がすでに気づかれているのではないかと思った。だから、入口から外へ走りだした。そうしたら、州間高速道路に乗る入口に着く前に、バックミラーに閃光灯がたしかに見えた。あと一分半留まっていたら、銀行で捕まっていただろう。だが、わたしは彼らのやり口に気づいていたし、リードを保っていたし、速い車で州間高速道路五五号線を南下していた。ミシシッピ州へ渡る橋まであと十五分で、パトカーはわたしのはるか後方にいた。地元の警察は州境を越えてまで追ってこないと知っていたので、逃げられると踏んだんだ。

そのとき、あの音が聞こえた。最初は低く重い音で、近くなると轟音《ごうおん》になって、サイレンの音を圧倒するほどだった。あまりにも大きな音なのでヘリコプターで追ってきたのかと思ったが、バックミラーをチェックするとダッシュボードに青の閃光灯を置いたダッジが見えたんだ。たぶん時速九十マイルは出していたのに、こっちが止まっているかのように相手は距離を詰めてきた。あなたぐらいの年齢の人がそういう車を見たことがあるかはわからない。スポーツカーだが、でかくて——全長十五フィートはあった——ばかでかいエンジンを搭載していた。醜怪で非実用的で空気を汚染し、音がうるさい。ある種の男を惹きつける車なんだよ。

フロントガラスに反射する光で見えなかったにもかかわらず、運転しているのがだれなのかわかった。

彼はわたしの横につけると、もう窓を下げていた。これからなにをするつもりか、決めていたからだ。車を脇に寄せろと合図してきたが、川を渡る橋はもうすぐそこだった。わたしはアクセルを踏み、インパラに全速力を出させた。そして彼の前に入りこんだ。猛烈なスピードだったので、まっすぐ走らせるためにハンドルにしがみついていた。路面にひび割れかでこぼこがあったら、車はスピンしていたか、ひっくり返っていただろう。

しかし、ダッジはわたしの車よりずっと速くて、また並んできた。そして彼はまっすぐこっちを見て、手を振ったんだ。時速百三十マイルで飛ばしながら、ハンドルから片手を離して手を振った。わたしの努力はすべて無駄だ、わたしが行きたくてもミシッピ州は月と同じくらい遠い、そしてわたしに残された自由な時間はあと数秒だ、と知らせるために。そして彼は銃を手にして発砲した。

あなた、撃たれた経験は、カーロス？」

ワトキンズ「いや、チェスター、ありません。どうしてそんなことを聞くんですか？」

マーチ「気にさわったら失礼。無礼を許してほしい。こういうところにいるから少し錆びついているんだよ。むろん、礼儀正しい社会で聞くにはおかしな質問だった。ときどきそれを忘れてしまう、なぜならわたしが会う人たちのほとんどは、ある時期に一度は撃たれているから。白人にしても黒人にしても、肌が紫の水玉模様になっていてもね。ここでは、看守たちでさえ荒れた生活をしてきたタイプなんだ。さもなければ、神に見捨てられた地獄で働きはしないだろう。それにずっと戦争がなくならないし。大勢の人が撃たれた経験があるんだ」

ワトキンズ「わたしはダートマス大学へ行き、それからナショナル・パブリック・ラジオで働いています。だから、撃たれたことは一度もない」

マーチ「それなら、どんなだか教えてあげよう。痛いと思うだろうね、ところが痛くないんだ。正確には違うな――少なくとも最初は痛くない。神経が、その種の精神的外傷をどう受けとめたらいいかわからないんだ。鋭いナイフで深く切ったときよりも、足の爪先をぶつけたときのほうが痛いのはわかる?」

ワトキンズ「ええ、それならわたしの経験の範囲でもありますよ」

マーチ「そうか、撃たれるというのはボクシンググローブで殴られたときの感じと似ているんだ。なにが起きたのか、どのくらいダメージを受けたのか、すぐにはわからない。とくにアドレナリンが痛覚を鈍くしているからね。軽傷の場合は、肉体が衝撃を受けてそのときしていることがなんでも、あなたはやめるだろう。ところが、ほんとうに重傷だと、肉体は反撃や逃亡を妨げることはさせない。進化だかなんだかのせいで、そうなるんだ。

最初は、自分が撃たれたとも思わなかった。シャッツは三度発砲して、一発はフロントガラスを砕き、一発はドアに当たったのがわかった。そのあと左腕の二頭筋の真ん中に圧迫を感じたんだ。でも、とくに痛くなかったので、腕が動かなくなって初めて撃たれたと知った。片手ではそのスピードで運転を続けられなかった、そしてわたしは車を制御できなくなった」

ワトキンズ「彼はあなたを殺せたかもしれない」

マーチ「殺そうとしていたよ、少なくとも逃げられさえしなければわたしが生きようが死のうが、かまっていなかった。あんなふうに発砲したシャッツを訴えるか、個人的な苦情を申立てるかしたかったんだが、話をしたどの弁護士にも彼にはその権利があると言われたよ。

わたしは車のコントロールを失ったが、タイヤをスピンさせてハンドブレーキをかけるだけの落ち着きはあった。さもなければ、おそらく死んでいただろう。中央分離帯は草の生えた溝みたいなものだった。車は泥の中をすべって、一度回転した。窓が割れ、ガラスの破片が降ってきて、ダッシュボードはへこみ、わたしは激しくハンドルにぶつかった。車の残骸から這いだすと、シャッツがこちらへ走ってくるのが見えた。彼の動きはやはりぎくしゃくしていたが、足は速かった。わたしの腹のど真ん中に後ろ蹴りを入れ、それでわたしは息ができなくなって地面に伸びたんだ」

ワトキンズ「あなたのいとこのリーはどうなったんです?」

マーチ「リーは車のトランクの中にいた。彼はかなり幸運だったと思う。ダメージの大部分は車のフロント部分だったから。トランクの中で、ちょっとあちこちぶつかった程度だ。片腕を折ってあばらの何本かにひびが入ったが、治ったよ。

自分がいとこにしたことが正しかったとは言っていない。彼がまだ生きていれば、謝罪する。だが、わたしの行動は一連の事情を汲んだ上で捉えられるべきだと思わないか? 家族の過去の事情。わたしが不公平な扱いを受けた事情。とにかく、わたしがやった誘拐や窃盗や死体損壊など——状況のせいでしかたなくやったこと——で有罪になったのなら、ずっと前に釈放されていてしかるべきだ。自白していなければ、殺人で有罪になってはいなかった。

そして拷問されていなければ、自白などしていなかった。わたしがいまだに刑務所にいるのは、独房にいるのは、そして死刑に直面しているのは、バック・シャッツがあの取調室でやったことが原因なんだ」

23

チェスターは、窓のない取調室のスティール製の椅子にすわった。前のスティール製のテーブルの中央には大きなクリスタルの灰皿があり、吸い殻が五、六本入っていた。ここにあるべきではないものだが、最後にこの部屋を使った刑事が残していったのだろう。わたしは煙草を吸いたくてたまらなかったので、灰皿の臭いだけで欲求不満に負けそうだった。

室内は寒くないのに、チェスターは震えていた。かなりひどいありさまだった。救急医療士に状態を確認させ、腕の銃創に包帯をさせたが、ひびの入ったあばら骨にテーピングをし、銃弾の穴を縫ってもらうには医者が必要だった。だが、時間がたたないうちに、そして彼の感情がまだ昂《たかぶ》っているうちに、わたしはまず尋問したかった。治療を受けさせるのが二時間ぐらい遅れてもたぶん彼は死にはしないと思い、もし死んだら、まあ、ひじょうに残念だし、われわれは心からうしろめたく感じるだろう。

七〇年代半ばの市警の方針では、容疑者を取調べるときはかならず二人の刑事でやることになっていた。そうすれば、容疑者が裁判で供述をひるがえしたり、違法な扱いを受けたと主張したりしても、刑事たちはおたがいの証言を裏付けられるからだ。わたしとチェスターと一緒に部屋にいたのはモリス・ベントリーという男だった。ベントリーは多くの点でわたしとは逆だった。長身で金髪。名門出身、WASP、穏やかな性格。

ベントリーは捜査のときにはちょっかいを出してほしくないやつだったが、容疑者を尋問するときにはわたしは彼に頼むようになっていた。なぜなら、取調室でわれわれはうまく相手を生かすことができたからだ。わたしはときには犯罪者と親密な関係を築くのに苦労する。とくに、逮捕にあたって相手をぶちのめしていたり、撃っていたりする場合だ。ベントリーが同席していれば、わたしはうなったりどなったり足音も荒く歩きまわったりでき、容疑者はわたしの怒りをなだめる役としてベントリーに依存するようになる。そして、ベントリーはその信頼を利用して供述を引きだすのだ。一方で、ベントリーは物理的な脅しをかけるのは苦手だった。彼は自分の手をよごすのを好まず、容疑者のほうはそれを感じとって弱さと見なす。壁に何度か叩きつけてやる必要のある容疑者をベントリーが相手にするときは、わたしが彼のためにその役を買ってでる。

これがどんなに効果的か、一例を挙げよう。わたしはチェスターに背中で手錠をかけようとする。取調べ中はひどく痛むはずだ。だが、ベントリーが前でかけるようにわたしを説き伏せる、そうすれば、ミランダ警告による権利の放棄書にチェスターは署名できるから、と。わたしはなるほどと認めざるをえない。

しかし、ベントリーもまた脅しをかけることができる。彼の顔は体制を象徴する顔であり、冷たく堂々とした態度を装《よそお》って、自分たちは彼のような外見の、共感も憐《あわれ》みもなく容疑者たちの運命を決める人々のなすがままなのだ、と彼らに思い出させる。ベントリーのかける脅しはわたしのそれより直接的ではないが、たぶん余計に彼らをぞっとさせるはずだ。ベントリーと同じ部屋にいると、容疑者たちはいつでも打ち捨てられ、忘れ去られると思い知らされる。

わたしたちの責任分担はこうだった。白人の容疑者を取調べるときはベントリーがいい警官を演じる。容疑者は彼を、短気な異邦人の攻撃犬をリードにつないでおいてくれる、安心で権威のある対象として見る。黒人の容疑者を取調べるときはわたしがいい警官を演じる。容疑者はわたしを、ベントリーの感情に動かされない判断から自分を守ってくれるかもしれない同情的なユダヤ人として見る。チェスター・マーチの場合、わたしはあきらかに悪い警官でベントリーは完璧ないい警官だった。

「あなたには黙秘する権利がある」ベントリーはチェスターに告げた。「供述はすべてあなたの不利な証拠として採用されることがある。あなたには弁護士の立ち会いを求める権利がある。弁護士を頼む余裕がない場合は、公選弁護人を用意する。自分の権利を理解したか?」

「ええ」チェスターは答えた。

「弁護士と話をしたいなら、いまそう言ってくれれば、この場での会話は終わりだ。だが、そのあとすぐにシャッツ刑事があなたを第一級殺人で告発する書類の作成にとりかかる」

「どうぞ弁護士を呼んでくれ」わたしは言った。「おれたちはあんたを現行犯で逮捕した。イヴリン・デュラーを殴り殺した血のついた火かき棒が前庭に埋めてあったのを見つけた。凶器からはあんたの指紋が検出された。隣人のジョン・クリフトンは、溶けていく死体の悪臭が通りに漂いはじめてから五、六日後にあんたがあの家に入るのを見ている。彼は写真の面通しであんたの顔を確認し、あんたの車を正確に描写した。いとこのリーも、あんたが自分を誘拐して金を奪おうとしたと証言する用意がある。おれはあんたをすぐさま死刑囚監房へ送りこんでやれるし、もう一言だって話を聞く必要はない」

取調べに入る前に憲法上認められている権利を容疑者に知らせなければならないと、最高裁は定めている。だが、裁判所が定めている警告以外、われわれは容疑者にほんとうのことを教えてやる義務はない。じつは、警察は火かき棒からだれの指紋も検出していない。観察力が鋭いわけではないジョン・クリフトンは、白人の写真を並べた面通しでチェスターを選べなかった。それに、わたしはまだリーの供述をとっていない。回復する見込みだが、彼はまだ病院で鎮静剤を打たれて眠っている。リーは本物の人間で、目と入れ歯のついたクソのかたまりであるチェスターとは違う。だから、リーの医療的な処置が捜査より優先されたのだ。

つまり、われわれにはどうしてもチェスターの供述が必要だった。もし彼がしゃべらず弁護士を立てたら、地区検事はわれわれの証拠を見て、第二級殺人として司法取引を持ちかけるだろう。そうなると、禁固十五年で十年後には仮釈放の資格ができる。そんなのではだめだ。やったことを考えれば、チェスターには電気椅子にすわってもらう必要がある。

「シャッツ刑事、最後に会ってからずっと、ここでわたしを待っていたのか?」チェスターは尋ねた。

彼はわたしに向かって微笑した。彼の歯は欠け一つなく、事故でも損なわれていなかった。磁器のインプラントは骨よりも硬いのだ。だが、本気で探せば折ってやれる道具が見つかるはずだ。レンチかな。

「二十年前にあんたを撃っておくべきだった」わたしは答えた。

「まあ、今日撃ったじゃないか」

「頭を撃ってやるべきだったよ。あんたの父親は死に、あんたの金はなくなり、残っている唯一の親族はいとこたちだけだが、目下あんたはあまり好かれていないようだな。この世であんたを好きな人間はだれも残っていないんだ、チェスター。その身になにが起きてもおかしくないし、気にする人間はだれもいない」

ベントリーはわたしの肩にぐっと手を置いた。「ちょっと控えたまえよ、シャッツ刑事。

いまのは容疑者への話しかたとして適切ではない」

チェスターはわたしにしたりげな笑みを向けた。傷ついた顔と、卑劣で凶悪なクズ野郎として二十年間過ごした皮膚科学的な影響をもってしても、初めて会ったときの、白いサマースーツを着てラム入りカクテルを飲みながらポーチにすわっていた彼と、まったく変わっていないのがわかった。こいつはまたやろうと企《たくら》んでいる。わたしの街で女性を殺し、逃げおおせてやろうと考えている。わたしは警棒に手を伸ばしたい気持ちを抑えるために、関節が白くなるほどテーブルの端を握りしめた。

「コーヒーかなにかもらえるかな？」チェスターはベントリーに聞いた。

「もちろん。バック、ミスター・マーチにコーヒーを持ってきてくれないか」

「冗談だろう」わたしは言った。

「ミスター・マーチはコーヒーをご所望なんだ。われわれは礼儀正しく彼と対話したい。礼儀正しくできない理由はないだろう、バック？」

「ばかげている」わたしは言い捨てて、足音も荒く部屋を出た。

このやりとりはリハーサルずみだった。この手の取調べではすべて、ベントリーがわたしより上位にいると容疑者に示す機会を設けるようにしている。そうすれば、わたしから守ってもらうため、容疑者はベントリーに気に入られようとする。ほんとうのところは、わたしのほうがベントリーより階級が上で、だれからも指図を受けないキャリアの立場にいた。しかし、これがたんにいつもの取調べ上のテクニックだとわかっていても、チェスターの前で注意されるのは頭に来た。自分が一九五五年のあの狭苦しいオフィスに戻ったように感じた。ヘンリー・マクロスキーの臭い息を嗅いで、一般的にわたしより社会的に上と見なされているKKKの田舎っぺどもによって、解雇されるかもっと悪いはめに陥《おちい》るのではないか、と考えていた、一九五五年に。

廊下を歩いてコーヒーポットの前まで行き、ブラックコーヒーを二つのカップについで取調室へ戻った。カップの一つをドンとチェスターの前に置くと、少しこぼれた。もう一つはベントリーに渡した。わたしはほしくなかった。煙草が吸いたくて、灰皿の中の吸い殻の臭いで頭がおかしくなりそうだった。ジューシーミント二枚を口に押しこみ、嚙《か》みはじめた。

「あなたが深く悔いていることを示せば――人間性の発露というわけだが――死刑を求めないように地区検事長を説得してみよう。われわれがどうしても知りたいのは、マージェリー・マーチの遺体のありかだ」ベントリーは言った。

チェスターは義歯を閃《ひらめ》かせた。「わたしが知るわけがないだろう?」

ベントリーは身を乗りだして穏やかに続けた。「あなたはすでにイヴリン・デュラー殺害で第一級殺人に問われる可能性が高い。溺れかけているんだよ。わたしは救命具を投げてあげようとしている。自分が完全に救いようのない人間ではないと、証明してくれ」

わたしは笑いだした。「見込み薄だな」

「黙れ、バック」ベントリーは制し、チェスターに向きなおった。「マージェリー・マーチの家族は二十年間悲しみのうちに過ごしているんだ。彼らの願いは一つ、娘の遺骸をナッシュヴィルの家族の墓に葬ることだ。あなたがその役に立てるなら、本物の後悔を示すことができるなら、わたしは検事のもとへ行って求刑を軽くするように頼んでみよう」

長い沈黙があり、そのあいだこの人殺しは自分の行為と、良心の呵責《かしやく》もしくは悔恨を示す機会について考えているようだった。やがて、チェスターは笑いはじめた。「たいへん楽しかったよ、きみたちのこのちょっとしたショーを見られて。きっと二人とも、相手のことが好きじゃないに決まっているな。責めないよ。きみたちはお間抜け二人組だ。わたしもまたきみたちが好きじゃない」

「くそったれ」わたしはテーブルの上の重いクリスタルの灰皿をつかみ、チェスターに投げつけた。銃創と手錠のせいで、彼はすばやく腕を上げて頭をかばうことができなかった。灰皿の角が額のど真ん中に命中した。彼の頭蓋骨に当たって灰皿が割れるかと思ったが、床に落ちたときでさえ壊れなかった。チェスターは前向きに倒れ、こんどは頭をスティール製のテーブルにぶつけ、椅子から横にすべり落ちた。

「ちくしょう、バック」ベントリーはうなった。「いったいいまのはなんだ?」

「さあな。尻もちをついたんじゃないか? 尻もちという言葉で合っていたかな? そうらしい。いまのは尻もちだ」

「死んだのか？　彼を殺したのか？」

わたしは身を乗りだしてテーブルの下のチェスターを見た。「いいや、息をしている。たぶん大丈夫だろう」

「この男を医者に診せないと」

わたしはチェスターの腕の下に手を入れて持ちあげ、椅子に戻した。「だめだ。自白させるんだ。彼にとって最善なのは魂の重荷をとりのぞくことだよ。供述を終えるまで、部屋からは出さない」

ベントリーはネクタイをぐいとゆるめて襟《えり》のボタンをはずした。「なんてことだ、バック。頭に打撃をくらって、こんなふうに動かなくなるのは初めて見た」

チェスターの顔はかすかに痙攣《けいれん》していた。

「じきに気がつくさ」わたしはチェスターの頬を軽く叩いた。「起きろよ、くそ野郎」

チェスターのまぶたが震えた。「なにが起きた？　どこだ――ここはどこなんだ？」

「女房のマージェリー・マーチをどうした、チェスター？」わたしは尋ねた。

彼はだれだかわからないようにわたしを見た。「父の土地だ。綿花畑の端に沿って木立がある。そこに埋めた」

「ちょっと待て」ベントリーが言った。

「問題にするつもりか？」わたしは尋ねた。

「権利放棄の意思表示をさせる必要がある。チェスター・マーチ、あなたには黙秘する権利がある。供述はすべてあなたの不利な証拠として採用されることがある。あなたには弁護士の立ち会いを求める権利がある。自分の権利を理解したか?」

「したと思う」チェスターは答えた。彼の左目の瞳孔は大きく開いていた。右目の瞳孔は針で突いたように小さくなっていた。上唇はぴくついていた。

ベントリーはミランダ警告権利放棄書を出し、テーブルの上をチェスターの前にすべらせた。「これに署名してくれ」

チェスターはペンに手を伸ばし、手錠をかけられているのに気づいて驚いたようだった。

「これはなんだ? どうなっているんだ?」

わたしは手錠をはずしてペンを持たせてやった。彼は震える細長い書体で署名した。

「さて、最初からいこうじゃないか。あんたはなぜ黒人の娼婦セシリア・トムキンズを殺した?」

*

〈アメリカの正義〉——放送の文字起こし

カーロス・ワトキンズ(ナレーション)「シャッツ刑事のせいでいかにチェスターの権利が

侵害されたかおわかりいただくには、まず皆さんはこの権利がどういうものか理解する必要があります。そこで、エド・ヘファナン教授に説明してもらいましょう」

エドワード・ヘファナン「そう、被疑者の権利についてですね？　あなたも視聴者の皆さんも、すでにどういうものかご存じだと思います。テレビドラマの『ロー&オーダー』でだれかが逮捕されるたびに言われているでしょう？」

ワトキンズ「あなたには黙秘する権利がある。供述はすべてあなたの不利な証拠として採用されることがある、ですね」

ヘファナン「そうです。続きを知っていますか？」

ワトキンズ「弁護士の立ち会いを求める権利がある。ええと……弁護士を頼む余裕がない場合は、公選弁護人を用意する、でしたっけ？」

ヘファナン「ええ。憲法修正第五条は、自己負罪拒否特権を保障しているんです。無理やり自白させられて、強要された自白が裁判で証拠として使われないようにするためです。そして修正第六条では、弁護士に相談する権利を保障している。被疑者が適正な手続きを踏まずに有罪にされるのを防ぐためです。自己負罪拒否特権は、供述を引きだすまで警察側にきびしい扱いが可能なら、あまり役に立ちません。ですから被疑者が弁護士を要求した時点で、弁護士の助言を得られるまで警察は取調べを中止しなければならないのです。一九六六年に、ミランダ対アリゾナ州の裁判で、被疑者は取調べの前に権利を知らされなければならないと最高裁が判断を下している。あのケースが、警察が例の警告をしなければならない理由です。あれが大いに役立っているというわけではないが」

ワトキンズ「どういう意味です？」

ヘファナン「だれでもミランダ警告をテレビで百万回は聞いている。だから警察は暗唱し、人々は一つの形式にすぎないと思ってしまう。ｉＰｈｏｎｅのソフトウェアをアップデートするときにあなたがタップする、細かい注意書きみたいなものだと。警察がミランダ警告を述べるとき、理解したかどうか相手に尋ねます。みんなが理解したと答えます。しかし、その意味をほんとうに理解していたら、供述はすべて不利な証拠として採用されることがあるとわかっていたら、話をする被疑者はずっと減るでしょう。

取調べのためにすわらされると、警察は被疑者の権利がはるかに細かく書かれた書類を渡します。弁護士を要求すればいつでも取調べをやめられる、とそこには書かれている。そして警察は言うのです、そういう権利を放棄するために署名しろと」

ワトキンズ「どうして人々は憲法で保障された権利を放棄するんでしょう？」

ヘファナン「裁判所が義務づけた警告を被疑者たちに与えたら、警察は嘘をつくことができる、操ることができるのです。彼らは厄介なはめになっていて、警官は唯一の友人だ。自分たちはたんにちゃんと処理したいか、そちらの言い分を聞きたいだけだ。助けてあげたいが、みずからを助けるためには供述してもらわなければならない。過酷な裁判官、あるいは刑務所でレイプする囚人、あるいはほかの警官とのあいだに立ってあげられるのは、取調べる自分たちだけだ。警官は言うのです、おまえの友だちは裏切る、逮捕を免《まぬが》れる唯一のチャンスは先に友だちを裏切るしかない、と。しかし容疑者にわかっていないのは、警官はいろいろ聞くが決してなにも差しださないという点です。なぜなら、証言と引き換えに免責を与えることは警官にはできないから。警官は司法取引を申し出ることはできない。そういうのはすべて検事の裁量なんですよ。被疑者が権利を行使して弁護士を呼べば、助けることはできないと警官は言うでしょう。しかし、どのみち彼らには助けられないし、助けたいとも思っていない。ほしいのは自白だけです」

ワトキンズ「だったら、いつ警官に話すべきなんです?」

ヘファナン「ぜったいに話すべきではない。そう、自分が被害者ならいつでも話していい。犯罪、とくに暴力的な犯罪を通報する被害者にためらってほしくはありません。だが、なにかやってしまったら、あるいはなにかやったと警察に思われていると考えるなら、口を閉じているべきだ。ミランダ警告を聞いたら、黙ることです。黙って弁護士を呼ぶことです」

ワトキンズ「では、チェスターはどうして権利を奪われたのでしょう?」

ヘファナン「複数の殺人を自白した際、チェスター・マーチが頭部に重傷を負っていたのは明白です。けがは取調べ中シャッツ刑事に負わされた、とチェスターは断言している。シャッツともう一人の証人である刑事は彼の主張に異論を唱えていますが、逮捕を逃れようとしたチェスターがスピードを出しすぎて自動車事故を起こしたこと、医師がそのけがを治療する前に取調べがおこなわれたことは認めています」

ワトキンズ「そして裁判官は、チェスターに不利な供述の採用を支持したんですか？」

ヘファナン「取調べのときチェスターはとくに痛がってはおらず、その前に救急医療士の充分な応急処置を受けていて、修正第八条に違反してはいないと州は主張しています。

取調べにあたり、チェスターは妻のマージェリーを父親が所有していたミシシッピ州の農地の木立に埋めたと話した。チェスターの供述に基づき、警察は現場を掘って人骨を発見した。遺体発見に至った殺人犯の自白を見過ごす裁判官は、まずいません。被害者の遺体から採集された証拠を憲法違反によって除外しなければならない事態を避けるために、裁判官は合理性の限界まで事実をねじ曲げるし、ときには一線を越えるんですよ。

テネシー州最高裁は、チェスターが脳の損傷を受けているのを刑事たちは知らなかったので、ただちに医療的処置を受けさせる義務はなかったし、彼を尋問して供述をとるにあたって不適切なふるまいはなかった、と裁定している。逮捕時に酩酊していたりドラッグの影響下にあったりした容疑者が、自分のダメージとなる告白をして、その告白が不利な証拠として認められたケースと同様である、と最高裁は判例を引いています」

ワトキンズ「そのことをどう思います？」

ヘファナン「頭部に深刻なけがを負った被疑者を尋問するのは、本人が自発的に摂取したものの影響を受けている被疑者を尋問するのと類似しているとは、思いませんね。取調べ中に、けがをした被疑者の治療を遅らせるのは残酷だし異常であると考えます。そして、バック・シャッツの暴力的行為のきわめて長い記録に照らして、事故当時より尋問中に自分は頭のけがに苦しんだというチェスターの主張を、法廷は充分に考慮しなかったと思います。

しかし残念なことに、こういった問題はいまなに一つ議論されていない。死刑執行の予定日まであと数日しかありません。そしてわれわれが法廷に訴えているのは、州がチェスターにおこなおうとしている致死薬注射の合憲性です」

ワトキンズ「チャンスはどのくらいあると感じていますか?」

ヘファナン「わたしは楽観的ですよ。おそらくバック・シャッツ以外は、だれもこの死刑を望んでいないでしょう。最新の口頭弁論で、チェスターのような高齢者にこういう薬品がどんな影響を及ぼすかわかっているのかと、判事たちは州に鋭い質問を投げかけている。そういった質問に対して、州は説得力のある答えをしていないと思います。われわれは死刑執行の延期を勝ちとれるはずです」

ワトキンズ「わたしもそう望んでいますよ」

第五部　二〇一一年——アメリカの正義

24

「お会いできて嬉しいですよ、ミスター・シャッツ」ドクター・ピンカスは診察室のドアを開けながら言った。

「おれも同じことが言えたらいいんだが」わたしは歩行器を押して彼の横を通り、ソファへ向かった。もう椅子にすわろうという気もなかった。ピンカスとは週二回会っており、これが七回目のセッションだった。ここへ来るのは必ずしも好きではなかったが、ほかに行くところがあるというわけでもない。ガス・ターニップとランチ・ブランチに参加するよりは、ピンカスに会うほうがいくらかましだと思うからだ。

「ローズとの関係はどうですか?」ピンカスはデスクの引き出しから灰皿を出し、天井の換気扇を回した。

「普通だ」わたしは答えた。てのひらの上でラッキーストライクの箱を叩き、出てきた一本を抜いた。口にくわえ、ライターで火をつけた。「例の話を二人でして以来、ちゃんと話しあっているとは思えない。だが、ウィリアムが毎日三十分ぐらい顔を出してくれる。もうじき司法試験を受ける予定で、ほとんどの時間を勉強にあてているんだが、かならずおれたちに会いにくる。孫は勉強以外ほんとうになにもしていないし、おれたちもなにをしているというわけでもないから、話題はないんだ。でも、毎日姿を見せるよ。彼がまだ街にいる唯一の理由は、ローズの病気だ。ウィリアムは女房の決断をあきらかに知っているが、そのことを彼に話した覚えはない。だから、おれがいないときにローズが話したか、おれがいたとしても覚えていないんだろう。ウィリアムが気にかけてくれるのはありがたいが不吉な感じがするんだ、あまり時間が残されていないのを孫が知っているみたいで」

ピンカスは灰皿をコーヒーテーブルに置いてから、椅子に腰を下ろした。きどった革綴《かわと》じのノートを、ばかげたモンブランのボールペンでトントンと叩いた。「この問題に向きあいはじめてから、あなたの記憶力は改善しましたか？」

「どうかな。よかったり悪かったりだ。まだときどき起きていることを忘れてしまうが、なにかの拍子で記憶が刺激されて思い出す。もう、なにもかも初めて聞いたと思うことはないよ。たぶん、あんたと話したおかげじゃないだろう。おそらく、繰り返し見聞きするせいで浸透したんだ」

「おそらくね」ピンカスは言った。「しかし、初めて会ったときあなたは状況はよくならず、すべてが坂を転げ落ちていくようで、失われたものはもう戻らないと話していた。いまもそう信じていますか、バック？」

「女房は死にかけている、そして息子は死んだ。おれの将来の展望はたいして変わっていない」

ピンカスはノートになにか書きこんだ。わたしは彼を見つめながら煙草をふかした。書きおえると、ピンカスは顔を上げた。「あなたがローズを連れずにここへ来たのは二度目ですね。先週、なぜ奥さんは来ないのかと聞いたら、彼女は忙しいからとあなたは答えた。わたしは信じませんでした」

「来ないようにあれに頼んだんだ」わたしは言った。

「そのことが奥さんは気に入らなかったのでは？」

「おれがこの診察にまだ通っているのを喜んでいるとは思う。だが、置いていかれたのは不本意だろうな」

「どうして奥さんにここにいてほしくないんです？」

「女房の決断に賛成していないからだ。おれは怒っているし、悲しんでいるし、そのことを話したくない」

「現状に対するあなたの気持ちのせいで、奥さんに重荷を負わせたくないんですね」

わたしはうなずいた。「ああ、そんなところだ」

「こうして自分の気持ちに対処することで、あなたはストイックな気分になっていると思いますが、あなたが自分一人で対処しているあいだ、奥さんが彼女一人で対処しなければならないのを、考えたことがありますか？　あなたは彼女の肩から重荷を下ろしてあげてはいない。この困難なときに、遠く離れてそばにいないことで、奥さんの悲しみを倍増させている」

わたしは吸っていた煙草をもみ消した。「そういう言いかたをされると、おれはあまりいいやつには聞こえないな」

「では、この困難な状況にどう立ち向かうか、考えなおすべきなのでは？　ブライアンが亡くなったあと、自分がローズから遠ざかったと思いますか？」

「その話はしたくない」わたしは別の煙草に火をつけた。

「そうであれば、わたしもこれ以上はお話ししたくないですね。いまのやりかたで彼女を楽にしてあげていると思いますか？」

「自分を楽にしているだけだろうな。いまとは別の方法をとることに、どうしたら耐えられるかわからない。それについて話さないかぎり、おれは感情を抑えていられる。自分が取り乱してしまったら、だれにとってもいいことはないだろう」

「事態をただ悪化させていたら、あなたは決して乗り越えられませんよ」

「どのみち乗り越えないよ。ブライアンを失ったことをどう乗り越えろというんだ？　ローズを失うことを？　こういう喪失を過ぎたことにしろというなら、いったいおれはどうしたらいい？　あんたは間違っている。ものごとは前より悪くなっていって取りかえしはつかない、そしてどんどん悪くなりつづける。残されたわずかな年月を、おれは毎日苦しむだろう。

そしてみじめに死ぬだろう。それを四六時中嘆くことになんの意味があるのか、わからない」

ピンカスはまたノートに書きこんだ。なにを書いたにしろ、それに満足すると目線を合わせてわたしを見た。「あなたはローズにみじめに死んでほしいですか、バック？」

「そんなことはない、わかっているだろう」

「では、そうならないためになにをするつもりです？」

わたしは二本目の煙草をもみ消し、すぐ三本目に火をつけた。「わからない。そっちに提案はあるのか？」

ピンカスはばからしいボールペンをばからしいノートの表紙に留めると、ばからしいコーヒーテーブルの上に置いた。「遠ざかって閉じこもっているのは、あなたが苦痛に耐えるにはもっとも簡単な方法だが、ローズにとって状況が楽になるとは思えない。あなたのゴールは、こういうものごとについてローズと話せるようになることでなければ。そして思うに、あなたがそうなるのが早ければ早いほど、だれにとってもいい結果になるでしょう」

「テキーラが街を出ていったらそうするかもしれない。あれは明日おれたちをナッシュヴィルへ連れていく、そのあとニューヨークへ帰るだろう」わたしはさらにもう一本の煙草に火をつけた。「気をまぎらわせてくれる孫がいなくなったら、おれたち夫婦はこれに向きあわなくちゃならないな」

「死刑執行に立ち会うためにナッシュヴィルへ行くんですか？」

「ああ。最高裁か知事が邪魔しなければ、おれたちはチェスター・マーチが死ぬのを見にいく」

「じつは、わたしはカーロス・ワトキンズのラジオ番組を聴いているんですよ」

わたしは鼻を鳴らした。「それはそれは。あんたもおれは彼と話すべきだと思うか？」

「どうでしょう。ネットは議論で沸いていますよ。カーロスはチェスターをちょっと信じすぎていると考える人々もいるが、あなたの行為によってチェスターの有罪判決はくつがえされるべきだという意見が大多数です」

「そいつらの娘か姉妹をやつに殺されていたら、考えも変わるだろうよ」

「それはわかります。だが、ヘファナン教授もたいへん説得力がありますよ。チェスターがなにをしたかとか、死刑がふさわしいかとかが問題じゃないんです。わたしたちが住みたいのはどういう国か、ということです」

わたしは煙草をもみ消し、帰る時間だと告げた。ドクター・ピンカスには煙草三本分耐えられるが、それ以上は限界を超える。「おれが住みたいのは罪もない女性が殺されない国だ。そのために必要なら、チェスター・マーチのような悪党を二、三人殺すのはなんとも思わない。そろそろ失礼するよ」

「結構です、バック。今週、ローズにもうちょっと心を開くことを考えてみてください。そうすれば、後悔は少なくなると思いますよ」

「彼女が死んだあと、という意味か?」

「まあ、そうですね」

「ローズが死んだら、おれには後悔しか残らないだろう。あんたは今週も引き続き楽しんでくれ、ドクター・ピンカス」

＊

〈アメリカの正義〉――放送の文字起こし

カーロス・ワトキンズ(ナレーション)「テネシー州最高裁はヘファナン教授の訴えを退《しりぞ》けました。致死薬注射の規定は、年齢、体重、死刑囚の健康状態によって修正する必要はないとの判断です。なぜなら、投与される薬品の量は、年齢と体重にかかわらず、人間一人を鎮静させて殺すのに充分だからというのです。

最高裁はまた、致死薬注射が残酷で異常だという主張も認めませんでした。時間はなくなっており、チェスター・マーチにとって希望は消えかかっています。ヘファナン教授は合衆国最高裁に上訴しました。そしてテネシー州知事ビル・ハスラムにチェスターのための仲介を依頼する請願を出しています。しかし、最高裁はめったなことでは執行を延期しないし、州知事たちが寛大な処置を認めるケースはまずありません。リヴァーベンドでは、州矯正局が死刑執行の準備に入っています。そしてエド・ヘファナンも彼なりのやりかたで準備しています」

エド・ヘファナン「こうなるとは思っていませんでした。ほんとうに。テネシー州で最後に死刑が執行されてから数年たっている。だれかが殺されるたびに、これが最後だと自分に言い聞かせてきました。そしていまもそう信じています。こんなことをわが国がまだやりつづけていることに、茫然とします。

死刑執行に関わる者たちのために、刑務所がグリーフ・ケア、トラウマ・ケアの専門家を雇って現場に待機させているのをご存じですか？　執行を目撃した記者たちはかならず恐慌をきたしてその場を立ち去っていきます。執行のたびに、〈ザ・テネシアン〉で同じ記事を読みますよ。一般的に、人はいずれの立場にせよ死刑について深く考えない。だが、じっさい目にしたら、こんなことがアメリカでいまだに起きているのかとショックを受けるでしょう。犯罪現場と検死の写真を見せ、犯罪被害者の証言を聞かせると、死刑判決に対する陪審員の意見が変わるという話を、フィールズ教授がしましたよね？　死刑執行をもっと多くの人が目撃すれば、そういった意見は別の方向へ変わるとわたしは想定しています。州が死刑を真夜中におこない、立ち会い許可の人選に慎重なのは、わけがあるのです。

今年は死刑裁判弁護人特別ゼミに幸運な学生たちがいます。弁護士は、最初の依頼人が上訴で負けたために死刑になるという、ユニークな経験などめったにできません。ですから、今回は彼らにとってよき教訓となり、かつ職能向上の機会となるでしょう。

わたしですか？　そうですね、皆さんはわたしがこういうことに慣れているとお考えでしょう、長年死刑判決に対して上訴してきたのですから。でも、違います。言いたいのは、わたしは今回学生たちの前で心が折れたり泣いたりはしないと思いますが、この結果に心底から衝撃を受けています。われわれは論争で優位に立っていると考えていた。ついに司法がわれわれに耳を傾け、きちんと計算されても検証されてもいない量の薬品を使うことの野蛮性、そして致死薬注射によって死亡するまでに味わう苦しみについて、考慮するものと考えていた。世論も、われわれのほうに傾いていると思っていたんです。

そしてこれは問題からずれるでしょうが、わたしは個人的にチェスター・マーチが好きです。チャーミングで教養があり、人好きがする。最高裁が認識能力のない人間を処刑するのは憲法違反であると裁定しているとはいえ、能力のあるなしの判断は各州にゆだねられています。そしてほとんどの州はそのハードルをきわめて低く設定しています――ＩＱ60程度に。その点には別の恐ろしさがあります。彼らはしばしば小学校程度の教育しか受けておらず、その多くは子ども時代に虐待を経験している。自分では制御できない衝動による行為のせいで罰せられることをほとんど理解できずに、彼らは制度によって殺されるんです。

だが、チェスターは死刑を宣告された数少ない大学卒業者です。彼を有罪だと思うなら、いくつかの点で同情は減じるでしょう。ほかの犯罪者と違って、彼には分別があってしかるべきだからです。しかし、ある点では――これにはわたしのひいき目が入っているかもしれないが――彼とは心を通わせやすい。わたしは死刑を宣告された依頼人全員を深く心にかけています。でも、この処刑はずっと脳裏から離れないでしょう」

ワトキンズ（ナレーション）「州矯正局の職員たちはすでにチェスターをこの三十五年間過ごした厳重警備棟から移し、処刑室に隣接した特別な独房に入れています。チェスターが移されて以来、エド・ヘファナンは刑務所を離れず、警備員のロッカールームでシャワーを浴び、チェスターが眠っているあいだは自分の車の中で仮眠しています。こういう方法で、依頼人に寄り添っているのです。

リヴァーベンドの広報担当から聞いたところによれば、致死薬注射に使用する薬品を矯正局の職員たちはすでに受けとっており、待機しています。手順では三種類の薬物を混ぜることになっています。一つ目はチオペンタールナトリウムで、チェスターの意識をなくすための鎮静剤。二つ目は臭化ベクロニウム、外科手術の麻酔に一般的に使われている強力な筋肉弛緩薬《しかんやく》。この薬品でチェスターの骨格筋は麻痺するので、体をぴくつかせたり痙攣《けいれん》したりすることはない。これはまた彼の呼吸機能を停止させる。この薬品が治療目的で使われるときには、影響下にある患者はたいてい人工呼吸器につながれています。最後に、塩化カリウムが致死量投与され、これによって心停止に至るのです。

この手順には十分から十五分かかり、チオペンタールナトリウムで意識が完全になくならなければ、肺が苦闘してついには臭化ベクロニウムの作用で機能しなくなるあいだ、チェスターはゆっくりと窒息していかなければならない。一方、同時に心臓は肉体を蝕《むしば》む塩化カリウムで溶けていくのです。

わたしは刑務所の外でテネシー州の司法副長官ピーター・クレイトンを捕まえました。彼は矯正局の職員たちと執行準備について話しているところでした。クレイトンは上訴の最終段階で、ヘファナンに対する州の代理人として陳述しました。そしてバック・シャッツと同様、彼も法執行機関の代表としてチェスターの処刑に立ち会うはずです。

以前、わたしはクレイトンにコメントを求めましたが、チェスターの上訴はまだ法廷で審議中だからと答えを拒まれた。合衆国最高裁がヘファナンの申立てに裁定を下すまで、わたしが放送しないと約束するなら話してもいい、といま彼は同意してくれました。執行の延期はないだろうと彼は考えていました」

ピーター・クレイトン「あなたの番組は聴いている。自分が関わっている案件についての報道はつねにフォローしているが、こんな経験は初めてだ。最高裁での口頭弁論は一般公開されているが、普通は傍聴席に大勢の人はいない。〈アメリカの正義〉を聴いた人たちがチェスター・マーチのために集まったんだな。わたしは刑事弁護士だから集団の前で議論するのに慣れているが、エドは少し気後れしていたようだ」

カーロス・ワトキンズ「人々は彼を熱心に支持していますよ」

クレイトン「そうだね。わたしにはやりにくかったよ。彼らを傍聴席に引っ張りだしたのはきみだろう。今回は――わたしからすれば興味深かった。こういう七〇年代の事件のお決まりの上訴が、こんな大騒ぎになるとは思っていなかった」

ワトキンズ「お役に立てて嬉しいです」

クレイトン「エドにはいまやファンがついているよ。なんというか、グルーピーがね。奇妙なものだ。きみがエド・ヘファナンをロックスターにしたんだよ。エドの〈コストコ〉のセーターとよごれにくい〈ドッカーズ〉のチノパンをぬがせて、彼にきわどいことをしたいという、エロティックなファン・フィクションをネットに上げている女性たちもいる。世間というのはおかしなものだ。ジュディスがこんどの件をどう思っているか聞きたいね。エドの奥さんだよ。きみは会ったことがあるかどうか知らないが」

ワトキンズ「エドをよくご存じなんですか？」

クレイトン「わたしは彼のクラスの学生だった。ヴァンダービルト大学でゼミを二つとったよ。十二年前の話だ。ヘファナンはすばらしかった。わたしがきみと話しているのは、彼に頼まれたからだ」

ワトキンズ「そしてあなたは彼を打ち負かした。どんな気分です？」

クレイトン「打ち負かしたとは言わない。エドが提唱している方針転換をもたらす裁定を、今回裁判所は言い渡したくなかったということだ。もし彼が勝っていたら、この州における死刑を終わらせていたかもしれない。法規上では、電気椅子による処刑はテネシー州ではまだ合法だ。とはいえ、最高裁が致死薬注射を廃止しても、われわれが人間を感電死させる時代に戻るとは思えない」

ワトキンズ「あなたの考えでは、それは悪い結果だと？」

クレイトン「チェスター・マーチの処刑に反対だったら、わたしはここで話をしてはいないだろう。今日《こんにち》の刑事司法制度において、検事たちは大きな裁量権を持っている。その裁量権を州の権力が社会的倫理に反する目的で用いないようにする義務を、わたしたちは負っている。そう信じている。だから、わたしは州司法長官のオフィスで、マリファナ所持の軽犯罪者に服役を科すことに強硬に反対してきたんだ」

ワトキンズ「エドをご存じなら、死刑制度に反対する彼の主張はお聞きおよびですよね」

クレイトン「聞いている。そして彼には反対だ。四十年前までさかのぼる犯罪によって、ウエスト・テネシーには三十五名ほどの死刑囚がおり、州全体では六十名以下だと思う。一九七六年以降の死刑執行は六名だ。二〇一〇年はメンフィスだけで百十二件の殺人事件が起き、それでも最少新記録なんだ。一九七一年以来、それより殺人事件が少なかった年はない。たった百十二件しか殺人が起きなかったのを祝って、警察はシャンパンを開けたんだよ。

　全米では、年間二十四名ほどが死刑になっていて、殺人は一万五千件ほど起きている。死刑を宣告してもじっさいに執行される数は少ないが、殺人事件全体からすれば死刑裁判はほんの一部にすぎない。わたしたちはこの刑罰を最悪中の最悪の部類にしか与えない。子どもを殺す者とセックスキラー。偏見による殺人者。わかっているだけで三人の女性を殺した、チェスター・マーチのようなシリアルキラー。オクラホマシティ連邦政府ビルを爆破した、ティモシー・マクヴェイのようなテロリスト。致死薬注射がもたらすと言われる苦痛については知っているが、こういう人間たちが与えてきた苦痛に対して不適切だとは思わない。概して、処刑によって死ぬ人々よりも、殺人によって死ぬ人々のほうにはるかに関心があるんだ。犯罪者への憐《あわれ》みと、被害者たちを思う怒りのバランスをどうとるか。エドとわたしは、この点で意見を異にしている」

カーロス・ワトキンズ（ナレーション）「被害者の遺族を探してこの死刑についてどう思うか聞きたかったのですが、連絡した方は全員おおやけに意見を述べようとはしませんでした。死刑囚は全員ある種の有名人で、有名な殺人犯にはみんなファンがついている。そして遺族がそういうファンを恐れ、公共の場で話すことを避けたいのは理解できます。

遺族はときに、死刑裁判の判決の段階でいわゆる被害者影響証言をおこないます。その場で、犯罪が家族に与えた苦痛と喪失について語るのです。被告側弁護人はこの種の証言を、依頼人に不利な先入観をもたらすと考えており、こういった証言の合憲性はじっさい争われたことがあって、ここリヴァーベンドで服役しているパーヴィス・ペインが合衆国最高裁に上訴して認められました。ペインは一九八七年に、チャリス・クリストファーと彼女の二歳の娘レイシーを殺害した罪で死刑判決を受けました。チャリスの母親による、襲われたとき刺されたものの生きのびた三歳の息子ニコラスに与えた影響の証言を、陪審団が聴いたあとのことです。ペインは自分は誤って起訴されたと主張し、目下現場から採取された証拠の新たなDNAテストを求めています。

しかし、多くの遺族が死刑を確定させようとする検察側を支持する証言をしている一方で、何十年も上訴が続くあいだにしばしば遺族の気持ちが変わり、いくつかの事例ではおおやけに犯人を許して知事に寛大な処置を求めています。

リヴァーベンドへ死刑執行を見にくる遺族は、刑務所の門に集まる抗議団体と接触しないように、横の入口から通されます。そして矯正局の職員たちがマスコミを遠ざけます。遺族は公共の場でめったに発言しないので、ここで目撃することにどんな感想を抱くのか、わたしたちにはわかりません。〈ザ・テネシアン〉の女性記者の一人が話してくれましたが、彼女はときどき刑務所を出る遺族が泣いているのを目にするそうです。

愛する者を殺した犯人の処刑に立ち会う経験についてだれも話してくれないので、この経験が慰めやカタルシスをもたらすのか、それとも過去の痛みをほじくり返すのか、推察するしかありません。けれども、彼らが苦しんできた喪失を死刑が元に戻せないことはわかっています。苦痛はさらなる苦痛を生むのです」

25

「それじゃ、ナッシュヴィル行きの目的は二つあるってことで」テキーラは言った。「まず、あのくそったれが致死薬注射されるのを見て、そのあとホットチキンを食う。それとも、死刑執行を見る前にホットチキンを食うべきだと思う？　あいつが死ぬのを見たあと、腹がすくかな？」

「ホットチキンてなに？」ローズが聞いた。

「ナッシュヴィルの名物だよ。フライドチキンにすごく辛いカイエンペッパーのペーストがかかってるから、チキンにさわったあと目にさわっちゃだめってことになってるんだ。それが、キュウリのチップスと白パンと一緒に出てくるんだよ」

　ローズは顔をしかめた。「すごくまずそう。どうしてそんなものが存在するの？」

「ソーントン・プリンス三世という紳士が浮気して愛人を裏切って、復讐のために愛人が彼のチキンを辛子に漬けたって言われてる。だけど、ソーントン・プリンスは辛子が好きで、それをおいしいと思ったんだ。そこで彼は〈プリンスズ・チキン・シャック〉を開いた。その店は一九四五年から続いてるんだよ」

「不愉快な話ね」

「おれは食べられそうだ」わたしはローズに言った。「あとでチキンの店に行こう。きみが死刑執行で気持ちが悪くなったら、辛いソースで腹いっぱいでないほうがいい」

「行きたいときにいつでも行けるよ」テキーラは言った。「ホットチキンは夜中のスナックにもいいし、朝飯にもいいんだ」

「ウェッ」ローズは答えた。

ドライブは悪くなかった。テキーラが運転している車はわたしのビュイック・ルサーンCXS二〇〇六年モデルで、わたしが所有する最後の車という特別なものだ。二〇〇六年モデルのルサーンのフロントフェンダーには、ビュイックが一九五〇年代につけていた有名な空気抜き《ベンチポート》がある。あのころ、ビュイックはフォードとシボレーを相手に市場競争をしていた。そして、グリルがしかめつらに似ていて、フロントフェンダーに四つの空気抜きの穴のある、チェスターのロードマスター・スカイラークのようなアクセサリー付きのモデルが、まさに金持ちが金にあかせて買う高級車だった。

二十一世紀では、かつて尊ばれたビュイックのラインは地味で平均的なセダンになり、ターゲットはあの空気抜きの穴がもっと刺激的ななにかを表現していたのを覚えている年齢層だ。ルサーンのウッド調のダッシュボートは、じつはプラスティック製だ。だが、シートヒーターとヒートクーラーが標準装備で、それはわたしが自分で認めているよりもずっと気に入っている。

それにこのCXSモデルは、GMがキャデラックの高級車種に装備しているのと同じ、四・六リッターのノーススターV8エンジンを搭載している。そして代理店の男が見せてくれたパンフレットによれば、七秒以下で時速ゼロから六十マイルまで加速できるそうだ。一九七〇年モデルのチャレンジャーほど力強くはないが、音はずっと静かで燃費もいい。どのみち、ビュイックを走らせてやるチャンスはなかなかなかった。買ったとき、選択肢がオートマティック車だけだったことにちょっといらだったが、結果的に最善だった。なぜなら、ヴァルハラの付添いたちはマニュアル車の運転のしかたを知らなかったからだ。テキーラも知っているとは思えない。

ナッシュヴィルまでのドライブは短時間だったので、わがビュイックはガソリン満タン一回分で行けた。そして車にはブルートゥースがついていないため、テキーラはスマートフォンをカーステレオにつないで不愉快きわまる音楽をかけることができなかった。ローズは彼と一緒に前部座席にすわっていた。テキーラはこの旅が終わったらメンフィスを発《た》ち、たぶん感謝祭まで帰ってこない。そしてそれがローズにとって最後の感謝祭になるだろう。普通なら、わたしは遠足の付添いをテキーラに頼み、ローズはあとに残ったはずだ。われわれは死刑執行に立ち会い、テキーラお勧めのチキンを食べ、モーテルで数時間眠ってから帰途につく。ローズが今回のことを目撃したいという強い希望を持っているとは思わない。だが、出発する前にテキーラはローズと一緒の時間を過ごしたがったし、彼女を残していくのはわたしもうしろめたかった。だから、同行することになった。いまもなお、彼女はわたしたちのために犠牲になっている。いや、ほんとうはわたしのためだ。

いまの状況を考えれば、死刑執行を見るのはやめるべきだったかもしれない。しかし、この過去とのつながりは、かつてなくとても大切に感じられたし、わたしはチェスターが死ぬのを見届けると約束したのだ。

執行に二人のゲストを伴うのが許可されるのは異例だった。この種の招待はプラス一人でもめずらしいのだ。わたしには移動の問題があって介助が必要なため、テキーラの同伴は認められただろうが、州司法副長官のピーター・クレイトンという男が、ローズも一緒に入れるように便宜を図ってくれた。テキーラとローズも処刑に立ち会えるようにクレイトンが刑務所にかけあったのは、ワトキンズへの一種のいやがらせではないかと思う。〈アメリカの正義〉の視聴者の一団が、テネシー州最高裁でのクレイトンの口頭弁論のときブーイングして、彼は不快な経験をしたようだ。

わたしのためにゲスト二人分の席を確保するのはそれほど苦労しなかった、被害者の遺族はだれもチェスターが死ぬのを見にこないからだ、とクレイトンは言っていた。マージェリーの両親は何年も前に亡くなっている。イヴリン・デュラーのまだ生きているもっとも近い親戚は、オレゴン州に住んでいる姪だが、彼女はこのためにナッシュヴィルまで来るのを断わった。セシリア・トムキンズには近親者の記録はなかった。チェスターにもフォレストの娘以外の親族はいない。彼女は死刑執行に立ち会いたがったらしいが、チェスターがいとこたちに最後に会ったのは彼の裁判のときで、いとこたちは彼に不利な証言をしたため、フォレストの娘には来てほしくないとチェスターが望んだ。彼はローズとテキーラも拒んだはずだが、きっと二人が来ることをだれも伝えていないのだろう。

わたしたちの車が近づいたとき、刑務所の正門の前にはデモ隊がいた。左側には死刑制度反対論者たちがいた。一人の男は〈すべての殺人は悪だ〉と書かれたプラカードを持っており、大勢の人々が〈チェスターを救え〉と書かれたTシャツを着ていた。右側には、左側より少ない人数のサポーターがいて、〈地獄で焼かれろ〉などと記したプラカードを持っていた。わたしが見た女性は、〈くたばれエド・ヘファナン〉と書かれたプラカードを掲げていた。ここにはさまざまな主張があるわけだ。

駐車場は、デモ隊が集まっている刑務所の正門の外にあり、通常は中に入るためにビジターはデモ隊の横を歩いていかなければならないが、クレイトンから聞いていた指示に従って、テキーラは駐車場を通り過ぎて正面入口に車をつけた。デモ隊が車を取り囲み、カーロス・ワトキンズの視聴者たちがわたしだと気づくのではないかと心配になった。だが、詰所にいた警備員がデモ隊に下がれと命じ、チェックポイントを通過して所内に入るように合図した。テキーラのカーナビが、どうやら死刑執行室があるらしい特徴のない建物の横につけろと教えた。警備員から知らせがいったらしく、クレイトンがわたしたちを出迎えた。わたしはドアを開けたが、座席にすわったまま、テキーラがトランクから歩行器を出してセットしはじめるまで待った。そのときクレイトンが手ぶりで制止した。

「それを刑務所内に持っていくことはできません」彼は言った。

「じゃあ、どうやって歩けばいいんです?」わたしは尋ねた。

「あなたが使える器具が所内にあるかどうか聞いてみましょう。その歩行器は建物内では許されません。壊れるかもしれないし、するとそのかけらが凶器として使われるかもしれない。それに禁制品をひそかに持ちこめる、中が空洞の管でできている」

「バックが禁制品をひそかに持ちこむわけがないじゃありませんか?」ローズが言った。

「ここの規則は信頼に基づいて作られているわけではありませんのでね」クレイトンは肩をすくめた。

「じいちゃんが使えそうなのがあるかどうか、見てくるよ」テキーラは言った。「ここで待ってて」

彼はクレイトンと一緒に刑務所へ入っていった。わたしはローズに向きなおった。「このざまを見ろ。彼がつかまれるものを持ってくるまで、おれは車から降りることさえできない」

「なんてことないわ、バック」彼女は答えた。「たいていの人は九十近くまで生きることさえできないんだから。わたしたちは身分不相応なほど長く楽しい年月を生きてきたのよ」

「そしていま、残されているのはみじめな年月だけだし、それも長くはない」わたしは横を向いて開いたドアから脚を出した。そして煙草に火をつけた。

「一本いい？」ローズは言った。

わたしは持っていた一本を渡し、別の煙草に火をつけた。「こういうものには気をつけないと。ガンになるよ」

彼女は苦い笑い声を洩らし、わたしたちは七月のむっとした大気に煙を吐いた。夕方の五時だが、まだ三時ごろのような明るさだ。

「ねえ、途中に刑務所内では煙草は吸えないって書かれた掲示板があったわ」

「どうなるかな？」わたしは尋ねた。「おれたち、閉じこめられるかな？」

彼女はまた笑った。

「悪い夕べじゃないな」わたしはつぶやいた。刑務所のそばに住みたがる人はだれもいない。だから、リヴァーベンドは空港よりも市街から離れたナッシュヴィルの郊外にある。リヴァーベンドと呼ばれているのは、カンバーランド川の曲《ベンド》がり目に建っているからだ。フェンスの向こうには川が見え、その向こうには森になった丘がある。

「あなたが連れていってくれる場所はいつも最高ね」ローズは言った。

わたしは舗道に灰を落とした。「この旅につきあってくれてありがとう。今日ここまでドライブしてこういうことをしているのは、きみの本意じゃないのはわかっているんだ。なぜおれがここにいなければならないのか、わかってもらえるといいんだが」

「多くのものを失えば失うほど、あなたはさらに過去にしがみつくからよ」

「昔はものごとに対処できた。金のことにしても、仕事のことにしても、おれを脅かすだれかを追っていても、それについて話さないのがいつだってベストだった。自分でものごとに対処すれば、きみやブライアンやおふくろに心配をかけずにすんだ。いま、おれはなにも解決できないが、まだ本能がいろいろしゃべるなと言う。きみにとってこの状況をさらにつらくしたくない。おれは重荷になりたくない。でも、助けになりそうなことを自分がしたり言ったりできるのかどうか、わからないんだ」

「あなたは笑わせてくれるじゃない。それはいつだって、ダントツであなたの欠点を埋めあわせてくれる長所だった。たとえ、あなたの提案するディナーショーが、死刑執行を見てから食べるのが苦痛なほどひどいチキン料理の安レストランへ行くことでもね。あなたのことはわかっているの、バック。いつだってわかっていた。結婚したとき、どんな生活に飛びこむのかわかっていた。こんどのことを、あなたに解決してほしいと期待はしていないわ。ましにするためになにかを考えだしてほしいとも思わない。そんな方法はないもの。ただ、逃げるのはやめて」

吸い殻が地面に落ちたのを二人とも知っていた。ローズは両方とも足でもみ消して車の下へ蹴りこみ、わたしは座席の背のポケットに煙草の箱とライターを隠した。これらを持っていては、刑務所のセキュリティ・チェックを通過できない。テキーラが車椅子を押しながら刑務所の建物から出てきた。背中が布製のちゃちなやつだ。

「歩行器はなかったのか？」わたしは聞いた。

「どうやら歩行器は危険な武器らしいよ」テキーラは答えた。「じいちゃんはこれにすわってもいいし、ぼくの腕につかまって歩いて入ってもいい」

「距離はどのくらいだ？」

「車椅子を勧めるよ」

「くそったれ」テキーラの腕をつかんで体を支えながらわたしは車から降り、車椅子にすわった。彼は車椅子を押して縁石の切れ目を抜け、バリアフリーの傾斜路を通って建物に入った。ローズとテキーラは金属探知機を通り抜けたが、わたしは車椅子から降りて矯正局の職員のボディチェックを受けなければならなかった。肩と腰に入っているピンのせいだ。セキュリティ・チェックが終わると、ピーター・クレイトンが追いついてきた。わたしたちは蛍光灯のついた廊下を進み、ドアを開けて大きなクローゼットほどの広さの部屋に入った。壁はコンクリート・ブロックで白く塗られ、折りたたみ式の椅子が二つだけ置かれていて、窓は一つだった。窓の向こう側には灯火管制用のようなブラインドがあり、ぴったりと閉じられていた。

「開始時間になったら、ブラインドが上がって死刑執行室の中が見られますよ」クレイトンは言って、天井の通話装置を示した。「もし彼が最後に言い残したいことがあれば、聞くことができる。音声は執行のあいだずっとオンになっています、彼の死亡が宣告されるまで」

「これはマジックミラーですか？」テキーラが尋ねた。

クレイトンはかぶりを振った。「透明なガラスです。彼にはあなたがたが見える。たいてい、死刑囚が最後に見るのは自分たちの顔であってほしいと、遺族が要望するんです。でも、防音になっている。中のマイクがオンになっていなければ、執行室で起きていることは聞こえないし、ここであなたがたが話していることも中には聞こえません」

「ショーが始まるのはいつです？」わたしは尋ねた。

「たぶんもう少ししてからでしょう」クレイトンは答えた。「ここは法執行機関の立ち会い人と遺族のための部屋で、今夜はわれわれだけです。二つ目の部屋は死刑囚の家族と弁護団のためです。そこにはエド・ヘファナンと彼のゼミの学生数名が入るでしょう。最後の一つは、カーロス・ワトキンズやほかのマスコミが見守るための部屋です。矯正局の職員はそれぞれ別々に出入りするように誘導します。被害者の遺族が犯人の家族とばったり会ったりしてはいけませんから。それに、話したくない関係者を記者たちが取り囲んだりしないようにね。今夜は遺族はだれも来ないし、チェスターの家族もいませんが、こういった点に関しては州矯正局は規則どおりにやりたがるので。

さっき聞いたところでは、ミスター・マーチに最後の食事が出されたそうです。食事がすんだら、彼は牧師とともに祈る機会を与えられるでしょう。そのあと静脈注射の針が刺されるはずです。それを監督するためにわたしはちょっと出ますが、あなたがたはここにいてください。しばらく時間がかかることもあるんですよ、具合のいい静脈を探りあてるのがむずかしいときもありますから。ミスター・マーチにはドラッグの使用歴がないので、きっとスムーズに進むでしょう。麻薬中毒者は急激な血液循環障害が起こる場合があって、そうなると点滴器具をつけるのがたいへんなんです。だが、マーチは高齢なのでやはり針を刺すのは手際を要するかもしれない。すべてが順調にいけば、ブラインドは一時間半後ぐらいには開くはずです。点滴装置に手間どれば、もっとかかることもありますが。死刑囚に針を刺すのに何時間もかかったケースがあったそうで――腕や脚や鼠径部《そけいぶ》にも試して――それでもだめで、彼はあちこちから出血し、執行を中止せざるをえなかった。だがそれはテネシー州ではなく、オハイオ州だったと思いますよ」

「では、要するに一晩中かかる可能性もあると？」わたしは尋ねた。

「ええ、そうですね」

ローズは折りたたみ椅子の一つに腰を下ろした。「雑誌かなにか持ってくればよかった」

「そんなに長くかかるかもしれないってわかってたら、先にホットチキンを食いにいってたのに」テキーラは言った。「そのあとなら、第二ラウンドの準備はきっと万全だったよ」

わたしは肩をすくめた。「生きていると学ぶことが多いな」

＊

〈アメリカの正義〉――放送の文字起こし

カーロス・ワトキンズ（ナレーション）「合衆国最高裁はチェスターの上訴を棄却しました。ビル・ハスラム州知事は寛大な処置を求めるチェスターの請願を退《しりぞ》けました。陪審団がチェスターの運命を決めて上訴裁判所が支持した、ふたたび争ったり決定に疑義を呈したりする立場に自分はない、という短い声明を知事は発表しました。それをするのがまさに知事の立場だとわたしは思います。寛大な処置を認めるか、テネシー州全体で死刑制度を停止する権限を、彼は持っているのだから。しかし、そうしようとはしなかった。知事のオフィスに電話してインタビューしようとしましたが、この件に関して彼はわたしと話したがりませんでした。リヴァーベンドでは、死刑執行の準備が進められています。

わたしはいまだに中に入ってチェスターに会うことができませんが、彼から電話はできるので、かけてきて最新情報を伝えてくれました」

チェスター・マーチ「白い囚人服を与えられたよ。こういうのを見たのは初めてだ。囚人服の色には種類があって、白は死刑を執行される者だけが着る色なんだ。まるで結婚式の日みたいだよ、わたしが花嫁でね。死刑囚監房では、わたしたちは薄緑色を着ていた。一般の囚人の服はベージュだ。だから、いまはすごく特別な気分だよ。

彼らは少し前に入ってきて、なにが食べたいかと聞いた。死刑囚監房では、囚人たちは最後の食事になにを食べたいかよく話すんだよ。それは、刑務所の食事がとてもひどいからでもあるし、たんに時間つぶしになるからでもある。正直なところ、死刑囚監房にいてさえ、自分たちがほんとうに処刑されるんだという実感が湧かないんだ。ここに入ってからの二十数年間、テネシー州は一度も死刑を執行しなかった。初めての執行があったのは二〇〇〇年だ。この十年かそこいらで全体的に上訴が尽きてきて、あと五回あった。だがそれでも、自分が納得するのはとてもむずかしかった。じっさいこうなっているいまでさえ、信じられない。最後の食事についての話は、いままでずっとジョークみたいな感じだったんだ。

自分はなにか贅沢なものが食べたいと、ずっと思っていた。ステーキとロブスターの盛り合わせ、キャビア、シャンパンのボトル。ところが、最後の晩餐の予算はたったの二十ドルだとわかり、どうやら地味にいくしかないようだ。

いちばんいいのはファストフードだろう、ステーキやシーフードを頼んだら、刑務所の厨房で作られるんだから。ここでは囚人が料理もする、軽い刑の人たちが。だから、わたしは彼らを知らない。いつも独房で食べなければならないのでね。看守がトレーを運んできてドアの隙間から差し入れる。最後の食事を作ってくれと言ったら、彼らはきっとベストを尽くしておいしいものにしてくれると思うが、食材はやはり刑務所の厨房に出入りしている業者からの納入品だろう。リブロース・ステーキかフィレミニョンを頼んでもいいんだが、おそらくクリスマスに出る〝ステーキ〟と同じ肉だよ。ステーキと称しているハンバーガー用の肉か切れ端で、本物のステーキじゃない。デンヴァー・ステーキ（肩ロースの脂身の多いザブトン部分を使う）かオマハ・ストリップ（腰肉の前半部の上部を使う）かトロント・ティップ（腿の下の部分を使う）か、そんなクソ牛《ブルシット》だ。刑務所の水準からすればかなりましだが、人生の最後に食べたい肉ではない。

ロブスターはどうかと聞いてみたら、出せないと言われた。せいぜいがシュリンプだそうだ。シュリンプカクテルかフライドシュリンプならできる、と。刑務所に納入している業者のシュリンプは食べたくないね。まさか、食材に毒が入っていたり、下痢になったりするとは思わないが。ほんとうの夢――宝くじの大当たり――は、食事を出されて最後の瞬間に執行が中止になり、死刑が取り消されて自分の独房へ戻されることなんだ。だからシーフードはやめておくよ、万が一そうなった場合に備えてね。悲しいじゃないか？ わたしの最大の望みは二十ドルのディナーを食べてその直後に死なずにすむ、ということなんだ。

ユタ州にロニー・リー・ガードナーという男がいて、ステーキとロブスターテールを食べ、そのあと『ロード・オブ・ザ・リング』三部作をすべて見てから、処刑された。それに彼は銃殺によって死んだんだ、テネシー州ではできないがね。死刑になる殺人を犯すなら、ユタ州でやるのをお勧めするよ。モルモン教徒はじつにクラシックな死刑執行をするものだ。頼んだら、ここにテレビを持ってきて映画を見せてくれないだろうか。できるかもしれないな。看守たちはみんな、今回のことをやらなければならないのがひどくうしろめたいようだから。でも、どの映画を見たいかさえわからない。いまはそんなことに関心を持てない感じなんだ。

　サイドメニューを全部つけたケンタッキー・フライドチキンのバケット、ハーゲンダッツのアイスクリーム一カートン、それにコカ・コーラを頼むつもりだよ、きっとひどいことにはならないはずだ。とはいえ、ここに届くころにはビスケットとマッシュポテトは冷めてしまっているだろうけどね。温めなおしてくれるかもしれない」

カーロス・ワトキンズ（ナレーション）「わたしは最後の食事に臨むチェスターにシャンパンのボトルを届けたかった、しかし矯正局の職員はだめだと言いました。エドに電話して仲介を打診すると、どのみちチェスターはアルコールを飲んではいけないことになっている、チオペンタールナトリウムと反応しあうかもしれないから、とのことでした。

　刑務所の外には、約百五十人のデモ隊がいます。死刑執行があるときにはかならずデモ隊が現れますが、エドの話では今回はいつになく人数が多いそうです。

　駐車場の横に地元の牧師が信仰復興集会のテントを立てました。テントの中では、信心深い人々がチェスターのために、そしてまたセシリア・トムキンズ、マージェリー・マーチ、イヴリン・デュラーのために祈っています。わたしはそこへ行って、しばらくすわっていました。わたしに信仰心はないが、雰囲気は心和むもので、刑務所の持つどうしようもない負のエネルギーから逃避できてほっとしました。

デモ隊の八十パーセントは死刑制度に反対しているようです。ほかの人々はチェスターの死を野次《やじ》り、祝うために来ています。カウボーイハットをかぶった一人の男は死刑執行が大好きで、そのたびに来ては刑務所の外に立つんですよ。

執行が始まるときに大型ラジカセを鳴らすのが好きで、死刑囚が死ぬまでAC／DCの〈地獄の鐘の音〉をかける。死刑執行がおこなわれる建物は二百ヤードほど離れているので、この男の流す音楽は中まで聞こえませんが、それはどうでもいいのでしょう。とにかく、わたしは批判しようというのではないのです。こういうことをやりたがるようになったこの男の人生に、なにがあったのかは知りません。尋ねましたが、彼はわたしと話そうとしなかった。

正門を何台かの車が入っていくのが見えます。執行に立ち会う人たちだと思われます。二、三分前にビュイックが通っていきましたが、十中八九、ウィリアム・シャッツが運転していましたね。つまり、バックが到着したということです。ウィリアムと話したあと五、六回バックに電話しましたが、彼は出ませんでした。

わたしは執行に立ち会う七人のレポーターの一人になります。チェスターには家族がいないので、彼は招待者のリストにわたしを載せてくれた。でも〈アメリカの正義〉のチームは、この取材には明確な社論を示す意義はあるものの、もし別の方法があるなら、チェスターのゲストとして処刑に立ち会うのはやはり行き過ぎだという結論に至りました。ウィリアム・シャッツへのわたしのインタビューが放送されて以来、この番組をめぐってわたし自身の客観性と信頼性に関する論争が多数あった点を思えば、もっともなことでしょう。

州矯正局はマスコミの取材に関してガイドラインを設けています。一見複雑でも、じつはそれほどではありません。メディアのくじ引きみたいに見えるが、たいていの場合は違います。七人の立ち会い人は六つのカテゴリーから選ばれます。最初は米国連合通信社《AP》。二番目は殺人事件が起きた郡の通信社。三番目はナッシュヴィルの印刷刊行物。これは必ずしも〈ザ・テネシアン〉とはかぎらないが、わたしはここに決まっていると思います。そしてテネシー州の別の印刷刊行物からも一人。テレビ局からは二人、ラジオ局からは一人です。だれが行くかは一般的に記者たちで決めますが、事件が起きた地元のメディアに敬意を表して譲るのが慣例となっています。ほんとうにくじ運しだいになるのは、全米メディアの地方局がこぞって執行の立ち会いを希望した場合だけです。

今回は複数の分野でそういう事例が起きました。〈アメリカの正義〉の人気のせいで、このケースは大きな関心を集めたので、CNN、Fox、NBC、ABCのすべてが二人分しかないテレビ局用の席を希望したのです。勝者はNBCとFoxのメンフィス支局で、支局はFoxニュースに頑として席を譲ろうとしませんでした。運よく——あるいは運悪く、と言うべきかもしれない、あなたがラジオ・ジャーナリズムの分野で職探しをしているなら

――ラジオ局の席をとるのにたいした競争はなかったですよ。そして取材に興味を示していた地方放送局はみんなナショナル・パブリック・ラジオの系列だったので、親切にもわたしに譲ってくれました。

メディアの席から死刑執行を取材する問題点は、わたしがエド・ヘファナンと同席できず、彼の反応を最初に見られないことです。処刑の立ち会い人の各グループのために、三つの部屋が別々に設けられています。そしてメディアは、被害者遺族、法執行機関の立ち会い人、死刑囚の家族および弁護人の部屋とは、別の部屋なのです。

また、処刑がおこなわれる建物へはどんな記録装置の持ちこみも許されていません。ですから、残念ながら、皆さんにチェスターの最後の言葉やその瞬間を見ているわたしの反応をライブでお伝えすることができないのです。許されるのは鉛筆と法律用箋だけ。しかも自分の鉛筆を持っていくことさえできません。一本貸してくれるそうです。もしかしたら、だれかがペンの中にカメラか録音装置かその種の禁制品を隠せるかもしれない。でも、刑務所支給の鉛筆でもメモはとれるし、わたしは死刑執行が終わりしだい自分のナレーションを録音するつもりです。なので、可能なかぎりとれたて新鮮な気持ちをお届けできるでしょう。

わたしにとって、これは感情的につらい体験となります。この二ヵ月、チェスターと電話で話して彼を知るようになりました。今夜初めて彼をこの目で見るわけで、そのあと彼は死ぬのです。どんなに信じたくなくても、チェスターがおそらく殺人者であることはわかっています。それをわかっていても、この体験は少しも楽になりません。

いまから中へ入ります。チェスター・マーチが亡くなったあと、またお話ししましょう」

26

ピーター・クレイトンはわたしたちとともに一時間待ち、やがて制服を着た看守がドアをノックすると、一緒に出ていった。

祖母と貴重な時間を過ごせるのはウィリアムにとっていいことなのだろうが、わたしたちはここまで来る車の中でたがいに言いたいことは言いつくしていた。だからだいたいは黙ってすわり、なにかが起きるのを待っていた。驚くべきことだ、だれかが死ぬのを見るためにすわって待っているのがこれほど退屈だとは。ここにいたあいだ、わたしは少しうとうとしたと思う。

四十五分後ぐらいに、クレイトンは戻ってきた。

「点滴がとりつけられました」彼は言った。「もう始まるはずだ」

わたしは車椅子を窓に近づけた。ブラインドが開いてチェスター・マーチの姿が見えた。清潔な白いジャンプスーツを着て、車輪付き担架に横たわっている。年月は彼にやさしくはなかった。わずかに残っている髪はか細くて艶《つや》がなく、黄色がかった白だ。顔には深いしわが刻まれ、目は深く落ちくぼんでいる。以前と同じに見えるのは磁器の歯のインプラントだけだ。腕は十字架上のキリストのように伸ばされ、拘束されている。胸回りと脚も、やはり拘束されている。右腕からビニールの点滴ラインが、担架の上に吊るされた透明な液体の入った袋につながっている。彼の左側にはスーツ姿の男が立っている。右側には別の男がいて、医療用スクラブを着てサージカルマスクをつけている。

「スーツの男は刑務所長です」クレイトンは説明した。「マスクをしているのが執行人。医師ではありません。ここに医師はいるが、死刑執行には加わりません。執行中の部屋に入りさえしませんよ。あとで来て、死亡時刻を宣言するんです」

執行人が壁のスイッチを入れると、通話装置がカリカリと音をたてた。

「なにか言いたいことはありますか、ミスター・マーチ?」所長が尋ねた。

チェスターは顔を上げ、まっすぐわたしを見た。「わたしはクリスチャンだ」〝ス〟を彼はシュッという音をたてて発音した。「わたしは神のそばにいる、そしてわたしがなにをしたにしても神は許してくださる。神の審判を受ける用意はできている。だが、これは? これは間違っている。邪悪だ。わたしがしてきたなによりも、はるかにひどい。きみたちの中の何人かはいい。きみたちのために祈ってきたし、わたしは許すよ。そしてキリストを受け入れれば、主はきみたちも許してくださるだろう。だが、きみたちのうち、別の何人かは?

きみたちが自分のしてきたことについて、どうやって神と折り合いをつけるのかわたしにはわからない。きみたちの魂のためにわたしは恐れるし、気の毒に思う」

「それで終わりですか？」刑務所長は尋ねた。

「ああ」チェスターは言った。「一晩中かけるわけにもいくまい。人々が望むものを与えてやろうじゃないか」

刑務所長が執行人にうなずくと、彼はチェスターの点滴ラインに薬品を注入した。

「あれはチオペンタールナトリウム、三種類の薬品カクテルの最初のやつです」クレイトンは説明した。「鎮静剤です。三十秒で彼は意識がなくなるはずだ」

チェスターは担架の上に頭を戻した。刑務所長は進み出て彼の様子を調べた。チェスターの顔の前で指をパチンと鳴らし、かがみこんで叫んだ。「チェスター！　チェスター！　聞こえますか？」

「マーチの意識がないのを確認しているんです」クレイトンは言った。刑務所長は満足したようだった。一歩下がって執行人に合図し、執行人は二番目の、次に三番目の針を点滴ラインにとりつけた。「いま致死性の薬品を注入している。二、三分でマーチの呼吸は止まるでしょう」

ところが、チェスターの呼吸は遅くならなかった。それどころか、続く二分間、呼吸はさらに速くなったようだ。彼の腕がこわばり、拳は開いたり閉じたりした。点滴の針が挿入されている右腕の箇所の皮膚は赤くなってきた。

わたしの隣で、テキーラが椅子から立ちあがって前に出ると、ガラスに顔を近づけた。わたしの後ろにいるローズは、関節が白くなるほど両手を握りしめ、目を見開いてチェスターを凝視していた。真っ赤になった彼の前腕に水疱が現れはじめ、ピンクの液体が染みだしてきた。針が刺されている箇所の周囲で、皮膚は灰色に変わりはじめた。全身がこわばり、拘束にあらがって首の腱が膨れてきた。

「ひじょうにまずい」クレイトンはささやいた。「完全に麻痺しているはずなのに。止めないと」彼は急いで部屋を出ていった。

チェスターは頭を上げ、目を開けた。「地獄の火だ！」彼は叫んだ。「ああ、神よ、どうして？　こんなはずじゃ……こんな痛いはずじゃ！」

チェスターの腕の皮膚がむけ、トレーナーの伸びた袖のように手首に下がってきて、前腕の青白い肉がのぞいた。針が刺された部分から染みでている液体が、床にピンクの水たまりを作っていた。刑務所長が壁のボタンを押した。チェスターはまた拘束が許すかぎり体の一部を起こした。目をむき、大きく口を開けていた。だが、マイクがオフになっていたし、部屋はそうでなくても防音になっていた。わたしは彼が無音の悲鳴を上げるのを見つめ、やがて刑務所長が別のボタンを押すと、ブラインドがぴしゃりと閉まった。

わたしは手を口に当てているテキーラを見た。それから椅子の上で体を前後に揺すっているローズを見た。
「さて、ホットチキンを食いにいくか？」わたしは言った。
「あのさ、ぼく食べられるよ」テキーラは答えた。

＊

〈アメリカの正義〉――放送の文字起こし

カーロス・ワトキンズ（ナレーション）「わたしがこれを録音し、編集し、放送するころには、皆さんはもうテレビのニュースやSNSを見てリヴァーベンドで起きたことをご存じでしょう。チェスター・マーチの死刑執行は大失敗で、身の毛のよだつ結果となりました。
手順が開始されて二、三分後に、鎮静剤のチオペンタールナトリウムでチェスターが意識をなくしていないことがはっきりしました。彼は担架の上で身を起こして叫びだしました。その時点で、執行人はマイクを切ってブラインドを閉め、わたしたちメディアの立ち会い人は息を呑んだ沈黙のうちに取り残されたのです。こちらのエド・ヘファナンにもっとわかりやすく説明してもらいましょう」
エド・ヘファナン「チェスター・マーチの意識が完全に失われていないのがあきらかになってすぐ、わたしは部屋を出て、刑務所長に死刑の停止を訴えるために執行室へ走っていきました。そのときには、執行人はすでにチェスターに臭化ベクロニウムと塩化カリウムを投与していました。チェスターは意識があり、かなり苦しんでいるのは間違いなく、刑務所長は執行を停止して待機していた医師を呼び、チェスターを蘇生させようとしました。

残念ながら、手遅れだったのです。四十分にわたる想像を絶する苦悶のあと、チェスターは心停止となり、最初の致死薬注射がおこなわれた一時間後に死亡しました。完全な検死をしてみないとたしかなことはわかりませんが、おそらくこの悲劇の原因は医師たちが言うところの〝浸潤〟でしょう。静脈注射の針が血管の壁を突き破り、その結果、薬品がチェスターの腕の皮下組織に注入されて、即死を確実にする充分な量が血管に入らなかったのです。

チオペンタールナトリウムは、血流ではなく皮下に注入されると、患者の意識をなくしません。それどころか、腕の組織内に溜まると、ひどい化学熱傷《ねっしょう》を引きおこします。塩化カリウムも同様に、心停止させるためには相当量が心臓に達する必要があります。腕に注射された臭化ベクロニウムは最終的には麻痺を起こすはずです。ただ、血流に注入された場合よりも時間がかかるのです。

つまり、チェスターは適切な量の鎮静剤を打たれず、すみやかな死を確実にするための薬品を投与されなかった。だが、肺と横隔膜を麻痺させる薬品は注入されたため、意識があって目ざめているのにゆっくりと窒息することになったのです。しかもそのあいだ、化学熱傷に苦しんでいた。手みじかに言えば、チェスター・マーチはテネシー州によって拷問死したのです。

この悲劇は、わたしがテネシー州最高裁で何度も警告した問題が招いたものです。致死薬注射は医療従事者ではない執行人がおこなう複雑な医療処置です。こういう人々は、点滴装置の針を刺したり危険な薬品を扱う職業とはなんの関係もありません。しかも、チェスターは八十歳で三十五年間も狭い独房で過ごしてすわりがちな生活だったため、点滴がもたらす併発症を起こす危険がきわめて高かった。循環器の状態はよくなく、その結果、血管はひじょうに破れやすかった。

州は囚人の年齢や健康状態に関係なく、致死薬注射の規定を一律に適用しているので、高齢だったり、衰弱していたり、静脈注射使用の薬物中毒者だったり、別の点で健康状態が悪かったりする囚人に対して規定どおりにおこなえば、この種の深刻な併発症が起きる危険性があるんです。つまり、死刑囚監房にいる全員ですね。あんな環境ではだれも健康でいられるわけがない。

自分が目撃したことに、わたしは慄然とし、精神的ショックを受けています。そして、悪夢のような結末から依頼人を救えなかったことを恥じています。だが、チェスター・マーチの死は無駄ではありません。州が致死薬注射の規定を見直すまで、この先すべての死刑執行を禁じるよう、わたしはテネシー州最高裁に申立てをおこなうつもりです。そして、テネシー州の死刑制度を一時停止するよう、知事に働きかけます。

個人の感想としては、わたしはこの大事故全体にただもう胸が悪くなる。死刑執行の失敗を目撃したのは今回が初めてですが、死刑判決のかかった裁判の弁護をしていれば、これは不必要であると同時に不可避でもあった。あなたが見なければならなかったのを気の毒に思うし、わたしの学生たちに見せてしまったのを悔やんでいます。それを言うなら、自分自身が見なければならなかったのが残念だし、チェスターがあれに耐えなければならなかったのが悲しいし、衝撃です。しかし、今回のケースに注目を集めた点で、あなたはたいへん価値のある仕事をした。こういう事故は過去にも起きているんです、しかもぞっとするほどたびたびね。そういうとき、大衆が怒ることはきわめて少ない。なぜなら、みんな死刑囚にはあまり関心を持っていませんから。願わくば、この不当な行為をあなたの視聴者たちに知らしめたことが、重く受けとめられますように」

カーロス・ワトキンズ（ナレーション）「この話を取材しはじめたとき、どんな結果になると自分が思っていたのかわかりませんが、こうではなかった。わたしたちプロダクション・チームは、五割以上の確率でヘファナンは少なくとも死刑執行延期を勝ちとれる、わたしたちの報道は勝利に終わると考えていました。エドは状況をコントロールしており、このような男――教育のある、雄弁な白人――なら、こういう制度を支配している人々の関心を引き、理性に耳を傾けさせられる、と。そもそも、苦痛に満ちた大失敗の処刑を目撃することになるとは、夢にも思っていなかった。

そして残念ながら、この出来事とわたしの報道が本物の変化の契機になりうるというエドの見解には、賛同しません。致死薬注射による死がどんなものかを、人々に示す音声かビデオか写真があったら違っていたかもしれないが、たんに見たことを説明するだけでは不充分です。チェスター・マーチは殺されると決まっており、彼は死んだ。そしてたいていの人々にとって、制度は許容できる範囲で機能しているのではないか。わたしはそう疑っています。

今回の結果を受けて、一時的な死刑執行停止はあるかもしれないが、テネシー州には共和党の知事がいて共和党の州議会があり、この体制によって共和党員の判事が任命される仕組みになっています。エドが考えたがるよりも早く、リヴァーベンドはまた人々を処刑しはじめるのではないでしょうか。

チェスターの最後の言葉をメモして皆さんにお伝えする、とわたしは言いました。それはここにあります。注射される前に、彼は時間をかけて準備したにちがいないスピーチをした。信仰と許しについてのスピーチで、彼は自分を殺そうとしている人々を許し、キリストの腕の中で赦免されることを望む、と言いました。それがチェスター・マーチが最後に口にしたことなら、彼の臨終の言葉は雄弁で尊厳に満ちたものだったでしょう。しかし、それはチェスター・マーチの臨終の言葉にはなりませんでした。

致死薬注射がおこなわれ、意識がなくなったはずのときに、チェスターは担架の上で体を起こしかけて叫んだのです。『ああ、神よ、どうして？　こんなはずじゃ……こんな痛いはずじゃ！』ですから、これがチェスター・マーチの臨終の言葉です。

刑務所を出るとき、わたしはバック・シャッツとばったり出会いました。バックは断固としてわたしと会うのを拒んでいたので、この取材のすべてを通して、一度も彼を見ていませんでした。そして、わたしは彼の外見にショックを受けたのです。じきに九十歳だとは知っていましたが、これほどまで彼が老いているのがどういうことか、わたしはよくわかっていなかった。彼を思うとき、記録保管所にある古い写真で見るあの刑事をイメージしていました。現実はまったく違っているのです。

孫のウィリアムが、車椅子からビュイックに乗りこむバックの手助けをしていました。バックの妻は助手席にすわって、ぼんやりと前を見ていました。いま目撃したばかりのことに、茫然としているようでした。しかし、若いころから多くの危機的状況を目にしてきたバックは、意気軒高だったのです。そうであっても、わたしは彼の弱々しさに衝撃を受けました。バックは決して大男ではなかったとチェスターは言っていたが、加齢が彼を縮めていて、小さく見えました。皮膚は羊皮紙のようでした。分厚いめがねをかけて補聴器をつけ、こちらに視線を向けたとき、彼はわたしを通りこして遠くを眺めているようでした。両手は震えていました。

孫がくれたにちがいないニューヨーク大学のロゴが入っただぶだぶのトレーナー、大きすぎるチノパンツ。パンツは細い脚からずり落ちそうなほど生地が余っていた。しかし、わたしが思ってもいなかった彼の外見はその靴です。ひものないキャンバス製のスポーツシューズで、さびれたショッピングセンターのアウトレット靴店で十五ドルで買えるようなものだった。しかも、片方の靴の先には穴が開いていた。バック・シャッツは毎週二時間かけてひも付きの革靴をピカピカに磨きあげるような男だ、と、わたしは思っていたのです」

カーロス・ワトキンズ「ついにわたしと話をしていただけますか、シャッツ刑事?」

ウィリアム・シャッツ「あっちへ行け、ワトキンズ」

バルーク・シャッツ「いや、彼と話そう」

W・シャッツ「このことはもう相談ずみだよ。よそうって決めたじゃないか」

B・シャッツ「チッ、いまとなっちゃ、かまやしないだろう?」

27

カーロス・ワトキンズはわたしが思っていたより若く見えた。彼の番組を聴いていたときは、NBCのスポーツキャスターのブライアント・ガンベルみたいな初老の男を想像していたが、この若僧はテキーラより二つも年上じゃあるまい。

薄黄色のオクスフォード・シャツの裾を、藍色のストレートジーンズにたくしこみ、ネイビーブルーのブレザーを着ているが、ネクタイは締めていない。それに、五十年前ユダヤ人コミュニティセンターでラケットボールをするときわたしがはいていたのとまったく同じに見える、赤のコンバースのスニーカー。

髪は短く刈っており、警察の人相書きの画家には色白でも色黒でもないと説明する肌で、さっきまで泣いていたように目の縁は赤くなっている。そしてまたすぐ泣きそうに見える。チェスター・マーチみたいなクズ野郎のために。こいつはちょいと驚きかな？

「よし」わたしは言った。「あんたはずっとおれと話したがっていた。さあ、話そうじゃないか」

「やめたほうがいいと思うよ」テキーラが口を出した。

「孫は心配しているんだ、あんたが……なんだった？　良心的な対談者じゃないとね。あんたは良心的な対談者になるつもりか、ミスター・ワトキンズ？」

「そのつもりです」彼はポケットから小さな録音機を出してわたしに見せ、録音することをこちらが承知しているのを確認した。わたしはうなずいてみせ、彼は横のボタンを押した。

「さて、いいか、リモンチェッロ、心配することはなにもない」わたしは孫に言った。「おれとこのカーロスは、たんに二人の良心的な対談者だ、良心的に対談する。人間対人間の普通の会見だ」

「話の道筋が変なほうへ行ったら、ぼくは止めるからね」テキーラは言った。

「おまえがそばで守ってくれなかったら、おれはどうやって生きていけばいいんだろう？」わたしは孫に言ってやってから、ワトキンズに向きなおった。「それで、おれに電話をかけつづけてきたのは、なにをそんなに知りたかった？」

「チェスター・マーチを殴りつけて自白を引きだしたんですか？」ワトキンズは尋ねた。

「いや」わたしは答えた。それはほんとうだ。チェスターを殴ってはいない。やつはたんに未知の飛行物体、灰皿と接近遭遇しただけだ。

「車の事故で負傷したあと、医師の手当を受ける前にチェスターを尋問しましたか？」

「ああ。彼は殺人事件の容疑者だった。警察の追及を逃れて州境を越えようとして、自分の車で事故を起こしたんだ。誘拐した人質を車のトランクに監禁していた。彼のけがはすぐに命に関わるものには見えなかったし、入院させる前に尋問することにしたんだ」

「チェスターを取調べているとき、彼が頭部の重傷のせいで認識力が衰えていたのを知っていたんですか？」

「おれはチェスターに自分の妻をどうしたかと尋ね、彼は答えた。おれたちは彼が妻を埋めたと言った場所を掘り、彼女の遺骸を発見した。彼が話したのは頭をぶつけていたせいかもしれないが、おれはせっかくのもらいものにケチをつけたりしない」わたしは座席のポケットから煙草とライターを出し、一本に火をつけた。「吸うか？」彼に尋ねた。

「刑務所の敷地内は禁煙ですよ」ワトキンズは言った。

「だからどうなるんだ？　おれたちは監禁されるのか？」

「まあ、あなたは大丈夫でしょう。九十近い引退した警官だから。でも、わたしは黒人だから大いに可能性はありますね」

「そうか、なるほど」わたしは煙草を地面に投げて踏み消し、箱を座席のポケットに戻した。

「チェスターのけがの治療をせずに尋問したことと、今晩起きたことが、はっきりとつながっているのがわかりますか？」ワトキンズは聞いた。

「三人の女性を殺すことにしたチェスターの決断と、今晩起きたことが、はっきりつながっているのはわかる」

ワトキンズは車椅子に腰かけた。「どうしてあなたがわたしにそうまで軽々しい口をきけるのか、わからない。少なくとも、いま目撃したことは恐ろしくありませんか？」

「たしかに恐ろしかった。だが、おれは百年分の恐ろしいことを見てきたし、チェスター・マーチよりはるかに善良な人々にそういうことがたくさん起きたんだ。硫酸の中で半分溶けかかっていたイヴリン・デュラーの遺体を発見した現場は、恐ろしかった。死体はあまりにももろくなっていて、死体安置所へ運ぶ途中でばらばらになったんだ。おかげで、どれが致命傷になったのか確定するのがむずかしくなった。彼女を殺した者が確実に裁きを受けるように、おれは自白が必要だった。だから、あの女性を殺した犯人を尋問するか、彼を入院させて回復するまで嘘の言い分を整理する時間をやるか、考えなくてはならなかったとき、決めるのはむずかしくなかったよ。なぜあんたは、イヴリン・デュラー殺しよりもチェスター・マーチの死刑執行のほうがもっと恐ろしいと感じるんだ？」

「イヴリン・デュラー殺しは体制によるものではないからです」ワトキンズは答えた。

「だからどう違うんだ？」

「腐敗した圧政的な体制を撤廃することが、正義の定義です」

「あきれたな」テキーラが言った。「じいちゃん、もうこんなの聞くのはうんざりだ。チキンを食いにいこう」

「まあ待て」わたしは言った。「暖炉の火かき棒で女性を殴り殺して硫酸の中で遺体を溶かそうとした男を追い、逮捕するのも正義じゃないのか？」

「違います」ワトキンズは答えた。「それは圧政的な体制側の活動だ。あなたは病んだ制度の中で働いていたあいだ、その症状に報復していただけだ」

「じゃあ、あんたはチェスターみたいな人間が女性を殺して逃げおおせるのをよしとするわけか？」

「いいえ。正しい世界にいれば、チェスターは女性を殺す必要を感じないでしょう」

「ちょっと待て。チェスターがイヴリン・デュラーを殺さなければならなかったのは、綿花王の父親から多額の財産を相続しなかったからだ、とあんたは考えているのか？」

「そうじゃありません。だが、体制的な要因がチェスターの犯したとされる犯罪を説明できると思う。圧政的な体制を改善するか撤廃すれば、チェスターの問題を解決できるんです。しかし、チェスターを苦しめて殺すことは、体制上の問題をなに一つ改善できない」

「体制を改善することについて、一つ聞かせてやろうか」わたしは言った。「おやじは共産主義者だった。彼はメンフィスの波止場地区で働いていた。日がな一日貨物を運び、夜は周囲を見てどうしたら世界はよりよい場所になるか考えていた。

当時、港湾労働者の組合はかなり無能だったんだ。ボスたちのところへ行ってはもっと金をくれと頼み、ボスたちは全員解雇してやる、もっと安い賃金で喜んで働く黒人労働者を連れてくるぞ、と脅かした。ボスたちがじっさいにそうすることはなかった。きわどい場面になると、ミスター・クランプが仲裁に入ったんだ。クランプは当時市長だったが、それ以上の存在だった。彼がボス、ボスの中のボスだった。そして彼がこうなると言えば、そうなった。結局、労働組合も組合員の票も彼のものだったんだ。そしてクランプは、有権者たちが黒人たちに押しだされるようなまねはしなかった。だが、一方で労働者たちにふさわしい賃金は決して与えようとしなかった。白人労働者が身分不相応な厄介者になったらすぐに、黒人たちがいつでもかわりに入ってくるぞ、という脅しを彼らの頭上にぶらさげてな。

そこで、おやじは労働組合がやるべきなのは黒人たちを波止場に入れることだと思いついた。彼の考えでは、争いは白人対有色人種ではなく、肉体労働者対資本家――あんたの言うところの、体制を動かしているやつらだった。あらゆる人種の労働者が結束すれば、ともに公平な賃金を求めて交渉でき、ボスたちは彼らの対立をあおって利用することができない。ところが、それは一九二七年の出来事で、おやじはちょっとばかり時代に先行していたんだ。

彼は労働組合の集会所へ行って自分の立派なアイディアを話した。仲間たちはビールのマグを投げつけたよ。そして一週間後、何者かがおやじの車を道路から押し出した。遺体は車の残骸から十フィート離れたところにあった。浅い排水溝で溺れていたんだ。警察は事故だと言った。ユダヤ人は口を閉じておけなかっただけだ、たとえ頭が水の中にあっても、ってね。

おふくろはミスター・クランプが糸を引いていたとは決して信じなかった。失うものが多すぎる人間のしわざにしては、恥知らずにすぎる事件だった。やったのは労働者たちだ、おやじが向上させようとしていた連中だ。自分たちが黒人と対等になるかもしれないという考えが、やつらはいやでたまらなくて、同じ階級の連帯を説いたおやじに制裁を加えたんだ。それが、体制を改善しようとするときに起きることだよ。理想に夢中になって、卑しい愚かなゴミ白人の港湾労働者二人が背後から襲ってくるのに気づかないんだ。体制がおやじを殺したんじゃない。ちっぽけなつまらないチンピラたちが殺したんだ。そしてそういう男たちこそ、おれが解決法を知っている問題だ」

「それがバック・シャッツ誕生の物語？」ワトキンズは尋ねた。「だから犯罪は体制とは関係ないと思うんですか？　いまの話は体制についての話以外のなにものでもない。人種差別は体制です。資本主義は体制です。いいですか、クランプ一派は腐敗した体制の定義そのものだ。すべては体制の中の体制であり、それらを操る者たちの利益になるように人々を反目させあっている。その港湾労働者たちは、腐敗した体制のネットワークのせいで自分たちの利益に無自覚で、あなたのお父さんを殺した。だからクランプは手を下す必要さえなかったんです。そして、あなたは全生涯をそういう港湾労働者のような人たちを捕まえ、その過程で体制側の利益に奉仕することに費やしてきた。お父さんは、世の中の仕組みをあなたよりよくわかっていた。あなたは九十年間後退してきたんだ。何十年ものあいだ、港湾労働者たちを追い、チェスターを追い、だれかれなく追ってきた。それで、なにをやりとげました?」

「やつを逮捕した」わたしは答えた。「やつを逮捕して、やつのような人間を何百人も逮捕した。チェスターは自分のしたことの報いで今晩死んだ。三十五年間、檻の中でそれを待って過ごしてきたんだ。おれがいなかったら、やつはいまも外のどこかにいて、シャンパンを飲んで別の殺人を企《たくら》んでいただろう」

「彼は悲鳴を上げながら死んだんだ」ワトキンズは言った。「腕は溶けかかっていた。わたしが見た最悪のものだった」

「おれが見た最悪のものではなかった」わたしは答えた。

「ええ、そうでしょう。あなたの生涯はずっと恐怖の連続だったんだ」

いまのは的を射ていた。それは争う余地のない真実だ。

「どうしてチェスター・マーチはセシリア・トムキンズを殺した？　体制論で説明がつくのか？」

「彼女は黒人のセックスワーカーだった。もっとも軽んじられる可能性の高い被害者でした」

「だが、そもそも彼が被害者を求めていた理由はなんだ？」

「資本主義です」

わたしはかぶりを振った。「資本主義はなんの関係もない。やつはあの殺人で一セントだってもうからなかった。得るものはなにもなかったんだ、もしかしたら絶頂《オーガズム》には達したかもしれないがね。やつはただの忌《い》まわしいサイコだった。自分が金持ちだろうが貧乏人だろうが、やつはサイコになるし、あんたの共産主義者の天国でも、あんたが打ちたてられると思っているユートピアだかなんだかでも、やつはサイコになる。いつだって、怪物になる者たちはいるんだ。体制がやつらを作るんじゃない。おれたちはやつらからほかのみんなを守るために、体制を作る」

「いいですか、あなたは好きなだけチェスターや彼のような人すべてを叩きのめすことができる。でも、現実の問題を解決するために前進することは、ぜったいにない。あなたがぶちのめすすべての頭、逮捕するすべての人間、すべての致死薬注射――そういうものでなにが成しとげられますか？　一人の怪物を殺せば別の一人がとってかわる、そして体制は持続する。どうしてそれが正義なんです？」

「おれは最善を尽くしてきた。おやじを殺したような男たちや、チェスターのような人間たちがやることを見てきた。そして、だれかがやつらを止めなければ、と思ったんだ。だれかがやつらを捕まえなければ、と。だから、おれは出張《でば》っていってやつらを捕まえる、それがおれの理解するところの正義であって、自分にできるかぎりの正義をおこなってきた。もしかしたら間違っていたかもしれない。キャリア全体を通じて問題を突き止めようとしてきて、解決できずに引退したのかもしれない。正義がなんたるか、あんたが自分自身の考えを持っているのなら、それが正しいか正しくないか、おれが言う立場か？　おれは自分が肚《はら》の内で感じたこと以外、だれにも正義とはなにかなんてご託は言わせないし、あんただってそうだろう。おれたちにできるのは、老いぼれすぎてもう闘えなくなるまで、信じるもののために闘うことだけだ。そのあと、まわりを眺めて、闘いがほんの少しでも違いをもたらしたかどうか見ればいい」

テキーラがビュイックのボンネットを叩いた。「もういいか？」彼はワトキンズに尋ねた。

「必要なことは聞いたか？」

ワトキンズはわたしを見て、次に手の中の録音機に目をやった。あごがこわばり、そしてゆるんだ。

「いや。わたしがここへ来た目的はこれじゃなかった。今回はなにもかもが正しくない。そしてきっとそれはたいしたことじゃないんだ、きっとだれも本気で関心があるわけじゃない。でも、あなたがやったんだ。あなたがチェスターを拷問して自白させた。あなたのせいだ、そしてあなたはそれをわかっている」

「そうか？　まあ、あんたは自分がわかっていることをわかっている。そしておれは自分がわかっていることをわかっている」

「すばらしい」テキーラが言った。「手詰まりだね。一人の男が死んで、だれ一人、自分たちがなにかを成しとげたのかどうかわからない」

わたしはうなずいた。「そのようだな」

「じゃあ、とっととここからおさらばしようよ、ぼくはチキンが食いたいんだ。シートベルトをちゃんと締めて、じいちゃん。このゴミ溜めで、ぼくたちはできるかぎりのことはしたよ」

わたしは脚を車の外に出して後部座席の端に腰を下ろしていたので、脚を中へ引っこめた。テキーラがドアを閉めた。孫は車の反対側へ行って運転席に乗りこみ、エンジンをかけた。駐車場からバックで車を出すあいだ、カーロス・ワトキンズはヘッドライトの光の中に佇んでいた。そしてテキーラはハンドルを切り、ワトキンズは後ろへ遠ざかっていった。

「わたし、明日ドクター・ファインゴールドに電話する」ローズが口を開いた。

「なんだって?」わたしは聞いた。

「化学療法を受けることにするわ。どんな犠牲を払っても、受ける。ああは……なりたくないの」

「わかった」わたしは答えた。

そういうわけで、全体としては、なかなかいい夜だった。

謝辞

本編を読了後にお読み下さい。（編集部）

本書はフィクションだが、リヴァーベンド刑務所は現実の場所であり、現実に人々がテネシー州矯正局のために働いている。だから、これは重要な点だが、刑務所のレイアウトやセキュリティに関し、創作上、多少の裁量を加えさせてもらった。本書で描かれる死刑執行はさまざまな州でおこなわれている方法に基づいているとはいえ、テネシー州でおこなわれているものと完全には一致していないかもしれない。

致死薬注射による死刑執行の不要な複雑さが、どの執行も失敗しかねない危険を招いている可能性はあると考えている。しかし、テネシー州では本書で描かれたように執行が失敗した例はない。注射された周囲の肉に致死性の薬品が染みだして、化学熱傷《ねっしょう》によって死刑囚が苦しんだことはない。チェスター・マーチの身に起きたことは、二〇〇六年のフロリダ州におけるアンヘル・ニーブス・ディアスの処刑、それに二〇一四年のオクラホマ州におけるクレイトン・ロケットの処刑を参考にしている。

だが、二〇一八年のビリー・レイ・アイリックの死刑執行で、アイリックがうめいて拘束にあらがったと立ち会い人が述べたあと、テネシー州の死刑囚三名が致死薬注射よりも電気椅子で処刑されたいと望んだ。

本書の取材では、デイヴ・バウチャー、ジェイミー・サターフィールド、アダム・タンブリンをはじめとする〈ザ・テネシアン〉のレポーターたちによる、リヴァーベンドでの死刑執行のすぐれた報道が頼りになった。リヴァーベンドで処刑がおこなわれる際にラジカセを持って現れ、AC/DCの曲を大音響で鳴らす男はほんとうにいて、わたしが彼のことを知ったのは〈ザ・テネシアン〉の記事を読んだからだ。

アンヘル・ニーブス・ディアスの処刑に関する二〇一四年のベン・クレア編集長による〈ニュー・リパブリック〉の記事も、貴重な情報源だった。チェスター・マーチの処刑中に起きた化学熱傷と皮膚のずれの描写が不充分だと感じた方は、ディアスの検死写真も含むクレアの記事を一読されることをお勧めする。そういう写真を見たくなければ、わたしは見たので皆さんが目にする必要はない。

また、偉大なるジェイムズ・エルロイには特段の感謝を伝えたい。わたしは二〇一四年にナッシュヴィルで開催されたサザン・フェスティバル・オブ・ブックスでエルロイと会い、なにか創作上のアドバイスをいただけないかと頼んだ。彼はこう答えた、「まずは自己紹介で〃ドンキー・ダン《モノが立派な》〃と名乗って、噂になるかどうか試すといいよ」と。だが、二〇一五年から二〇一六年にかけてわたしは彼のＬＡ四部作とアンダーワールドＵＳＡ三部作を読み、これらの小説はすばらしかった。

本書のもともとのプランとしては、バックの現在での敵役は上訴弁護人のエド・ヘファナンになるはずだった。問題は、上訴審では証人による証言がおこなわれないため、この登場人物二人にどんな対決のチャンスもないことだった。テネシー州最高裁へのヘファナンによるチェスター助命の訴えは、ドラマティックなシーンにはならなかった。なぜなら、バックはそこにいて見ているしかないからだ。結局、本のクライマックスになるとわたしが考えていた上訴審の場面は、完全にカットした。そして退屈な弁護人問題の解決策は、カーロス・ワトキンズと〈アメリカの正義〉になった。ラジオ放送の文字起こしとしてワトキンズのナレーションを入れるアイディアは、エルロイの著作からヒントを得た――エルロイは、アンダーワールドＵＳＡ三部作でＪ・エドガー・フーヴァーを描写するのに同じ手法を用いている。

だから、もしまだならジェイムズ・エルロイを読むべきだ。クライム・フィクションにおいて彼は比類なき卓越した位置にいるし、彼の作品はものすごくおもしろい。そして、会ったばかりの相手に自分の性器の大きさをつねに誇張するべきだという必須のアドバイスを、わたしは伝え、よしとする。業界関係者としてはとくに。

エージェントのヴィクトリア・スカーニック、レヴァイン・グリーンバーグ・ロスタンのチーム、とくに著作権管理担当のエリザベス・フィッシャーに謝意を表したい。そして、ミノタウアー社の編集者ハナ・ブラーテン、編集助手ネティ・フィン、元編集者マーシア・マークランドに感謝する。また東京創元社で刊行されたバック・シャッツ・シリーズの翻訳者、野口百合子にもお礼を申し上げる。彼女はわたしの本をとてもおもしろく読めるように訳してくれたようだ。

母のエレイン・フリードマン、パートナーのゴールディ・バーソン、兄のジョナサン・フリードマン、義姉のレイチェル・フリードマン、姪のハナとライラにも、ありがとうと言いたい。

このシリーズは、祖父母のバディ&マーガレット・フリードマンがいなかったら決して生まれなかっただろう。バディは二〇一四年にこの世を去り、マーガレットは二〇一八年まで頑張った。祖母はオクラホマ州の辺境の水道も電気もない家に生まれ、百一歳まで生きた。メンフィスのユダヤ人コミュニティセンターに保育園を作り、息子二人よりも長生きした。いま生きている人はだれも覚えていないものごとを目撃し、だれも耐えるべきではなかった喪失に苦しんだ。祖母を知ったおかげで、わたしたちはよりよい人生を歩んだ。彼女と同じくらい偉大な人間にふたたび出会うことは、決してないだろう。

訳者あとがき

長らくお待たせしました。『もう年はとれない』（エドガー賞、アンソニー賞、スリラー賞の各新人賞ノミネート、マカヴィティ賞新人賞受賞）、『もう過去はいらない』に続く、元メンフィス市警刑事バック・シャッツ・シリーズの第三弾をお送りします。日本でも『IN★POCKET』文庫翻訳ミステリー・ベスト10で、読者部門第一位（『もう年はとれない』）、翻訳家&評論家部門第一位（『もう過去はいらない』）と、高い評価を受けているシリーズです。

本書『もう耳は貸さない』（原題：*Running Out of Road*）は、前作から六年後の二〇二〇年三月にようやく本国で刊行されました。作者ダニエル・フリードマンが物語の構成を大幅に変更して書きなおしたために、遅れたようです。その間《かん》、トランプが大統領になり、アメリカ社会は人種、階層などさまざまな面で分断が進んでいきました。そして新型コロナウイルスが世界に蔓延《まんえん》しはじめた春に、御年八十九歳になったバック・シャッツは帰ってきたのです。作者は容赦なくバックを老いさらばえさせ、衰えても意気軒高《いきけんこう》な毒舌ジジイが三五七マグナムを振りまわす、といったパターンに陥ることなく、シリアスで深みのある作品を提示してみせました。

毒舌は健在とはいえ、バックの体はさらに弱って認知症も進み、愛妻ローズがガンにかかってしまったことすら覚えていられません。彼に残されているのは、もはやメンフィス市警の刑事時代に体を張って人々を守り、悪党どもをやっつけた過去への誇りだけ。ところが、唯一残ったその誇りすら奪われかねない事態が、ラジオ番組のプロデューサーであるワトキンズからかかってきた電話によって始まります。

何十年も前にバックによって逮捕され、死刑判決を受けた連続殺人犯チェスター・マーチが処刑の近いことを知り、有罪の決め手となった自白はバックの暴力によって強要されたものだ、と主張している――ワトキンズはそう伝え、インタビューを求めてきたのです。

これに対し、一人では手に負えないかもしれないと感じたバックは、司法試験を間近に控えた孫テキーラに助けを求めます。

そして物語は、有力者の息子であるマーチが妻殺しと娼婦殺しの容疑をかけられた一九五五年に遡《さかのぼ》ります。ユダヤ人という出自のため苦労して刑事に昇進したバックの執念の捜査によって、マーチは逮捕されました。しかし、これが二人の長きにわたる因縁の始まりだったのです。はたしてバックとマーチのあいだになにがあったのか……。

シリアルキラーを追いつめるミステリ的な要素に加え、本書ではアメリカの死刑制度が大きなテーマとなっています。作者は死刑制度の倫理的、法的問題に斬りこみつつ、絞首や電気椅子や致死薬注射といった処刑方法にも向きあって問題提起をおこなっており、ユーモアは残しつつも、前二作とは違った重厚な読みごたえのある作品を送りだしました。『もう過去はいらない』からだいぶ間隔があいたにもかかわらず、『もう耳は貸さない』はアメリカで賞賛をもって迎えられました。

ようこそお帰り、バック・シャッツ。（中略）物語にもっと陰影を、そしてキャラクターにもっと深みを求めるジョン・グリシャム・ファンに、ぜひお薦めしたい。

——パブリッシャーズ・ウィークリー（★付き）

孫のテキーラは避けるように忠告するものの、バックが闘いから逃げたことがあっただろうか？　死神と対決するべきか、対決する意志があるか、いかに対決するか、フリードマンはそれを驚くほど洗練された筆致で描いている。たまらなくおかしくて、やるせなく悲しい。

——カーカス・レビュー（★付き）

バック・シャッツは今日《こんにち》のもっとも印象的な主人公の一人。

——ミステリ・シーン

フリードマンはつねにジャンルを向上させ、クライム・フィクションに対するすべての期待を超えてくる。そして前二作と同じく、バックのトレードマークである辛辣《しんらつ》な台詞《せりふ》、頑固なへそ曲がりぶりで楽しませてくれる。

——チャプター・シックスティーン

バック・シャッツ・シリーズは次作が予定されているとのことで、訳者が想像するに、まだつまびらかにされていないバックの息子ブライアンの死が、物語の中核になるのではないでしょうか。

こんどは六年も待たずに読めるよう、切に願っています。

今回、アメリカの刑事司法制度の用語について、島根大学法文学部の高橋正太郎先生に貴重なご教示をいただいたことをここに記し、心より感謝申し上げます。ただし、文責はもちろん訳者にあります。

また、東京創元社編集部の桑野崇氏には、前二作に引き続き今回もたいへんお世話になりました。

And――Special Thanks to MOGAMI Naomi.

最後に、いまパンデミックをはじめあらゆる困難に立ち向かっているすべての人々に、弱り、前途に希望を見出せずにいながら、なお不屈の心を失わないバック・シャッツの、本書での一言をお送りしたいと思います。

「おれたちにできるのは、老いぼれすぎてもう闘えなくなるまで、信じるもののために闘うことだけだ」

訳者紹介　1954年生まれ。東京外国語大学英米語学科卒業。出版社勤務を経て翻訳家に。フリードマン「もう年はとれない」「もう過去はいらない」、コナー「パールとスターシャ」、ボックス「鷹の王」「発火点」など訳書多数。

検印
廃止

もう耳は貸さない

2021年2月26日　初版

著　者　ダニエル・フリードマン

訳　者　野《の》口《ぐち》百《ゆ》合《り》子《こ》

発行所　（株）東京創元社
代表者　渋谷健太郎

162-0814/東京都新宿区新小川町1-5
電　話　03・3268・8231-営業部
03・3268・8204-編集部
URL　http://www.tsogen.co.jp
精興社・本間製本

乱丁・落丁本は、ご面倒ですが小社までご送付ください。送料小社負担にてお取替えいたします。

©野口百合子　2021　Printed in Japan

ISBN978-4-488-12207-2　C0197

史上最高齢クラスの、
最高に格好いいヒーロー登場!

〈バック・シャッツ〉シリーズ

ダニエル・フリードマン◎野口百合子 訳

創元推理文庫

もう年はとれない

87歳の元刑事が、孫とともに宿敵と黄金を追う!

もう過去はいらない

伝説の元殺人課刑事88歳vs.史上最強の大泥棒78歳

アメリカ探偵作家クラブ賞YA小説賞受賞作

CODE NAME VERITY◆Elizabeth Wein

コードネーム・ヴェリティ

エリザベス・ウェイン
吉澤康子 訳　創元推理文庫

◆

第二次世界大戦中、ナチ占領下のフランスで
イギリス特殊作戦執行部員の若い女性が
スパイとして捕虜になった。
彼女は親衛隊大尉に、尋問を止める見返りに、
手記でイギリスの情報を告白するよう強制され、
紙とインク、そして二週間を与えられる。
だがその手記には、親友である補助航空部隊の
女性飛行士マディの戦場の日々が、
まるで小説のように綴られていた。
彼女はなぜ物語風の手記を書いたのか？
さまざまな謎がちりばめられた第一部の手記。
驚愕の真実が判明する第二部の手記。
そして慟哭の結末。読者を翻弄する圧倒的な物語！

英国推理作家協会賞最終候補作

THE KIND WORTH KLLING◆Peter Swanson

そして
ミランダを
殺す

ピーター・スワンソン
務台夏子 訳 創元推理文庫

◆

ある日、ヒースロー空港のバーで、
離陸までの時間をつぶしていたテッドは、
見知らぬ美女リリーに声をかけられる。
彼は酔った勢いで、１週間前に妻のミランダの
浮気を知ったことを話し、
冗談半分で「妻を殺したい」と漏らす。
話を聞いたリリーは、ミランダは殺されて当然と断じ、
殺人を正当化する独自の理論を展開して
テッドの妻殺害への協力を申し出る。
だがふたりの殺人計画が具体化され、
決行の日が近づいたとき、予想外の事件が……。
男女４人のモノローグで、殺す者と殺される者、
追う者と追われる者の攻防が語られる衝撃作！

ドイツミステリの女王が贈る、
大人気警察小説シリーズ！

〈刑事オリヴァー＆ピア〉シリーズ

ネレ・ノイハウス◎酒寄進一 訳

創元推理文庫

深い疵《きず》

白雪姫には死んでもらう

悪女は自殺しない

死体は笑みを招く

穢《けが》れた風

悪しき狼

生者と死者に告ぐ

森の中に埋めた

CWA賞、ガラスの鍵賞など5冠受賞!

DEN DÖENDE DETEKTIVEN◆Leif GW Persson

許されざる者

レイフ・GW・ペーション
久山葉子 訳 創元推理文庫

◆

国家犯罪捜査局の元凄腕長官ラーシュ・マッティン・ヨハンソン。脳梗塞で倒れ、一命はとりとめたものの、右半身に麻痺が残る。そんな彼に主治医の女性が相談をもちかけた。牧師だった父が、懺悔で25年前の未解決事件の犯人について聞いていたというのだ。９歳の少女が暴行の上殺害された事件。だが、事件は時効になっていた。
ラーシュは相棒だった元刑事や介護士を手足に、事件を調べ直す。見事犯人をみつけだし、報いを受けさせることはできるのか。

スウェーデンミステリの重鎮による、CWAインターナショナルダガー賞、ガラスの鍵賞など5冠に輝く究極の警察小説。

猟区管理官ジョー・ピケット・シリーズ

BREAKING POINT◆C.J.Box

発火点

C・J・ボックス
野口百合子 訳　創元推理文庫

◆

猟区管理官ジョー・ピケットの知人で、
工務店経営者ブッチの所有地から、
２人の男の射殺体が発見された。
殺されたのは合衆国環境保護局の特別捜査官で、
ブッチは同局から不可解で冷酷な仕打ちを受けていた。
逃亡した容疑者ブッチと最後に会っていたジョーは、
彼の捜索作戦に巻きこまれる。
ワイオミング州の大自然を舞台に展開される、
予測不可能な追跡劇の行方と、
事件に隠された巧妙な陰謀とは……。
手に汗握る一気読み間違いなしの冒険サスペンス！
全米ベストセラー作家が放つ、
〈猟区管理官ジョー・ピケット・シリーズ〉新作登場。

ミステリを愛するすべての人々に——

MAGPIE MURDERS◆Anthony Horowitz

カササギ殺人事件◆上下

アンソニー・ホロヴィッツ
山田 蘭 訳　創元推理文庫

◆

1955年７月、イギリスのサマセット州の小さな村で、
パイ屋敷の家政婦の葬儀がしめやかに執りおこなわれた。
鍵のかかった屋敷の階段の下で倒れていた彼女は、
掃除機のコードに足を引っかけたのか、あるいは……。
彼女の死は、村の人間関係に少しずつひびを入れていく。
余命わずかな名探偵アティカス・ピュントの推理は——。
アガサ・クリスティへの愛に満ちた
完璧なオマージュ作と、
英国出版業界ミステリが交錯し、
とてつもない仕掛けが炸裂する！
ミステリ界のトップランナーによる圧倒的な傑作。